少年绘

不要物种歧视 2

月下蝶影 / 著

海天出版社
HAITIAN PUBLISHING HOUSE
· 深圳 ·

图书在版编目（CIP）数据

不要物种歧视：2 / 月下蝶影著 . — 深圳：海天出版社，2022.3
ISBN 978-7-5507-3348-0

Ⅰ . ①不… Ⅱ . ①月… Ⅲ . ①长篇小说 - 中国 - 当代 Ⅳ . ① I247.5

中国版本图书馆 CIP 数据核字 (2021) 第 246563 号

不 要 物 种 歧 视 2
BUYAO WUZHONG QISHI 2

出 品 人　聂雄前
责任编辑　简　洁
责任技编　梁立新
责任校对　万妮霞

策　　划　力潮文创 少年绘

选题策划　赵　雷
特邀策划　紫　总　派　派
封面绘制　安年丫丫　观火OL
装帧设计　何嘉莹　米粒尔

出版发行　海天出版社
地　　址　深圳市彩田南路海天综合大厦（518033）
网　　址　www.htph.com.cn
订购电话　0755-83460239（邮购、团购）
印　　刷　嘉业印刷（天津）有限公司
开　　本　710mm × 1000mm　1/16
印　　张　19
字　　数　300千
版　　次　2022年3月第1版
印　　次　2022年3月第1次
定　　价　45.00元

目录

目录

第四十七章

“先生，请问您找谁？”门卫拦住准备开进大门的车辆，“不好意思，我们这里有严格的出入规定。”

“不好意思，我找符离先生。”傅司打开车窗，对年轻的瘦长脸门卫笑了笑，“他有时间见我吗？”

听到来人找符离，门卫神情严肃了几分：“请您稍等，我这就跟前台联系。”

“有劳。”傅司的目光越过电子门，看着里面的一草一木，还有里面气派的办公大楼。在都城这个地方，长隆公司靠着早些年占据的地理优势，在寸土寸金的当下，占地面积大得可以随意留出一块宽大的草坪放雕像。

“不好意思，傅先生，符离先生今天出外勤，不在公司里面。”瘦长脸门卫客客气气地道，“请您下次再来，或者您提前跟他手机联系。”

“我知道了，谢谢。”傅司笑了笑，对司机道，“调头。”

车子调转方向，傅司看着长隆生物科技公司这几个闪闪发光的大字，轻轻理好袖口的一点褶皱。

“老虾，怎么回事？”宽脸门卫走过来，好奇地问了一句。

“又是个想跟符离先生套近乎的。”瘦长脸门卫摇头道，“连联系方式都没有一个，也好意思自称朋友，要这么说，我跟电视上的大明星也是朋友呢。”

宽脸门卫顿时了然：“这都是没法子的事情，据说他们人类打个招呼叫好朋友，吃顿饭就是铁哥们，肤浅得很。”

得知鲲鹏跑去东海找青龙麻烦以后，管理处几个比较能打的妖修立刻扛起家伙，就追了过去。开玩笑，龙族与鲲鹏用真身打起来，那还不得发生海啸？

到了海边，宁轩与朝云看着大海，往后退了两步。他们本体都是金属，在陆

注：本故事纯属虚构，如有雷同，纯属巧合。

上确实挺能打，可要是下了海，恐怕沉到底儿都不能发出个声响。

“朝云与宁轩在海岸边护阵，魏仓和符离跟我下去。”庄卿看魏仓，这个新队员进入管理处以后，不太爱说话，不过做事却很稳妥，“你惧水吗？”

“还好。”魏仓点头道，“并没有太大的问题。”

庄卿又看符离：“你呢？”

符离往水下看了好几眼：“还没去海底玩过，龙宫好看吗？”白猿跟他说，龙族居住的龙宫用宝石堆砌而成，十分漂亮，所以他们住的地方，常常被称为水晶宫。

见符离那跃跃欲试满脸好奇的模样，庄卿就知道自己白担心了：“走吧。”他率先跳入海中，变成了一条发着金光的龙，潜入海水里。

符离和魏仓见状，也跟着跳了下去。符离在水里拍了拍魏仓的肩膀，又指了指前面的金龙。

魏仓一脸疑惑，这是什么意思？

符离摆了摆腿，整个人就像箭一样蹿了出去，然后伸手拽住了龙颈上的毛。在海里面，还有什么生物比龙的速度更快？有顺风龙可以省力气，他何必再费劲儿？

魏仓：……

他以为老大会甩掉符离，结果老大甩了一下脑袋后，就任由符离抓着了。

他变成原形，拼命追上庄卿和符离，对上老大那金色凌厉的双眼后，还是没敢把爪子伸出去，他使出咬牙的劲儿，却也只能远远跟在后面，至少……没跟丢。

到了深海，海水中已经是一片漆黑，庄卿就像是一条金色的大光管，照亮了四周。偶尔有鱼游过来，符离忍不住捂住了眼睛。他以为长成酸与那样，已经够丑了，没想到海里还有比酸与丑一百倍的鱼。有这些深海丑鱼做对比，龙族在符离眼里，都不是那么难看了。

快到龙宫时，庄卿化为人形，转头看还揪着自己颈上头发的符离：“你是要我背你去？”

“那倒是不用了。”符离松开庄卿的头发，还伸手帮他理了理。

庄卿见他做了一系列的小动作：“你是打算等鲲鹏把水晶宫砸完以后，再进去？”

“我是这样的妖吗？”符离转身在黑色的海水中用力一撕，露出了结界后面璀璨又神奇的龙宫地界。发着光的水母，人头鱼身的鲛人，拿着武器神情惊慌的水族卫兵，漂亮的珊瑚玛瑙。

还有……在水中激战的怪鱼与青龙。

威风凛凛的青龙，在怪鱼的撞击下，像是下了锅的面条，唰啦啦往下掉，怪鱼并没有因此罢手，尾巴一甩，脑袋撞上了宫檐，顿时哗啦啦倒了一大片。

传说中坚不可摧的龙宫，在怪鱼的撞击下，犹如用沙堆砌的城堡，一碰便倒。

“庄卿大人。”有水族卫兵看到庄卿，脸上一喜，“您快帮忙制住这条怪鱼吧。”

符离暗自摇头，现在的水族真是可悲，都被鲲鹏打成这样了，竟还不识得他们的真身。他拦住庄卿：“你别出手，我去。”

这些青龙从未对庄卿友好过，却还要庄卿去帮助他们，他都替庄卿感到恶心。

庄卿看着拦在自己胸前的手，沉默片刻后点了点头。

“庄卿大人，这位是……”卫兵不明白，都到这个时候了，庄卿为什么会让一个身份不明的人出手，而他还稳稳地站着。

庄卿眼神冰冷地看了他们一眼，他们识趣地闭上嘴。

这个时候是他们求人办事，要求不能太多。而且庄卿大人的眼神实在太可怕，他们怕再多说一个字，会惹怒这位龙君。

“鲲鹏大人。”符离眼见鲲鹏把龙宫大门撞得七零八碎，上前拦住他道，“有话咱们好好说，您看这又是何必……”

“哼。”鲲鹏看着躺在地上的青龙们，化成人形，站在一条龙的脑袋上，“我听说你们想要找我的麻烦？”

地上的几条龙在痛苦地翻滚，根本无法回答鲲鹏的问题。被鲲鹏踩着头的龙更惨，原本他还在痛苦地翻滚，被鲲鹏踩住后，就不敢动了，怕继续动下去，他以后就没有动的机会了。

“鲲鹏大人，算了算了。”符离上前向鲲鹏行礼道，“有话好好说，何必动用武力。”

鲲鹏把符离推到一边，松开脚下的龙：“你们谁要告我，站出来。”

没有一条龙敢动，这个时候的龙宫门口，安静极了。

“鲲鹏大人。”一个穿着白色锦袍的年轻人从破破烂烂的宫门内走出来，他向鲲鹏行了一礼，“请鲲鹏大人息怒。”

“是你？”鲲鹏认出此人是那天晚上被他一巴掌拍飞的废龙，不屑地道，“在我鲲鹏面前，要这点小心眼。这次我就给管理处一个面子，留你们一条命，不然你们青龙族就如这扇门。”

他凌空一掌，龙宫大门化为粉末。

“你们祖宗我一口能吞几十条，你们算些什么东西。”鲲鹏是半点面子都不给青龙族，“你们祖上还算有血性，就算打不过也要拼一口气，到了你们这一代，就会用些小手段，也不知道从哪儿学来的伎俩。”

青衍风光了三千年，从未受过此等侮辱，就算是庄卿对待龙族态度冷漠，最多也是不言不语，哪像鲲鹏这般，说话丝毫不留余地。

“多谢鲲鹏大人教诲。”青衍躬身向鲲鹏行礼，接着转头向符离道谢，“多谢符道友。”

从面上看，若不是符离出手相拦，鲲鹏把整座水晶宫毁了都有可能。但龙族刚去管理处报案，鲲鹏就来龙宫捣乱，根本就是视他们为无物。

管理处没有帮忙吗？

帮了。

有用吗？

当然有用，至少他们没有龙死。

在其他妖看来，青龙族这么厉害，都被鲲鹏欺负成这样，管理处能护住他们，肯定也付出了不少努力。可是青衍很清楚，这明明就是鲲鹏与符离狼狈为奸，沆瀣一气。

青衍怀疑，鲲鹏与符离之间，一定有不可告人的秘密或是关系，不然鲲鹏又怎么甘心待在管理处？

修为如此高深的上古大妖，何须看管理处脸色做事？青衍面上虽恭敬，心里却已经预想到未来的妖界会有多混乱。他转头看向站在一边的庄卿，庄卿也抬头看向他。

他与庄卿之间，虽为同族，却有旧怨。

当年若不是庄卿，成为国运龙的就会是他。青龙族费尽了心力，甚至请最擅长推演的长老算出了天机降临的那一刻，可就算他们算尽了天机，当他赶到的时候，国运已与庄卿牵系在了一起。

他是青龙族最有天分的龙，出生时便天降祥光，是祥瑞之相。整个龙族都在说，这片大地上的人类如此崇尚龙族，一定会有龙族成为他们的国运龙，而这条龙就是他。

所以他知道怎么笑起来更容易获得人类好感，也知道人类最喜欢龙哪一面。然而天道不公，这个大机缘竟会给了一条混血龙。

何其可笑，他竟还比不过一条混血龙，一条流着肮脏血液的龙。低贱无能的人类，凭什么与高贵的龙族相比？

“青衍龙君。”庄卿走到青衍面前，“我看你脸色不好，注意休息。”

“多谢庄道友关心。”青衍回以一笑，“族人不懂事，给道友添麻烦了。”这次他不再叫庄卿处长，也不叫庄卿龙君，只称其为道友。

“没事，我习惯了。”庄卿看着散落一地的水晶，神情犹如化不开的雪。

黑暗破旧的屋子，那些嘲笑他的小龙与水族妖修，还有那巍峨的龙宫，都是他记忆中极其无聊的一页。

“庄卿。”符离走到庄卿面前，“青龙族愿意与鲲鹏和解，并且不用鲲鹏赔偿，您看这事……”

“这种妖修之间的民事纠纷案，如果苦主不愿意追究，我们管理处就不能插手。”庄卿板着脸道，“既然这里已经不需要我们，那我们告辞。”

符离扫了眼地上躺着的那些龙，发现有条缺了一只角的龙看起来有些眼熟，他想多看两眼，哪知道这条龙往后面的珊瑚石躲了躲，似乎并不想让他看到的样子。

龙也知道害羞了？

符离收回视线，干咳一声：“虽然青龙族不愿意追究，不过鲲鹏我们还是要带走的。万一又发生什么矛盾，我担心青龙族会吃大亏。”

高傲的青龙族受此大辱，但谁也不敢说符离说得不对，因为他们确实拿鲲鹏没有办法。

在绝对的实力面前，一切手段都是无用的。上古时期，大妖遍地，他们的先祖是如何生存下来的？

他们龙族……真的强大无敌吗？

鲲鹏砸了龙宫，打了龙，心情还是不错的，听到符离说要带他走，很配合地点了点头："行，给你们面子，我跟你们一块儿走。"

看来给谁面子这句话，是鲲鹏的口头禅。

鲲鹏与管理处的人离开了，留下青龙族水晶宫的满地狼藉。青龙族已经向其他龙族求救，可是从鲲鹏闹事到现在，没有哪一族派来救兵。

等青龙族收拾好残垣断壁后，龙王终于派了丞相过来，送上了几箱子没用处的珠宝，以示慰问。

有脾气不太好的青龙冷嘲热讽道："龙王殿下真是心善，看到我们青龙没死，还派人来探望我们。"

"这位龙君言重了。"龙王派来的丞相是只活了几千年的乌龟，修为虽不算高，但是口才与脾气却是一等一好。他被小辈出口嘲讽，也不生气，反而慢条斯理道："龙王陛下说了，现如今龙族存活总数是五十八条，其中你们青龙族便占了一半的数量，其他族的龙不过寥寥数条，他们都赌不起。"

"如今修真界有管理处镇守，实乃好事。庄卿虽与我龙族有些许误会，但怎么也改变不了他是龙的事实。你我皆收敛一二，日后也好相见。"龟丞相看了眼站在角落里的青衍，"往日的过节恩怨，该放下的都放下吧。"

青衍笑容温和，拱手道："龟相说得有理。"

符离一行人走出青龙族在水晶宫外布下的结界，符离猛地看鲲鹏："鲲鹏大人，等下庄卿变身成龙，你可别忍不住吃他。"

"放心吧，我都跟你说了多少次，龙肉其实不好吃。"鲲鹏摆手，一副龙肉对他毫无吸引力的模样，"变吧变吧。"

庄卿停下脚步，转身看符离："等下不要拽我的头发。"

符离：……

不能搭顺风龙了。

庄卿变回原形，尾巴把符离一卷，扔到了自己的背上，摆了摆龙尾，就向水面游去。

鲲鹏转头看魏仓，立刻道："我没有载老虎的习惯，你自己游回去。"说完，他变成鱼扇了扇鱼鳍，飞快消失在水中。

被水浪打退几十米的魏仓默默变成白虎，认命地刨爪子加甩尾巴。

他又不像符哥胆子大，连龙都敢骑。

到了海面，庄卿把符离甩下龙背，跃至空中的瞬间化为人形，看也不看被甩了一脸水的符离。

“老大，怎么样了？”宁轩与朝云见状，连忙围了过来。

“没事。”庄卿回头，见符离已经从海水里爬了起来，继续跟宁轩道，“准备回去。”

“兔子。”鲲鹏在符离耳边小声道，“这条龙是触怒天机被惩罚了，怎么身上没几块好肉？”

符离没有说话。

见符离不开口，鲲鹏很识趣地没有再问。

倒是走在后面的魏仓突然道：“中元节好像要到了。”

“嗯？”符离不解地看魏仓，不明白他为什么突然提起这种不起眼的小事。

“中元节鬼门大开，那几天肯定很热闹。”魏仓有些期待地朝庄卿所在的方向看去，“不知道我们会不会放假？”

“就算放假，也是部门里的鬼修放假，与我们有什么关系？”

“鬼市开了啊。”魏仓道，“我每年都去鬼市玩，里面有很多有趣的小玩意儿。”

“鬼市？”符离还是第一次听说，白猿从没跟他讲过，他也从来没去过。

“你没去过？”魏仓不敢相信，符离是一只活了四千多年的兔妖，怎么可能连鬼市都没去过。就算是乡下妖，也应该去鬼市上凑过热闹。

“没有。”符离摇了摇头，“我从大山里来的，不知道有鬼市。”

“你们两个还站在那里干什么，钓鱼吗？”庄卿扭头看着两人，“回去继续上班。”

魏仓这个小新人不敢再说话，乖乖跟了上去。

而符离跟在庄卿身后，还在忍不住猜想，鬼市究竟是什么样子。

“你要走去哪儿？”庄卿把符离从云层上拽了下来，“管理处到了。”

“庄卿。”符离在地面站稳，好奇地问，“鬼市什么样子？”

“就是鬼样子。”庄卿一板一眼地道，“没什么有趣的。”

“哦。”符离垂下了脑袋。

庄卿盯着他脑门看了几秒，转身回了自己办公室。

第四十八章

中元节，又叫鬼节。人们在这一日悼念逝去的亲人，为他们焚烧纸钱，借以传达自己的思念之情。在农历七月十三到十五的夜晚，都会有人在十字路口，点上一炷香，用石灰画上一个圈，给亲人烧纸钱。

担心孤魂野鬼抢走自己焚烧给亲人的东西，人们还会在旁边随意烧些纸钱，算是讨个好。所以这个时候，也是流浪鬼们的好日子，因为不受香火供奉的他们，也可以正大光明有了钱花。

身体强壮的鬼魂，眼疾手快，总是能抢到最多的讨好钱，身体不好的鬼魂只能凑运气，赶上谁烧纸，就捡一点钱来花。

王尔马生前是个宅男，在孤儿院长大以后，就靠在网上当“水军”过日子，平时吃饭穿衣全靠外卖网购，除了扔垃圾，几乎不出门。他死前那一刻，想的是自己活了将近三十年，连别人的手都没有摸过。

投胎的日期不到，也没有谁祭奠他，好不容易等到中元节，鬼门大开，他细胳膊细腿，也抢不赢其他鬼。在无数次被其他鬼拍到墙上后，他已经放弃抢“讨好钱”的打算。

生前不锻炼，死后百鬼欺，王尔马对生前的自己很失望，那时候他如果知道锻炼身体，又怎会沦落到现在这个鬼地步？

飘了几十米远，他就看到一家老老小小在角落里焚烧纸钱，纸钱焚烧完毕后，就出现在旁边的几个鬼手里。他叹口气，扭头往其他方向走。

生前被情侣虐，死后还要被鬼虐，真是死活都不让人痛快。

街头对面走过来一个年轻人，穿着很普通的长袖衬衫与牛仔裤，王尔马有些羡慕，长得这么好看，肯定是个人生赢家。

“我马上回来，五分钟就赶到。”符离跟鲲鹏约好一起出去吃牛肉面，谁知道庄卿突然通知他，今晚要通宵加班，他只好匆匆忙忙赶回来。

走过斑马线，符离见旁边一个戴着眼镜、瘦瘦干干的年轻人眼巴巴地看着自己，于是停下脚步，在身上掏出几张黄纸，化为元宝的样子，在年轻人面前焚烧后，就急匆匆赶往管理处。

王尔马捧着手里的几个元宝锭，怔怔地看着那个帅哥匆匆的背影，神情有些恍惚。刚才那个人，是看到他了，所以才烧给他的吗？

“看到前面那个炫富的傻子没有，以为自己有几锭元宝就捧在手里显摆，有钱了不起啊？”

王尔马回过神，见不远处有几个鬼在对着他指指点点，忙把元宝揣了起来。

财不露白，财不露白。

符离赶到管理处，其他同事都没在，只有庄卿办公室的门还亮着，他敲响庄卿办公室的门：“今晚就我们两个人加班？”

“今晚鬼节开市，很多妖修与人修也会去凑热闹。现在很重视食品安全，物品质量安全，鬼市的举办地在人间，如果出了事，我们管理处要担责的。”庄卿站起身，理了理自己身上的西装外套，“今晚辛苦你一下，跟我去负责安全问题。”

“好啊好啊。”符离想也不想就答应下来，“那我现在就走！”

“急什么，鬼市大门子时才开。”庄卿指了指自己对面的椅子，“你先坐下，我跟你说些修真界当下的常识。”

符离见庄卿一脸严肃的模样，便乖乖坐下，虽然心早就飞到了鬼市上面。

“现在的妖界，与几千年前有很大的差别，天材地宝更是少见……”庄卿跟符离讲着现在妖界修为的大概水平，丹药的珍贵性，还有种族之间的关系与矛盾，重点强调了符离身上那些东西有多稀罕与重要。

到人间界生活了几个月，符离已经知道现在修真界都过得不太好，但没想到会过得这么惨。

以前他当零食嗑的丹药，竟然是现在的珍稀物，而且灵气还大大比不上以前。药材更是靠人工种植，这些种植出来的，哪里比得上吸取天地精华的灵药？

修炼术法传承断裂，灵药尽失，人族大兴，天地间灵气渐消，妖界几乎是在夹缝中生存。也难怪现在的妖修大多修为不高，原来不是他们不上进，而是环境不允许。

“你也该长点心了，修真界现在看似平静，如果大妖频出，这份平静还能不能留住，我也不敢保证。”庄卿叹口气，“你被山里的妖修养得太天真了，不知世事，人间界没有你想象中那么美好。”

符离愣愣地看着庄卿，不知道该说什么。

“看似稚嫩无辜的孩童，可以趁你不注意，偷走你的东西。柔弱无依的老人，也有可能是骗子，弱者不一定真的弱，强者也不一定会保护他人。”庄卿对上符离的双眼，“不论是人还是妖，骨子里都是自私的。”

符离眨眼，与庄卿漂亮的双眼对视。

这双眼睛太干净，庄卿觉得自己像是撕破美好的恶人，可符离既已在人间界，早晚都会明白这些道理。与其等他吃尽苦头再明白这些，不如让他来当这个恶人。庄卿伸手遮住符离的眼睛，嗤笑一声：“你的好，在别人眼里，或许就是傻。”

“你也是这么想的吗？”符离好奇地问。

庄卿沉默片刻：“不是我这么想，而是如今的世道就是如此。”他放下手，转身看向窗外，“子时快到了，走吧。”

符离看了看窗外，又看了看庄卿，脸上露出灿烂的笑：“那我们快点。”

看着他那灿烂得有些耀眼的笑，庄卿觉得自己刚才说的话，好像根本没有起半点作用。可不知为何，他竟也不觉得生气，反而隐约有几分庆幸。

子时刚到，天空就像是撕裂了一道口子，隐隐约约露出里面的亭台楼阁，随后华光闪耀，天空中的楼阁消失，某座山林里，多了一个热闹的集市。

人间有传说，中元节的晚上，若是有人能够看到天门大开，就会得到无数金银元宝。若是有胆子大的人，想要听见鬼怪的说话声，可以趴在葡萄架下面，就会有声音从地底传出。不过传说就是传说，看到过天门的人类不知道，那不是天门，而是鬼门大开。

符离与庄卿驾云来到山中，集市已经开始热闹起来。他们刚到集市门口，就有穿着古代衙役服装的鬼差拦住他们，询问他们的身份。

符离看庄卿，这些鬼差竟然还穿着几百年前的服装，而且还不认识庄卿，难道庄卿以前没来鬼市巡逻过？

“我是人间修真界管理处的处长，他是我的职员。”庄卿把一枚玉牌递给鬼衙役，衙役接过玉牌看了一眼，面上露出震惊之色，连连道：“原来是庄卿大人，小人有眼无珠，有失远迎。”

“请两位大人海涵，鬼市上有规矩，凡入鬼市者，皆须着华服，束头冠，您看……”鬼衙役语气有些忐忑不安，怕惹恼庄卿。

“入乡随俗，应该的。”符离只想去凑热闹，穿什么衣服不重要。他话音一落，身上的衬衫牛仔裤消失不见，变为一个玉冠锦袍的贵公子。庄卿看了眼他，默不作声地变了一身长袍出来。

符离穿白，他却着玄色锦袍，一眼看上去，庄卿就是成熟稳重的大哥哥，而符离就是被兄长带出门增长见识的小弟弟。

入了鬼市大门，里面灯笼悬挂，人来人往，美人无数。有移着莲步的宋代女鬼，也有穿着战袍的威武将军，还有顶着兽耳的妖修。

“庄卿大人！”妖修们看到庄卿，皆露出几分惊恐兼敬畏之色，似乎没有想到庄卿会出现在这个地方。

有只鼠妖甚至想把摊子上的东西塞给庄卿，两只手抖得连东西都拿不稳。

“这位道友不要紧张，我们只是例行巡逻，请不要误会。”符离见庄卿沉着脸不说话，忙伸手把鼠妖塞进庄卿怀里的东西掏出来，放回鼠妖的摊子上，“大家该做什么，就做什么去。”

妖修们面面相觑，神情有些微妙。

“你们表情为何如此奇怪？”符离神情一肃，“难道卖假冒伪劣产品了？”

“没有没有。”妖修们齐齐摇头，再也不敢乱看。

走过这些妖修摆的摊子以后，庄卿才道：“这些都是几乎不出山的妖修，也没有良妖证，所以看到我们有些紧张。”

“原来是黑户。”符离回头看那些妖修，妖修们正在交头接耳说着什么，见他回过头去，纷纷停止了交谈。

“有些妖喜欢人间界的繁华，可也有些妖不愿意与人类接触。”庄卿语气平淡道，“管理处存在的意义就是让这些修真者能够选择想要的生活。”

符离看着这条几乎望不到尽头的街道，忽然道：“你真了不起。”

庄卿偏头看他，半晌后挑眉：“就算你拍我这个领导的马屁，年底考评的时候，我也不会给你开后门。”说完这句话，他大步向前走去。

“小小年纪，思想不要这么偏激，我就不能真心实意夸你一下？”符离连忙跟了上去。

不远处，有鬼在表演滚油锅和走钉板，还有把自己的脑袋摘下来当球抛的，口味十分重，但是围观的鬼跟妖都不少。

“这是十八层地狱的教育表演，警示人与妖不要作恶，不然这就是他们的下场。”庄卿见符离踮着脚看这些没有创意的表演，眼神淡漠。

很久以前，他来鬼市的时候，表演的也是这些，只是表演的鬼变了。

“那确实挺有教育意义的。”符离看到一个鬼摘下脑袋后，连肠子都粘在脖子上，忙扭过头不再看，“就是口味有些重。”

离地狱教育表演不远的地方，开了一家馄饨铺，符离看到煮馄饨的老儿割了一把自己的胡子扔进汤里，旁边的鬼修与小妖们立刻围了过去，争着抢着买馄饨。符离恍然，原来人参精在修真界，就靠这个发财致富吗？

街头对面有几个女鬼在表演羽衣霓裳舞，外面的牌子上写着，唐明皇作曲，杨贵妃编舞，世上最完整、还原度最高的羽衣霓裳舞。虽然不知道真假，不过跳得确实还不错，舞台下面围了一大堆叫好的男鬼雄妖。一些男鬼身上穿着歪歪扭扭的长袍，脸上还戴着眼镜，看起来有几分可笑。

“走过路过，千万不要错过，华佗牌止痛药，关羽用了都说好！”

“来看看啊，貂蝉牌美容霜，貂蝉最爱的美容霜。”

“这位道友快来看，这把莫莫剑怎么样？什么，居然说我的剑不值钱，知道他哥哥是谁吗，莫邪听说过没？”

“卖琵琶，卖琵琶，男人买了送女友，女人买了漂亮又神秘。上面有法阵加持，可抵挡化神期大能的攻击一次……”

符离看着街头各种乱七八糟的商品，指着那把叫莫莫的铁剑：“庄卿，莫邪剑还有弟弟？”

“那都是骗鬼的。”庄卿把符离拽回来，“你别去看了。”

“哦。”符离走了两步，又指着一个摊位上的檀木雕香扇道，“那真的是武皇最喜欢的扇子？要不我们给朝云买回去，她肯定很高兴。”

“武皇当政时，还没有这种扇子出现。”庄卿扣住符离的腰带，不让他乱走。

“啊，也是骗人的啊。”符离耷下肩膀，“怎么这些鬼与妖一点都不诚实。”

“嗯。”庄卿嘴角露出笑，只是这个笑稍纵即逝，“知道这个社会有多黑暗了没有？”

符离突然指着前面一个招牌，神情有些激动：“人眼糖珠，现在不允许吃人的！”

“那是用桂圆做的糖果子。”庄卿扣着符离腰带的手纹丝不动。

符离：……

“那里有卖烤鱼的，我们去买两份吧。”符离忽然又来了精神。

庄卿无奈叹了口气，他这个一千九百多岁的龙，只能陪着符离这个四千岁的妖，边走边吃烤鱼。偶尔有路过的妖偷偷看庄卿，庄卿一个眼神扫过去，这些妖顿时消失不见。

吃完烤鱼，符离把竹签扔进街边装垃圾的藤筐里，转头又被老掉牙的街头相声逗得捧腹大笑，掏出一粒珍珠就扔进对方递来的碗里。

表演者喜滋滋地想，这是哪个土大款这么大方呢，抬头一看，差点把碗给打翻了，庄卿怎么会在这里？他抄袭那些相声大师生前的相声段子，被发现了？

庄卿看了眼碗里的珍珠，转头见笑弯了眼的符离，对符离道："再去前面看看。"

"哦。"符离乖乖点头，跟着庄卿从鬼群中挤出来。几个戏鬼在戏台子上咿咿呀呀唱着悲欢离合，生死爱恨，符离听不懂，只是见他们台子前观众不多，所以掏了一粒珍珠扔进对方碗里。

庄卿忍不住道："你有很多珍珠？"

"人类的货币在这里不能用，那些药草你又说都是珍稀物，所以我这里最不值钱的，就是这些海珍珠了。"符离有些紧张，难道他又做错了什么。

"跟海珍珠比起来，他们可能更喜欢散银。"庄卿递给符离一包碎银子，"你拿这个给他们。"

"原来是这样，谢谢你。"符离接过碎银子，欢欢喜喜给各个表演的妖鬼打赏去了。庄卿面无表情地跟在他身后，盯着打赏碗的眼神格外冷漠。

走走玩玩了两三个小时，符离的兴奋劲儿终于减去了小半，而庄卿给他的这包散银，也快花光了。

"两位大人，不如在老婆子这里歇歇脚。"

符离循声看去，一个穿着紫色华服的妇人正笑眯眯地看着他，她面前摆着一个摊子，不过没有客人。摊子旁立着一块招牌，上面写着"五味汤"三个字。

"五味汤是什么？"符离走到摊子前，发现摊子上摆放着一排陶罐，每个陶罐里都装着不同颜色的汤。

"人生有五味，我这汤里有喜、怒、爱、憎、悲。"妇人的目光越过符离，停留在庄卿面前，"二位想要喝哪一种呢？"

她见符离没有回答，从喜罐中舀了一碗汤递到符离面前："你可以尝尝这个，它可以给你带来无上的欢喜。"

庄卿伸手拦在了碗前。

"龙君这是何意？"妇人笑看庄卿，手里端着的橙色热汤稳稳当当，没有偏洒半分。

“人生五味怎么靠一碗汤尝出来？”符离摇头道，“不需要。”

“那便罢了。”妇人见符离拒绝，把碗放下。端了一碗无色的汤递给庄卿，“龙君，鬼魂喝下这碗汤，便会忘记今生。而活人若是喝下它，却有可能记起前世，龙君要不要尝一尝？”

“孟婆大人真会说笑。”嘴上说着“笑”字，庄卿脸上却没有半点表情，“我对虚无缥缈的前世并不感兴趣，更不想付喝下这碗汤的代价。”

“老身跟龙君大人开个玩笑，还请龙君大人不要介意。”妇人也就是传说中的孟婆，她朝庄卿行了一个福礼，“一千五百年不见，龙君如今的威严，让天下百兽折服。”

庄卿回了半礼：“倒是孟婆大人的玩笑，仍旧一成不变。”

孟婆笑了笑：“若是下次再与龙君相见，老身或许还会再开一次这样的玩笑。”

庄卿没有说话，脸上也看不出喜怒。

孟婆脸上的笑意更甚，她转头仔仔细细看着符离，郑重行了一礼：“还请道友不要介意老身的玩笑。”

“没关系。”符离摇了摇头，笑道，“虽然我不喝汤，不过这些汤很漂亮。”

“老身在冥府做了几千年的汤，熟能生巧罢了。”孟婆道，“鬼市已经过去了一半，二位不要浪费时间，继续赏玩吧。”

听到“赏玩”二字，符离才想起今晚他是陪庄卿来巡逻，而不是庄卿来陪他玩的。他有些心虚地看了庄卿一眼，见庄卿没有什么表情，又偷偷松了口气。

离开孟婆的汤铺，庄卿指着前方一个不大不小的店：“去前面那家店坐坐。”

“好。”符离以为庄卿累了，忙点头答应。

进了店，这是个食铺，菜式全是鱼虾蟹等类，大厨是只鲸鱼妖，里面的伙计皆是鬼修。庄卿的到来，引起店里小范围轰动，不过在美食面前，大家的胆子似乎也大了些，至少没有谁被吓得丢了筷子就跑。

点的菜很快上桌，庄卿尝了一筷子，神情不明地放下。店还是那家店，做饭的仍旧是鲸鱼，只是他再也没有当年那种彷徨与惊恐。

“怎么了？”符离尝了下庄卿吃过的鱼，味道明明很好嘛，比自称做过宫廷首席大厨的包御做得还好吃。

“没什么。”庄卿摇了摇头，转身看着店外来来往往的行人，掏出一个锦囊，递给旁边的伙计。

“大人，您、您这给的也太多了。”伙计不认识庄卿，但是看四周食客的态度，就知道此人身份不简单。再看对方突然给了这么多东西，他有些害怕。

“不多。”庄卿指了指在后厨做饭的鲸鱼，“这是一千五百年的利息。”

“你欠这家老板的钱？”符离有些惊讶，没想到庄卿竟然也会欠债。

“嗯。”庄卿举起筷子，夹起一只大虾，“年幼时不懂事，出门没有钱，吃了老板的霸王餐。”

他以为自己再也不会出现在这个地方，也不用再想起自己当年狼狈的模样，然而当他再次踏足这个地方，才发现一切的以为，都不过如此。

“老板。”伙计走到后厨，把装满灵珠与珍珠的锦囊交给鲸鱼妖，“这是一位客人给的，他说……这是一千五百年的利息。”

鬼市有规矩，财货两清，不可赊账，若是被发现，就会受到妖界追杀。那个客人看起来威仪不凡，怎么可能欠老板的钱？

“一千五百年前？”年迈的鲸鱼妖接过锦囊，“谁啊？”

“就是那位客人。”伙计隔着门帘，给鲸鱼妖指了指给钱的人。

“龙气缭绕，功德不凡……”鲸鱼妖看着那个身着玄色锦袍的男人，忽然想起了一千五百年前的那个半大孩子。那个孩子满身血污，灵气紊乱，在他这里点了一碗补充元气的汤。

后来那个孩子喝完汤仓皇逃走，而他看着孩子逃走，没有叫住他。这么多年过去，他以为那种没有长辈庇佑的混血龙，早已经死在其他妖族的口中，没想到时隔一千五百年还能再相见。

符离发现桌上多了一碗汤，他抬头道："伙计，我们没有点这个。"

伙计笑道："老板说，这是他赠给故人的。"

第四十九章

“故人？”符离偏过身子，小声对庄卿道，“看来债主认出你来了。”

庄卿拿起汤盆中的骨勺，给自己舀了碗热汤。汤至嘴边，朦胧热雾遮住了他的双眼，他低下头喝了一口，味道一如当年，丝毫不变。

他见符离正瞪着眼睛看自己，放下碗问：“这汤手艺很好，你不尝？”

“尝。”符离一口气喝下半碗，点头道：“好喝。”

两人用完餐，庄卿付了账便离开，他没有提出见老板一面，而老板也没有出来。他踏下石阶，山中已经升起薄雾，为鬼市添上几分似仙似妖的神秘。

有小鬼提着纸糊的红灯笼在妖鬼群中穿梭奔跑，毫无血色的脸上，也能看出几分天真。如果不是因为这里有些妖还维持着一些本体特性，或许就算有普通人类误闯此处，也只会觉得这是个神奇的桃花源，而不是鬼市。

“帅哥，我们这里有深山纯天然野果酱，没有人类社会的化学药品，远离污染源，自己喝或是送朋友，都是上上之选。”一个女妖把传单塞进符离手里，并对他妖媚一笑，“你一定要来哦。”

不过当她看清符离身边的男人是谁后，脸上的笑顿时收了起来，低下头匆匆跑开。

符离把传单塞进庄卿手里：“你帮我看看果酱是不是真的新鲜，我去买袋干果。”说完，他匆匆往回跑去。

庄卿盯着手里毫无排版可言的传单，眉头皱成了山丘，刚吃完东西出来，还要吃干果。本体那么小，东西都吞到哪儿去了？

伙计把碗盘收进后厨，看着鲸鱼妖苍老的面容，有些担心地道：“老板，鬼市已经过去大半时间，这会儿也没多少食客了，要不我们收店吧。”

“这家店我开了一千五百年，每年鬼市都开至天明。”鲸鱼妖看着外面空荡荡的大堂，在木凳上坐下，“也不知道这家店还能开多少年。”

他老了，突破不了元婴出窍期，寿元将尽。能开灵智化妖，对他而言已是幸事，只可惜天资不够，唯有止步于元婴。如今人类大兴，有些人甚至大肆捕杀鲸鱼，他若是死了，还有谁能护住那些懵懂无知的鲸鱼？

伙计心里有些难受，想起刚才那个看起来身份不凡的食客：“老板，刚才的那个客人好像在妖界极有势力，您若是与他有几分交情，不如拜托他帮你找分神丹……”

“傻孩子，分神丹价值连城，哪有那么容易得到。”鲸鱼妖起身擦干净灶台，“他不过欠我一顿饭，给的这包报酬，已经足够他吃一千五百年。”

当年首次来鬼市开店的他，遇到闯入鬼市的龙族，因为一时心软，没有追究对方吃霸王餐，或许也是缘分。

“老板在吗？”

鲸鱼妖与伙计站起身，见刚才过来吃饭的那位俊美公子又走了回来。鲸鱼妖看不透对方的身份与修为，十分谨慎地站起身：“不知公子有何见教，可是小老儿的饭菜做得不合胃口？”

“饭菜味道很好，不知道老板可否再帮我烧一道刚才的鱼，我带回去吃。”

“做好的鱼不可久放，这……”鲸鱼妖有些犹豫，坏了味道的东西，就是砸他的招牌。

“没关系，我的乾坤袋中可保新鲜与味道，你尽管做就好。就是速度要快些，我的朋友还在前面等我。”

鲸鱼妖暗暗心惊，竟有如此稀罕的乾坤袋，这位公子究竟是何等来头？他手脚很快，刀光在空中飞舞，原本还活蹦乱跳的鱼，已经变成了薄薄的鱼片，在热油中翻滚着。

鱼肉很快做好，符离在身上掏出一个很小的锦盒，递到鲸鱼妖手里：“多谢。”

鲸鱼妖还没看清对方给了什么，对方已经化作青烟消失。

伙计愣了两秒："吃霸王餐？"

鲸鱼妖打开锦盒，看到躺在里面的丹药，愣住了。

"分、分神丹？"伙计看到盒子里的东西，半晌才结结巴巴地道，"这是不是分神丹？"修真者靠丹药堆修为虽是下下之策，但若是寿元将尽，用丹药是唯一的延寿方法。

鲸鱼妖捧着锦盒的手微微颤抖，他忽然明白，刚才那个俊美公子回来，并不是真的为了一条鱼，而是察觉到他寿元将尽，才给了他这个。

"老板，他为什么给你这个？"伙计此刻的感觉，就像是给了对方一粒花生，对方却回了他一车金砖。

鲸鱼妖站起身，走到店门口朝远处撑着伞的青年行了一个大礼。

他回过身，拿出庄卿给他的锦囊，倒出里面的灵石与珍珠，一粒褐色的丹药也跟着滚了出来。

这是一粒分神丹，与刚才那个俊美公子给的一样。

天上下起蒙蒙细雨，符离撑开一把玉骨伞，远远看见庄卿站在果酱铺外，加快脚步上前，顺便把伞移了移，刚好也遮住了庄卿的脑袋："果酱新鲜吗？"

庄卿抬头看遮在自己头顶的伞，点头："还不错。"

果酱铺的鬼修快要哭出声了，自从这位龙君站在他店铺门口后，其他客人都不敢过来了，这叫什么事啊。

"那我们买些回去？"符离嘴上在问庄卿的意见，眼睛却盯着果酱不放。

"嗯。"看他这副模样，庄卿就知道说不买是没什么用的。

"你跟我各五罐，部门里其他同事每人一罐……"符离算清部门有多少人后，便让老板拿货。

庄卿想说自己不爱吃这些东西，不过看符离算得这么认真，也懒得跟他计较这些。反正几瓶果酱，也花不了多少钱，总比他一路走，一路扔赏钱好。

符离的乾坤袋就像是无底洞，再多的东西也塞得进去，把买好的果酱扔进乾坤袋后，符离再次撑开伞，把两人的头遮住："走吧"。

细雨飘落在伞顶，竟没有一丝雨飘落在庄卿身上，他这才发现符离手里这把伞的怪异之处。伞面上是很简单的刺绣，但是却带着祥瑞之气，难怪四周的鬼，都不敢靠过来。

伞柄润泽如玉，却又不是真正的玉，反而像是某种动物的骨头，上面还带着几分动物生前留下来的煞气，这种煞气很熟悉，像是……龙族特有的。

庄卿神情略有些怪异，他与一只兔子，打着一把用龙骨制成的伞挡雨，似乎哪里都不太对。

角落里，一位戴着面纱的女子拉着哀伤的二胡，雨水打湿了她的裙摆，她却恍若不知，用二胡谱写出一个悲怆的故事。有失意者，闻曲而悲；快乐者却带着笑，匆匆走过。

女子的对面，一对鬼夫妻表演着情景剧，逗得路人哈哈大笑，赢得掌声无数。

符离看了看左边，又望了望右边，手里的银子一抛，两边讨赏碗都多了一锭银子。

庄卿忍不住开口道："你不该叫符离。"

"啊？"

"改名散财童子更合适。"

符离：……

人群中，魏仓扯了扯师兄张柯的袖子："师兄，你看前面那两个凑在一块儿打伞的，像不像老大跟符哥？"

"你说符哥来凑这个热闹我信，老大怎么可能？"张柯身上穿着长袍，头发却是板寸，看起来有些不伦不类。不过这里不伦不类的鬼不少，他在人群中并不突兀。反而是玉冠锦袍、玉树临风的贵公子更引人注目。

魏仓越看越觉得像，毕竟不是谁都能在拥挤的街头，让四周空无一鬼的。虽然符哥一身锦袍，背影好看得让女妖们神魂颠倒，但他还是能够确定，那个白袍公子肯定是符哥。

"师兄，真的是老大跟符哥。"

"师弟，别开玩笑了。"张柯叹口气，"你刚来还不懂老大的习惯，他从不会去鬼市。就连跟了他一百多年的楚余，也说从没见过老大在鬼市上现过身，又怎么可能跟符哥打一把伞来逛鬼市……"

张柯说话的声音越来越小，最后直接消失了。

"哎哟我去，那不会真是老大吧？！"

张柯与魏仓想上前一探究竟，突然整个鬼市上空响起沉闷的鼓声，一声又一声，声音又急又大，像是发生了什么紧急事件。

"怎么了？"魏仓看张柯，张柯神情十分难看，"有人强闯鬼市。"

听到这个鼓声，街道上的行人有些直接原地消失，有些化为动物仓皇逃走，阁楼宅院变成了顽石或是树木，喧闹的街头在眨眼间，变成了没有人烟的荒山。

由喧闹变为寂静，这种落差太大，符离没有瞬间反应过来。

庄卿见他还一脸茫然，不知道发生了什么事，便道："可能是外敌入侵，阴差对付不了，所以通知大家离开。"

摆摊开店的妖鬼离开，他们用法力变出来的东西，自然也恢复了原样。符离发现了不远处的张柯与魏仓两师兄弟，朝他们挥着手："你们也来玩……也来巡逻？"

张柯偷偷看了眼玄袍玉冠的庄卿，拉着师弟凑到符离面前："符哥。"

忽然狂风大作，飞沙走石，张柯紧紧拽住魏仓的手，免得被风吹走。几个冥界衙役不知道从哪儿被吹了过来，摔在符离等人面前，好半天都爬不起来。

符离担心他们又被吹走，抛起手中的玉骨伞，伞忽然变为巨大的华盖，把所有人都遮在了华盖下。华盖也仿佛自成一个世界，风雨再大，也吹不进来。

一个人有些狼狈地从飓风中飞出，落地后连退好几步才站稳身体，他一眼就看到了华盖下的符离，双眼顿时亮起来，连滚带爬躲进华盖下。

"符道友，真巧。"栎胥拍了拍自己衣服上的尘土，向符离行礼道，"没想到又见面了。”

“外面发生了什么事？”符离见栎胥这个鬼差长都如此狼狈，往风吹来的方向看了好几眼。

只见狂风中，出现一只巨大的鸟，这只鸟长了一张巨大的人脸，脚下还踩着巨大的青蛇，看起来骇人万分。他翅膀一扇，便能带起黑色狂风，四周的草木顿时枝枯叶黄，失去了生命。

“那、那是什么？”阴差看到如此怪异的生物，还有满地枯死的植物，眼神中溢满了惊恐。眼见着怪物朝妖鬼们逃离的方向赶去，栎胥神情凝重，骂道：“老子宰了他！”

符离一把抓住栎胥：“你不是他的对手。”

栎胥急道：“可是山上这么多妖与鬼，若是被他追到，哪还有命在？”

符离表情十分难看，他快速掐了一个手诀，华盖多了一层结界，待在里面的人，除非他同意，不然谁也出不去。

“符哥，那是什么？”张柯是见过酸与跟朱厌长相的，但就算是这两个，也没有眼前这个怪物样貌可怕，尤其是他脚下腾飞的两条青色巨蟒，格外可怖。

“那是……”符离额头渗出汗，“那是你们人类口中的神。”

“神？”张柯看着空中那只几乎与怪物无异的怪鸟，“神难道不是拯救世人的吗？为什么会……”

符离右掌摊开，红鞭出现，“所谓的神，也不过是一种说法而已。你们人类叫他风神、海神，还有……瘟神。这是他出生便有的能力，在妖界他还有一个名字，叫禺彊。”

“那我们……”

“你们都不是他的对手，包括你。”符离看了眼庄卿，忽然便飞了出去，他手中的红鞭突长，化作网蔓试图把禺彊拦下来，然而禺彊耳朵上挂着的两条蛇突然张大嘴巴，用毒牙咬断了靠近的红鞭。

“卑微的生物，给我滚开。”禺彊傲慢地看着符离，或者说在他眼里，任何生物都是低贱的。

符离没有说话，他一甩手里的鞭子，再度缠斗上去。出了这座山，外面有个人口密集的城市，常住人口将近八百万，如果让禺彊把瘟疫带到这个城市，后果不堪设想。

被结界拦在华盖下的庄卿神情十分难看，他知道符离在与妖打斗的时候，有先报家门的习惯。唯有今天，连一句多余的话都没有，只能说明一件事，那就是这个叫作禺彊的神，是不会听任何话的傲慢生物。

妖与神相斗，又怎么能有胜算？

他把手放在结界上，试图冲破结界出去，然而也不知道符离布结界时用的何等手法，他竟无从下手。

禺彊见面前的小妖竟如此不识趣，当下大怒道："本王不过沉睡数年，你这种卑劣的生物竟也敢拦在本王面前？！"他脚下的两条青蟒张开滴着唾液的嘴，卷着毒烟，朝符离咬了过去。

青蟒的速度太快，快得仿如一道闪电，在所有人都没反应过来时，其中一条已经把符离吞入了腹中。

华盖伞下，庄卿一声龙啸，双手化为龙爪，浑身冒出龙鳞，试图用蛮力撕开结界，不过短短几秒钟，他的龙爪便渗出血，把整个结界都染红了。

张柯呆呆地看着空中得意飞翔的青蟒，双目赤红，竟掉下男儿泪来。他站起身走到庄卿身后，一抹脸上的泪，把全身法力渡到庄卿身上："老大，我助你一臂之力。"

魏仓沉默地跟在张柯身后，学着张柯的样子，也把法力渡给了庄卿。

栎胥苦笑一声，伸手把掌抵在庄卿背后。

庄卿根本顾不得有多少人靠近了自己背后，他身体龙化越来越明显，五指龙爪血流不止，结界终于有了一道裂纹。他不知道自己在想什么，只觉得脑子里一片空白，身体叫嚣着要杀死那条青蟒，把他的胸腹剖开。

"可笑。"禺彊注意到了黑风中的华盖伞，扇着翅膀就要踏平华盖伞。

忽然他脚下的青蟒发出嘶嚎声，疯了般坠落在地，痛苦地打起滚来。然而打滚并没能拯救他，他的腹部仿佛被什么腐蚀了一般，一点点化为灰烬，最后整条青蟒都化为了一团黑灰，消失在飓风中。

“我的爱宠！”禺彊发出一声怒吼，再也顾不上华盖伞了。

符离被青蟒吞下的那个瞬间，觉得自己周身都在发热，他以为是青蟒的胃酸在消化他，没想到竟是青蟒消失了，难道他身上还有某种神奇的力量？

他抖了抖身上的毛，让掉在地上的本命红鞭融入自己体内，一个后蹬腿，把另一条冲过来的青蟒踢飞。

“吼！”学着白虎当年在山中长啸的模样，符离张开嘴啸了一声。他身体虽小，但自认这样叫的时候，还是很有气势的。

果然被他蹬开的青蟒听到这声吼叫，竟吓得不太敢上前。

一蟒一兔，一个在天，一个在地，竟有几分龙争虎斗的肃杀感。

“长官，那位道友没死啊！”有阴差神情激动地指着结界外，“他变成兔子了！”

兔子？

听到这两个字，庄卿瞬间抬起头，就看到那只巴掌大的兔子，竟然主动飞身上前踹青蟒，而青蟒……被他踹飞很远。

“我的天老爷，符哥这是暴力金刚兔吗？”张柯傻愣愣地看着外面这场小兔子暴揍大青蟒的大型玄幻剧，连法力也忘记继续传了。

眼见自己养的两只宠物都死在符离手中，禺彊暴怒，他指着符离道：“低贱的畜生，本王要惩罚你。”他张开双翅，天空中出现一个巨大的旋涡，整个山林飞沙走石，龙卷风平地而起，狂啸着朝符离袭去。

神，怒了。

咔嚓。

结界终于被庄卿打开，他化为金龙，龙啸山林，四海皆有感应，回馈灵气于体。龙身暴胀，盘旋着挡在符离身前。

天空中乌云翻滚，似有雷电即将出现。

符离看着挡在自己身前的金龙，抬头望向了天空。

第五十章

符离后腿一蹬，嘶吼一声，跳至金龙头顶，瘦小的身躯在月色照耀下，发出暗红的光芒。他低头看脚下的金龙：“这种时候，怎么能让你这个未成年去送死？”

“符离！”庄卿欲用尾巴把符离勾回来，但是作为一只修炼成精的兔子，符离弹跳速度实在太快，快得庄卿抓不住他。

与巨大的龙卷风比起来，符离的身体渺小得犹如尘埃，在他跃空而起的一瞬间，所有人都怔怔地看着那巨大无比的龙卷风，无力的绝望感涌上心头。

魏仓化为巨大的吊睛白虎，一跃而起，来到庄卿身边，虎首微垂，处于极度戒备状态。

冲进龙卷风的那一刻，符离觉得自己的身体快要被撕裂，他奋力地冲破龙卷风的束缚，前爪在地上一拍，地面的尘土与岩石直立而起，变成四四方方的墙，试图把龙卷风圈在墙内。

禺彊没有管符离与龙卷风如何缠斗，他化为人身，背后还张着巨大的双翼，停在自己的青蟒前。这两条青蟒是他养了上万年的宠物，已是他的侍从，如今竟被不知名的小妖杀死，他不仅心疼侍从，也恼怒对方让自己丢了颜面。

垂在他耳边的两条青蛇张开嘴发出嘶嘶声，露出一口毒牙。

禺彊伸手轻轻抚摸着它们冰凉的头顶，看着自己制造出来的龙卷风，忽然笑了：“看来是我太多年没有出来，让这些卑微的生物忘了我的存在。”

他轻轻一抬手，龙卷风就像是活龙般撞破符离弄出来的围墙，直接朝一边的金龙撞去。

“吼！”符离飞至空中，化为人形朝禺彊扔出一件法宝。

符离听白猿提过禺彊性属水，最忌火，所以只能用火性法宝来对付他。就算不能对他造成伤害，至少能打扰他作法。

庄卿与魏仓看到龙卷风袭来，魏仓身体再度暴胀，加速奔跑企图以头抵住龙卷风继续前进，而庄卿直接龙啸一声，张开嘴吐出无数海水，海水遇龙卷风的瞬间，就化为了寒冰。趁着这个机会，庄卿盘旋上前，用身体一圈圈地裹住了龙卷风。

“感谢万能的通信基站，这种深山老林里还有信号。”张柯掏出手机，开始联系安全部门，让他们联系当地气象部门，发布龙卷风预报，让大家都躲在屋子里不要出来。还让卫生部门尽量多准备治疗瘟疫的药物。

栎胥半跪在地上，听着张柯与电话那头的负责人汇报情况，从腰上抽出一条抽魂鞭，对几个下属衙役道：“你们都留在这里，我去看看。”

“长官，外面危险，您……”

“我身为修道者，又怎么能眼睁睁看着一城百姓生死离别，到时候几百万的魂魄，还不累死我们阴差？”栎胥站起身，看着与禺彊打得难舍难分的符离，“妖且有护人之心，我生前是个人，难道连妖也不如？”

暂时控制住龙卷风，庄卿回头见符离与禺彊斗在一起，变为人身，长剑出鞘，沉着脸对魏仓道：“拦住这边，我去为符离助法。”

魏仓摇了摇虎尾，后掌在地上刨出一个深深的坑，他有些绝望地想，也不知道他的脑门会不会被龙卷风磨成地中海，变成人以后，大概是需要戴假发套了。

庄卿剑法十分精湛，与符离联手后，竟与禺彊打了个平手。险险躲过禺彊翅膀扇过来的毒风，庄卿下半身化为龙尾，替符离扇走偷袭的青蛇，冷着脸对符离道：“我早就成年了。”

符离：……

现在是争辩这个问题的时候吗？

他握着鞭子的手心微微发热，开始回忆当年白猿跟他提过有关禺彊的内容。只怪他小时候坐不住，总是不好好听白猿说话，现在到了关键时刻，他终于体会到“书到用时方恨少”的感觉。

禺彊是被人类奉为神明的妖修，实际上他与庄卿一样，身上还有部分人类的血脉。但是他却没有半点人类感情，在他的眼里，万物的生命都不值钱，生死不过在他喜怒之间。当年或许还有大妖能够阻拦他的行为，如今妖界凋零，就连他都算得上是高手中的高手，哪还有妖能拦住他。

不、不对，也许还有一个妖能拦住他。

符离双手快速掐手诀，第一次使用千里传音的术法。

自从来到人间界以后，鲲鹏最爱的就是吃饭睡觉，大半夜突然被符离的声音吵醒，他闭着眼回了一句：“兔子，大半夜千里传音干什么？”

“鲲鹏大人，在下有事相求。”

鲲鹏睁眼看了眼外面有些阴沉的天空：“这个时候找我，肯定没好事，说吧。”

“禺彊现世，求鲲鹏大人出手相助。”符离用鞭子帮庄卿拦下禺彊一击，飞至半空掏出一把朱色羽毛扇，扇子一扇，出来的不是风，而是烈火，禺彊躲闪不及，左翼上的羽毛被烧掉了大半。

“朱雀？”禺彊眼中露出几分厌恶与忌惮，他转身看着符离手中的朱色扇，这个小妖究竟是从哪里钻出来的，竟有这么多法宝？

他最厌恶的便是朱雀、玄武、白泽这类妖修，整天一副悲天悯人的模样。弱者被杀或是被吃，不是很正常吗？妖也好，人也罢，弱者与废物又有何异，倒不如杀了图个痛快。

“你说谁？”鲲鹏听到禺彊的名字，差点以为自己耳朵出了问题，“天道爷爷哦，你们招惹上这个疯子了？”在他眼里，禺彊就是疯子，高兴的时候吃人吃妖，不高兴的时候，连自己的手下都能撕咬着玩，在他身边能够长寿的，恐怕就只有他养的那四只宠物。

“兔子，不是我不帮你，禺彊这个妖谁的面子都不给，我一个凶兽帮着你们揍凶兽，是不是有些不合适？”

符离挥着手里的朱色扇，这把扇子是他被肥遗吓到以后，刚鬣大王给他防身用的，可惜这些年他一次都没有用过，现在才发现用这把扇子还挺耗费灵力。

“大人，这都什么年代了，哪里还用讲究立场。”符离眼见一股毒风朝自己袭来，手中的扇子瞬间变大，把自己彻彻底底拦在扇子后，“如果人间界被毁，我跟庄卿没了性命，你以后上哪吃美食？”

鲲鹏：“笑话，我鲲鹏岂是为了人类食物改变立场的妖？”

“哥们。”阴间衙役呆呆地拍了拍张柯，“你们部门这个兔子妖是来自哪儿的高人，竟然有这么多法宝？”就算他们修为低微，见识不够多，那些法宝周身散发出来的威力，也已经逼得他们喘不过气来。

张柯傻傻地摇头，他只是一个无知又拖后腿的人修，这么高深的问题，他回答不了。

风打到扇面，瞬间被扇面弹了回去，禺彊因此往后退了两步：“难怪本王见到你便如此厌恶，原来竟是朱雀的门生。”这把扇子上，明显带着朱雀自己下的法力加持，这个小妖若是没有得到朱雀的认可，又怎么能用这把扇子？

朱雀门生是什么东西？

符离抓住扇把，扇子在他手中变小，成了趁手的武器，睡太久的妖修脑子不太好，这个时候跟他争论什么武器，是十分愚蠢的决定。

禺彊化而为鸟，巨大的双翼扇动，天空中出现三道巨大的龙卷风，他冷笑道：“就算是朱色扇又能如何，即便是朱雀在我面前，我也不惧，何况只是一把扇子。”

符离看着空中翻腾的三条龙卷风，脸色沉了下来。

禺彊的弱点……究竟是什么？

“禺彊生而丑陋，能操纵水风，双翼生来带着瘟疫，是十分凶残的妖怪。”

“那我若是遇到他该怎么办？”

“你若是遇到他……”白猿抚摸着小兔子身上的绒毛，声音悠长飘忽，“那便跑吧，刚鬣大王给你的朱色扇倒是可以抵挡一二。”

符离睁开眼，看着越来越近的龙卷风，心一点点沉了下去。

他记起来了，那时候白猿并没有告诉他该怎么对付禺彊，只让他见到禺彊就跑。后来他还想追问，哪知雉鸡妖来找白猿，便把这件事搁下了。

只是眼下山外住着无数生灵，他如何能跑？

符离看了眼身上已有伤口的庄卿，紧紧握住手里的朱色扇。刚鬣大王说过，生而为妖，应该敬畏天地万物，心怀仁善，方可受天道眷顾。

“什么神，也不过如此罢了。”庄卿擦去嘴角的血，冷笑道，“活了这么多年，相貌仍旧如此丑陋，可见是受天道遗弃的生物。”

“闭嘴！”禺彊自出生起，因为性格暴虐，所以并不受父亲待见。但他并没有收敛行径，反而对人类与妖兽更加恶劣，若是心情不好，便施法让当地发生瘟疫，让人与妖都十分恐惧。然而恐惧产生敬畏，从那以后，几乎无人敢招惹禺彊，但也没有哪个妖与禺彊交好。禺彊最记恨别人说他的容貌，所以庄卿这几句话激得他没有心思去操纵天上的龙卷风，直接一掌朝他拍下去。

不过是条还没长成的龙，竟也敢笑话他！

这厢鲲鹏在地上翻滚了好几次，有些烦躁地扔掉身上的被子，打开窗户准备出去。哪知道他脚爪子还没伸出去，天上已是乌云翻滚，闪电隐现，似乎有一股奇怪的力量在天上挤压。

他想了想，又把脚爪子缩了回来，不仅如此，他还关紧门窗，把厚厚的窗帘也拉上了。

“庄卿！”符离见禺彊用全力拍向庄卿，忙甩出手里的红鞭，想阻止禺彊的行为。然而禺彊却硬生生扯断了红鞭，重重一掌拍在庄卿的胸口上。

虽因为有符离阻拦，这一掌的力道减少了四成，但是在禺彊看来，就算自己这一掌只有六成的力道，也足以要了庄卿的性命。

轰隆隆。

天空中雷光闪烁，巨大的闪电划破整个天空，仿佛要把天撕开无数口子。

符离仿佛是想到了什么，他变身成白兔，飞身叼起还在愣神的魏仓，连连往后退。变身成巨大的吊眼虎的魏仓，看着自己头顶上小小的兔子，还有些反应不过来。

他好像被一只小兔子拖走了！

轰！

一道紫色巨雷劈下，直直落在禺疆身上。禺疆惊骇地抬头，发现天空中又有数道雷降下，他掏出身上的法宝，很快就被雷尽数毁掉。意识到不好，他张开翅膀就准备逃，然而天雷又怎会容他逃离，一道巨大无比的赤红色雷劈下，禺疆惨叫一声，从空中重重栽了下来。

禺疆栽下来以后，天上又降下九道神雷，禺疆连惨叫都来不及发出，便被雷劈得只剩一具焦黑的骨架。他一死，翻滚的龙卷风也失去了力道，渐渐化为山风，吹向山脚的城市。

离他不远，但一点雷光都没被溅到的庄卿趴在地上连吐两口血，跌跌撞撞从地上爬起来，身后有个人扶住他，嘴里也多了一枚药丸。他扭头看去，扶住他的人同样灰头土脸，脸上还有几道被风刮出来的伤口。

“神魂俱灭……”栎胥不敢靠禺疆的尸骨太近，咽了咽口水，转头看符离，“道友，刚才的雷是怎么回事？”

符离抬头看着天空仍旧翻滚的乌云，里面似乎还有雷光闪现，声音也有些发抖：“是天雷。”

禺疆突然出世，如果他像鲲鹏那样，只是吃喝睡，天道或许能容忍他的存在，然而这位一出来就引来狂风与瘟疫，连天道承认的国运龙也要揍，天道又岂能容得下他？

当初蛊雕与狰在山林中斗法，声势过大，引起了天道注意，最后的下场与这个禺疆一样，被劈得神魂俱灭，从天地间消失。

“符、符哥，你当初说被雷劈死的大妖，就是被这么劈死的？”张柯跑过来，伸长脖子看了几眼禺疆焦黑的尸骨，那样子实在太惨，他吓得往后连退好几步，“这劈得都只剩下一堆炭了。”

庄卿捂住胸口，对符离道：“你怎么样？”

“我没事啊。”符离从乾坤袋里掏出一个瓶子，塞到庄卿手里，“这些药都是恢复元气的，你记得吃了。禺彊刚才那一掌可不轻，你如果不是暗合了国运，恐怕连命都保不住。不是跟你们说了，待在结界里不要出来，你跑出来干什么？”

庄卿捏紧药瓶：“你是我的同事，就没有让你独身涉险的道理。”

“年长者保护后辈，不是天经地义？”符离又掏出一个琉璃瓶，里面装着浅青色的汁液，他拔开塞子，“来，快喝下。”

药瓶递到庄卿嘴边，符离见庄卿没有动，反而怔怔地看着自己，他摸了摸自己的脸，发现上面有一层灰土，以为庄卿在看这个，便挑起他的下巴，直接把药灌进去：“不就是沾了土，是爷们就不要在意这点小事。”

“符哥，你给老大喂的这个药叫什么？”张柯见符离又是塞药丸，又是喂药汁，怕老大没被禺彊打死，最后却被符离给药死了。

“这是杜衡药，用来活血解毒。”符离粗鲁地把一瓶药全都喂给了庄卿，“禺彊生来带毒，掌风里也少不了毒。”

“原来是这样。”张柯见庄卿脸色确实好了很多，忍不住道，“符哥，你的好东西可真多。”

庄卿把符离手中的空药瓶也拿了过来：“谢谢你。”

“自家兄弟，说谢谢就客气了。”符离爽朗一笑，眼睛弯起来，灿若星光。

庄卿看着他的眼睛，低下了头没有说话。

天空中的乌云在此刻瞬间散去，细蒙蒙的雨飘落在众人头上，大家才缓缓回过神来，今晚这场危机总算度过了。

符离看了眼山林间灰蒙蒙的雾气，从乾坤袋里掏出一个玉瓶，瓶口一倒，里面突然倒出很多青绿色的雾气，顺着风吹向了外面。

回头见张柯像好奇宝宝一样看着自己，符离道：“这是山中朝露，我用灵气让它在空中蒸发，好解除禺彊带来的瘟疫。”

“符哥，你身上是装着百宝袋吗，怎么什么都有？”张柯想，符离以前生活的地方，肯定有不少好东西，不然也不能随手就拿出这些稀罕物。

站在旁边的栎胥听到这话，忍不住多看了符离一眼。两千年前，他去雾影山渡魂的时候，确实在符离洞府中看到了不少好东西。

珍宝灵草无数，就连床都是灵玉石制成的。

“这些都是以前山里妖修们给的。”符离脑门前的头发被细雨淋得湿漉漉的，蔫答答地耷拉在额头上，看起来无害又丧气，“他们待在一起，总是幻想我会遇到何种妖怪，想完就往我身上塞东西，然后跟我说，打不过就扔法宝跑。”

庄卿见他神情沮丧，突然打断他的话：“那你今天怎么不跑？”

“我跑了你们怎么办？”符离见庄卿脸色还有些发白，伸手扶住他的手臂，“你肯定不会眼睁睁看着禺疆毁了人类城市，没有我，你还不跟禺疆拼命？”

“符离。”

“嗯？”

庄卿看着他，突然嗤笑一声：“你能活这么多年，全靠你山上的妖怪心善。”

不然这样的性子，早死了百八十回了。

“那倒是，我们山上的妖修们可好了。”提起以前山上的那些妖修，符离双眼都在发光。

栎胥见到符离这个样子，想起雾影山上后来的惨状，心里有几分不忍。他上前几步行礼道：“今夜兹事体大，如今危机已解除，在下这就去汇报给阎王。”

“阴差长请。”庄卿回了半礼。

等栎胥离开后，符离一脸神秘地对庄卿道：“庄卿，我发现了一个大秘密。”

张柯、魏仓师兄弟二人神情紧张起来。

“什么？”庄卿心中隐隐有不好的预感，总觉得符离口中所谓的秘密，跟自己所想的不同。

“我觉得……”符离清了清嗓子，“我一定不是普通的兔妖，我刚才进入青蟒体内以后，全身突然开始发热，然后青蟒就消失了。你说，我身上是不是有某种神秘的血脉，只是自己不知道？”

庄卿愣住，见符离眼中满是期待，忍不住点了点头：“有……可能吧！”

魏仓：？

张柯：？

这是啥意思？

这个时候鲲鹏就像是个人英雄主义电影里的警察，终于姗姗来迟，他刚到就听到符离说自己可能不是普通兔妖，顿时哈哈大笑起来。

“兔子，你玄幻剧看多了吧？天下大妖自出生开始，身体里就有本能的传承，你身上有这个玩意儿吗？”

符离确实没有什么本能传承，他走路的姿势和叫声，是跟山里的虎妖学的，术法也是山里其他妖教的，各种妖界见识是白猿告诉他的，并没有什么与生俱来的本领。

想到这，他不甘心地道：“说不定我是天道宠儿，妖修中的例外呢？”

“天道宠儿是你旁边这个，跟你没关系。”鲲鹏走到禺彊的尸骨旁边，脸上的笑意一点点消失。

他们这些上古大妖，曾经风光一时，备受天道恩宠。如今新人换旧妖，死也死在天道之下。

这就是所谓的天意。

第二天早上，某个城市的居民开始在网上骂当地的气象局。

网友甲：大半夜紧急通知说我们市有什么龙卷风，提醒我们不要出门。害得我们全家吓得觉也不敢睡，战战兢兢等了一晚上，早上打开窗户一看，天上挂着的太阳是什么，气象局的良心吗？

网友乙回复：朋友你想多了，他们根本没有良心。

第五十一章

管理处网络信息小组的工作人员看到网上这些消息，对身边的同事道：“上次南郡省突下暴雨好几日，气象局好像因为没有及时播报，也被网友骂了。”

“那次不是龙族坑的他们吗？”同事在全网搜索各种灵异事件，网上经常有各种灵异事件传出，他们信息部门就要实时监控，万一真的有妖鬼作乱，他们部门也能紧急应对，虽然事实上，一百个灵异传说中，基本没有一个是真的。

现在有些年轻人，闲着没事非要招鬼玩，招不出来就嫌不刺激，真招出恶鬼来，可能刺激得命都没有了。信息小组的成员全是人修，他们修为不怎么样，但由于擅长网络舆论紧急处理或是计算机操作，所以是部门里的技术人员，就连修真界论坛都是由他们来维护。

“昨晚上是不是出事了？大半夜我的一个鬼修朋友给我打电话，说鬼市开到一半就紧急取消。”工作人员看着网上一段疑似龙吸水的视频，对同事道，“你们昨晚上去凑热闹没有？”

“鬼市年年都是那些套路，有什么好玩的。”同事打了个哈欠，“都这个点了，上面也没有消息传下来，就算有事也不是什么大事。”

“哟，在做网络监控呢？”张柯走到两人身后，见电脑上放着龙吸水的短视频，笑道，“这不就是海上龙卷风，这些网友真会猜，连真龙现身都能编造出来，还说得像模像样的。”

真要有龙，以他们的飞行速度与高度，人类的肉眼也看不到啊。更别说现在管得这么严，谁敢在天上不开结界隐身，第二天就要收到一堆的罚单。

“张哥。”两个工作人员立刻坐直了身体，“你怎么来了？”

“我昨晚上拍了一段视频，你们拿去修一修、剪一剪，弄成修真界教育片。”张柯把录影石递给两人，“你们先看看。”

两人把录影石放进一个凹槽中，里面的影像自动转入电脑内。点开视频，就看到漫天的黑风与飞沙走石，随后出现在视频中的怪物，让两人全身的冷汗都冒了出来。

昨晚上闯进鬼市的，该不会就是这个吧？

“张哥，这是什么？”

“禺彊。”张柯拍了拍两人的肩膀，“辛苦一下，记得一定要把视频剪得热血又激烈，禺彊的惨烈下场一定要全方位特写，让修真界的大家明白，肆意作恶会有什么下场。”

这个叫禺彊的怪物下场究竟有多惨，竟然死了都要被当成全修真界的反面教材，连上古有名的大妖朱厌都没这个待遇。

“哦，对了，剪好以后，记得给青龙族多发两份。”张柯挑眉，“我觉得他们需要多看看这些。”

张柯离开以后，两人直接把视频内容拉到后面，天空中不断劈下来的天雷，就像是打在他们自己身上一样，让他们忍不住摸了摸自己的后背。

难怪上面要拿这个做警示视频，胆子太小的看了这个，恐怕看到雷雨天都会有心理阴影。

“剪视频嘛，我们最擅长了。大特写，气氛渲染，光泽度调和，再配上恰到好处的背景音乐。老大和符哥英勇奋战的模样，一定要突出再突出，禺彊的邪恶与肆无忌惮也要全方位地体现出来。”工作人员一边调侃，一边把视频从头开始播放。

“嘶。”看到符离的真身被青蟒吞下的那一刻，两位工作人员倒吸一口凉气，直到符离破腹而出，他们才松下心头那口气。看完整段视频，他们才知道昨晚发生的事情，究竟有多惊险。

沉默片刻，他们再也没有开玩笑的心态。妖修同事为了山下的百姓，几乎是以命相搏，他们两个身为人修，若还能笑得出来，那与畜生有什么区别？

什么细节突出，什么背景音乐，都是渲染情绪的手段，然而这段视频，根本不需要任何特写剪辑，就足以让人胆战心惊。

出了禺彊这么强大的妖修，尽管已经被劈死了，管理处也要交报告给相关的安全部门。徐媛一边整理各种资料，一边抓着从信息组回来的张柯，要他跟自己一起写报告。

“我的美丽小姐姐，昨晚在场的又不止我一个人，你怎么就揪着我了？”张柯苦着脸坐下，跟徐媛商量报告怎么写。

“老大跟符哥我是不敢找了，魏仓今天没上班。”徐媛把键盘敲得啪啪作响，“昨晚上你在旁边围观了全程，连结界都没有出，你不来帮忙谁帮？”

修为低的没人权吗？

张柯往四周望了一眼，又看了眼魏仓的个人办公室，灯灭着，看来是没人在里面。

师弟怎么了？难道是受了伤。昨晚上特意带他回师门看过，没受内伤啊。

正在愣神的时候，他看到符离拿着一盒酸奶从外面走进来，趁机从徐媛身边溜走：“符哥，你来啦！”

符离往后退了两步，把吸管戳进酸奶盒，喝了一口才道：“大早上的这么热情！”

再热情也不分酸奶给他喝，酸奶是人类最伟大的发明，真是太好喝了。

“一日不见如隔三秋嘛。”张柯讨好笑地道，“我师弟今天没来上班，我担心他身体出了什么事，能不能拜托你帮我看看？你也知道，我师弟自从加入修真办以来，从来没有迟到早退过，今天到现在这个点还没来，可能是受了内伤……”

“符哥、师兄，你们站在门口做什么？”魏仓拉了拉脑袋上的帽子，疑惑地看着两人。

符离转头看他，然后对张柯道：“他不是好好的？”

魏仓有些不自在地低下头，避开了张柯与符离打量的目光。

“师弟，你这是怎么了？”张柯见他还戴着鸭舌帽，忍不住道，“九月的大早上，没太阳又不冷，戴什么帽子？”他伸手摘下魏仓头上的帽子，看到魏仓脑袋上竟然秃了一块，又快速给他戴了回去，“那什么，咱们部门光头不少，你的发量比他们多，不要自卑。”

魏仓颓然道：“你是让我跟楚余、林归、宋语他们比吗？”

张柯干咳两声：“没关系，你这个还会长回来，他们这辈子都没机会了。”

魏仓看着张柯身后，突然露出一个微妙的微笑。

“你笑什么？”张柯回头一看，楚余就站在他身后，一脸的冷漠。

符离捂着上衣口袋避开了人与鱼的战争，蹭进了庄卿的办公室。庄卿正在跟安全部门的人通话，见符离进来，指了指旁边的椅子，转头继续通电话。

“天道的事情，只有天知道。”庄卿说话的声音总是不疾不徐，仿佛不带感情，“我的同事都受了伤，现场的视频稍后我会传给你们。”

“嗯。”庄卿挂断电话，转身看向符离，“有什么事？”

“没事，我就是看你伤势如何了。”符离把喝完的酸奶盒扔进垃圾桶，“你应该去海底休养身体，你们金龙族的长辈虽不幸遇难，但是海底的龙宫总还在。”

“不过是小伤，不是什么大问题。”庄卿把手机放到桌上，“你回去工作吧，我没事。”

“身体发育期不注意，等你龙体成年蜕变的时候，就知道后悔了。”符离把灵气汇集于双眼，想要看透庄卿的本体状态，可惜对方有国运加持，他看不真切，“我看你的样子，应该离成年蜕变不远了。听说龙族成年蜕变期非常重要，如果不注意，会影响成年后的修为。”

“你对我们龙族的事情也这么了解？”庄卿看着符离，“难道是特意了解过？”

符离老实地点头：“嗯。”

他当年特意了解过龙族的优势与弱势，后来若不是看到蛊雕与狰在自己面前被雷劈死，也不会放弃原本的计划。

庄卿意味不明地笑了一声："多管闲事。"

符离不解抬头，什么意思？

"其实我今天来，是有件很严肃的事情想跟你商量。"符离把凳子往庄卿的办公桌方向拖了拖，离庄卿更近了些，"我昨晚回去想了半夜，还是觉得我不是普通兔子。"

庄卿见符离有这种想法，双手交握放在桌上："为什么？"

"你还记得我昨晚被青蟒吞进腹中的事吗？"

"记得。"庄卿食指动了动，"所以？"

"禺彊养的青蟒虽不能化形，却已经活了上万年，这些年与禺彊一起受人类的香火跪拜，怎么可能在吞下我以后，莫名其妙就化为灰烬了？"符离皱眉回忆，"我记得当时全身都在发热，等我回过神时，就已经从青蟒腹中爬出来了，那种感觉就像是……周身有什么把我包裹住了，外界很难有东西能够伤害到我。"

"会不会是天道……"

"不可能，你是天道的亲儿子，我又不是。"符离断然否认，"你没看昨晚劈雷的时候，我只挪走了魏仓，都没管你吗？"

庄卿食指敲了敲手背："我以为你是觉得我修为比魏仓高。"

"再高的修为也受不了雷劈，蛊雕与狰的修为那么高，天道想劈他们的时候，他们谁能逃得掉？"符离想起蛊雕与狰被雷劈成灰土时的景象，就打了个寒战，"那时候我差点以为自己也要挨劈，躲在结界里一直没敢出来。"

"朱厌说，蛊雕与狰都是被妖皇杀了。"庄卿忽然想通一个关键点，似乎这一切都绕不开天道。大妖们沉睡，是因为天道，那他们的醒来……是不是也与天道有关？

"朱厌在传说中，本身就不是什么诚实的妖。"符离歪着头想了想，"如果真按他说的那种情况，我除了外形不相符以外，就是他口中的妖皇。"

然而他就是一个天天被山里妖修督促着修炼，山里随便一个妖都能打得他不能还手的小妖。

庄卿忍俊不禁，符离这种说法也有道理，朱厌说的那些事情，符离刚好在现场，他不是妖皇还有谁是？但是符离这个模样，明显就是被妖修们宠得不知天南地北，不知世间险恶的妖。那些妖修把符离的性格养得如此纯真又正派，他们离世后，符离又是怎么生活下来的？

“你这两千年，一直没有接触人类？”庄卿想，若是接触过人类的黑暗面，符离还能保持现在的模样吗？

“两千年前，我想过要去人间界，可是看到蛊雕与狰死在我面前，我……害怕了。”符离一直记得山里妖修们跟他说的话，不管在什么时候，在什么地方，保命最要紧。如果遇到不了解的事情，就找个地方藏起来睡觉，睡醒后也许就好了。

他从小被保护着长大，从未吃过苦，最后只能按照山里妖修们教他的方法，找一个偏僻深山布下结界，睡了过去。

“一梦两千年，我在山下农户家偷偷看了新闻联播，才知道整个世界都变了。”符离垂下眼睑，睫毛轻轻颤抖，“我不能一直这么睡下去，所以最后还是决定出来了。”

雾影山他再也回不去，再也没有白猿天天拉着他唠叨，再也没有其他妖追着他让他吃东西，门口的麻雀不会再叽叽喳喳，就连脾气火暴的雉鸡也不会再拉着他修炼。他终于开始真正地独自生活，不用再受谁的管束。

两千多年前的他，总是嚷着自己是成年妖。现在他真正可以自己做主时，却发现再也没有妖会蹲在他身边，为他踹断一棵树，使出一套完整的鞭法而鼓掌叫好了。

只有真正失去，才知道曾经拥有过的多么美好。

符离抬头对庄卿笑了笑：“我想，也许妖界根本没有所谓的妖皇。只是那些大妖期盼着有个强大无比的妖出现，能为他们抵抗天道，再次把人类欺压在脚下，便有了这个传闻。”

“如果真有妖皇，天道又怎么容得下他？”

“你……”庄卿莫名觉得，符离笑得有些难过，他刚开口，林归来敲门了。

“老大，符哥果然在你这儿。”林归对符离道，“符哥，有个自称傅司的男人找你，他说与你是旧识。”

“他？”符离有些意外，这个人找他干什么？

他站起身，对庄卿道：“我下去看看。”

庄卿点了点头。等符离出门后，庄卿问林归，“是那个与我们人间界公司有合作的傅司？”

“就是他。”林归不解道，“我听虾卫说，他来找过符哥好几次，只是每次符哥都不在，一来二去就拖到今天了。”

庄卿皱起眉头不说话。

“傅先生，您请坐。”接待员给傅司倒了一杯茶，傅司突然指着墙上的仕女图道，“那幅画上有小机关，我看到她的眼睛好像在眨。”

漂亮的接待员笑道：“傅先生视力真好，为了让墙上这些画看起来更加逼真，所以我们做了一些艺术处理。”

“原来如此，白天看着还好，这如果是晚上，还有些吓人。”傅司以调侃的口吻笑道，“幸好我胆子大，不然也要被吓一跳。”

接待员笑而不语，几秒后她突然开口道：“傅先生，符先生到了。”

傅司有些奇怪地盯着门口，哪里有人，他怎么没有看到？

符离走进接待室，见傅司正看着门口，转身往身后看了看：“傅先生在看什么？”

“没有。”傅司温柔一笑，收回自己的视线，“贵公司的职员听力真好，隔着这么远的距离，就能听出你的脚步声。”

接待员朝符离微微一鞠躬：“符先生，我先出去了，您有事叫我。”

符离点了点头，走到傅司面前坐下：“不知傅先生有什么事找我？”

傅司脸上的笑意有几分恍惚，他端起桌上的茶喝了一口：“符先生，真的没有做过与前世有关的梦吗？”

“没想到傅先生还相信这个。”符离拿点心的手顿住，他抬头仔细看着眼前这个陌生的人类，“不好意思，我不相信前世今生这种东西。就算真有投胎转世，也该是前世因果前世了，今生又怎么能看到前世？”

听到符离的话，傅司笑容变得落寞，他看着冒着热气的茶水：“我也知道这种说法十分可笑，可是自从上次我与你在酒店见过面以后，就总是梦到同一个人，那个人与符先生长得一模一样，只是他穿着浅色锦袍，比符先生稚气几分。”

说到这，傅司脸上露出几分自嘲：“我自己也觉得这种想法可笑，谁会喜欢梦里的人物，我跟他相隔着的不仅是性别，或许还有时间。我生活在高楼大厦的现代，而他生活在不知几百几千年前。”

符离站起身，靠近傅司的头，在他身上闻了一下。

看着符离渐渐靠近的脸，傅司神情有些慌乱。

“你身上有海的味道。”符离忽然道，“你最近去过海边？”

傅司不解地点头：“上次朋友在缘月酒店办过单身派对后，就在海上举办了轮船婚礼。有什么不对吗？”

“你听说过海市蜃楼没有？”符离道，“科学解释说，这是大气折射的自然现象。事实上，在海上还有一种生物，可以创造出海市蜃楼，他甚至能够引生物入梦，让他分不清现实与虚假。”

傅司皱起眉头：“什么意思？”

“在海底深处，有种妖怪叫蜃，他们外形似龙却又不是龙，常在海上弄出虚假的幻象，引海燕落入他的陷阱，再一口吃掉他们。”符离突然伸手，从傅司脑海中抓住一个透明似水母的气泡，不顾傅司惊骇到极点的脸，把气泡捏碎，空中出现了一个个模糊的片段。

里面的他穿着华丽锦袍，与傅司同桌吃饭。

看到这些画面，符离忍不住嗤笑一声，手一挥，空中的画面尽数消失：“只要蜃愿意，他可以给你编造出无数美好的前世。然而假的就是假的，永远都不能成真。”

“你、你究竟是什么人？”傅司脸上温柔的笑容消失，“为什么会这么多奇怪的手段？”

符离挥手让傅司晕了过去，抽走了他脑子里有关自己的记忆。

蜃能够给人类编造出虚假的记忆不奇怪，但是这种妖胆子很小，生在大海中，却只敢以海燕为食，他为何要编造出这样虚假的记忆，放进人类的脑子中？

还是说，有人知道他当年养了一只人类宠物的事情，才故意弄这么一出？

不过他什么时候跟宠物同吃同睡还同床而卧了？

骗妖的手段不走心就算了，还让人类来向他认领前世今生，图什么？难道想让他再养一只宠物？

低头看着昏睡在沙发上的人类，符离叹口气，这个人类也算是遭受了一场无妄之灾，也不知道暗中的人，为何要选中他。

叫来鬼使，符离道：“把这个人送回去，注意不要让他发现不对劲。”

“好的，符先生。”女鬼使见符离神情有些不对劲，便多嘴问了一句：“您要赶着去哪儿吗？”

“我活了四千多岁，还从没去冥界看过，今天想去拜访一下。”符离从乾坤袋里掏出他的玉骨伞，凌空一抓，撕开了一道与冥界相通的路口。

“符先生。”女鬼使急道，“冥界阴气重，您……”

“不用怕。”符离撑开玉骨伞，“我只是讨教一些问题而已，很快就回来。”说完，他便跳进了那黑黝黝的通道中。

女鬼使愣了愣，转身就往外跑去。

这事必须要通知其他人。

第五十二章

跳进与冥界相连的通道后，符离就后悔了，因为他不认识路。

在人类想象中，冥界应该是怨气冲天，满地脏污，随处挂满各种刑具的黑暗角落。事实上，冥界与人间界一样，亭台楼阁什么都不少，只是走在大街上的是鬼不是人而已。

冥界的天空看不到太阳，到了晚上却能看到月亮或星星。符离走到鬼来鬼往的大街上，看到某栋大楼的电子显示屏上，一位主持人正在批判某个艺人生前的恶行，让喜欢这个艺人的粉丝们，都冷静一些。

这个艺人符离见过，他在缘月酒店当保安的时候，这个男艺人的鬼魂死活不愿意下地狱，最后还是被强行带走的。

“哥们，你该不会是这个陆任家的脑残粉吧？”一个年轻的男鬼走过来，“我跟你说，这就是个人渣，被判了百年油锅大刑。死都死了，还以为自己是大明星呢。”

“没有，判得好。”符离见四周的鬼都用看失足男青年的眼神看着他，立刻表明自己的立场，“我不追星的。”

“那就好，不久前有个小鬼死活说这个陆任家是冤枉的，威胁阴差把陆任家放了，不放，她就跳忘川河。”男鬼摇头叹息，“哪知道脚底一滑，真的掉进忘川河里，等阴差把她捞起来，她下辈子就只能投畜生胎了。”

见男鬼八卦的欲望越来越强烈，符离只好打断他的话：“小哥，请问阴差府怎么走？”

“你找阴差府干什么？”男鬼道，“我跟你讲，你刚死可能不懂规矩，阴差投胎都是要排号的，去阴差府走后门行不通。”

他唠叨了一大堆，见符离没有听进去，便叹口气道：“从这条街往左边走，过了忘川河的桥，再往前面走几百米就到了。”

“多谢。”符离穿过熙熙攘攘的鬼群，街道右边有个很大的广场，那里挤满了男男女女，扭着腰摆着臀，好像是在跳舞。街道上没有红绿灯，但是有衙役维持秩序。走过十字路口，符离掏出自己的迷榖枝，发现这个东西到了阴间后，果然毫无用处。

“哥们，是上面来的新鬼吧？忘川路13号手机店开业，新鬼一律五折。”一个鬼塞了张传单给符离，转头又给后面的鬼塞传单。

有几张传单掉在地上，被阴风吹到符离脚边，符离弯腰捡起，走到街对面扔进垃圾桶，远远就看到一条暗红色的河流在不远处，河岸两边开着红艳艳的花朵，带着绚烂的美。

白猿曾跟他说过，忘川河上有很多摆渡人，他们带着亡魂去向河对岸，迎接新的人生。

然而此刻的忘川河上，确实有几艘船在上面，但却不是摆渡船，而是风景区游玩船，河面上矗立着一座弯月拱桥，上面挂着红艳艳的灯笼，是河面上最亮眼的存在。

符离走到桥头，看到有阴差在桥上维持秩序，于是在自己身上弄了一个障眼法，大摇大摆地走过忘川桥头。过了桥，有车夫在旁边拉客，很多刚下来不久的鬼，就这么晕晕乎乎被拉走了。老鬼看他们的眼神，就像是在看一个个挨宰的傻子。

挤过拥挤的鬼群，符离踩在青石路上，越来越大的阴风不断刮着他的脸，在跨进阴差府布下的结界后，他身上的衣物化为灰烬，又变成了那个锦衣玉冠的贵公子。

“来者何人？”阴差府巨大的牌匾下，站着八位守门人，他们皆长得凶神恶煞，阴气重重。

“在下符离，想邀阴差长栎胥一见。”

守门人讽笑道：“冥界想要见阴差长的鬼多啦，你如果有事需要找他，请拨打他的私人手机号，或是在阴差办公平台上，给他发邮件。三日内，会有工作人员处理你的邮件。”

符离没有把守门人的恶劣态度放在心上，他对着门内扬声道：“阴差长，在下符离，请出门一见。”

这个声音穿透阴差府大门，直接传入里面。

守门人面色大变，皆面带戒备地握住自己的武器，担心符离会突然暴起。让他们意外的是，他们身后的大门忽然打开，阴差长从里面匆匆走了出来。

“符道友。”栎胥见到符离竟然到了冥界，看了眼身后的守门人，努力让自己脸上的表情变得正常，“有朋自远方来，不亦乐乎，符道友里面请。”

守门人互相看了一眼，都有些后悔刚才的态度太过恶劣，原来这人真的与阴差长认识。

栎胥迈着大步把符离带进自己的办公室，又在办公室门口打了结界，才道：“符道友，生有路，死有道，你不该来这里。”

“因为我有一事不明。”符离看着栎胥，“当年我宠物的神魂，是你带走的？”

栎胥有些莫名，这事都过去两千年了，当年那个人类死的时候，符离都没有什么过激的反应，怎么现在又旧事重提？他与符离虽没有什么来往，但是他感觉以符离的性格，不该是擅闯地府的人。

“是发生了什么事？”栎胥很快就想到了这一点，如果没事发生，符离不会出现在这个地方。

“有蜃把虚假的记忆植入人类大脑，让这个人类以为他就是我当年养的宠物。”符离看着栎胥，“当年的事，除了你以外，还有谁知道？”

栎胥张了张嘴，不太好回答这个问题。

身带皇族血脉，并且有十世善德的人类，被妖兽所养，死后本该投生为帝王，却在地府待了整整八十年不愿意转世。直到雾影山所有妖兽都死于青龙之手的消息传出，那个身带无数功德的鬼魂淌着血泪喝下孟婆汤，才跳进了转生池中。

没有谁知道他究竟转世成了何人，因为他错过了最好的投胎时机，失去了帝王命格，来世是好是坏，谁也不知道。

知道这件事的鬼修不少，现在符离要问他还有谁知道，他真背不过来。因为冥界知道这件事的人，实在太多了。冥王、十八点阎罗、各级别的判官、城隍……

“这个问题，很难回答？”符离见栎胥神情微妙，心中有了一种不祥的预感。

“我就是在算，究竟有多少人知道。”栎胥昂着头算来算去，“除开已经投胎转世或是天元已尽的，现在知道这件事的，大概还有十几个吧。”

符离眯眼看栎胥，看不出这个阴差长竟然这么八卦。

一瞧符离的样子，栎胥就知道自己被误会了，他苦笑道：“符道友，此事真不是我说出去的，当年的事情一言难尽，现在再提也只是徒增伤感。在下以为，您如果想要查清楚究竟是谁在背后算计你，不如直接从蜃妖那里下手。”

“蜃妖那里我是必去的。”符离知道再问，也问不出什么，站起身道，“我无意与地府过不去，但是发生这样的事情，谁也不会高兴。”

“请符道友放心，我一定会彻查此事。”栎胥也知道这事肯定是冥界泄露出去的，除了冥界，已经无人知道当年的那些过往。

“符道友，冥界道路崎岖难寻，我送你回去。”栎胥担心符离直接撕开冥界与阳间的通道，惹来轰动，所以主动提出送他回去。

“有劳。”符离没有拒绝。

两人走出阴差府，在走出结界那一刻，符离身上的衣服又变回了现代装束。他看着阴差府后面的琼楼：“那边就是阎罗殿？”

“是。”栎胥笑道，“符道友修为已经大成，超脱三界，永远都用不着去那个地方。”

阎罗殿修得再好，也只是审判亡灵的地方。妖修大能已经超脱三界，生死已不归地府管辖。栎胥看不透符离的修为，但能肯定他的修为已经大成。

走了一段路，符离指着另外一条小桥道：“那里是什么地方，为什么有很多鬼魂在排队？”

“那里是奈何桥，鬼魂喝下孟婆汤，踏过奈何桥，便前缘散尽，成为新的魂体。”栎胥站在符离身边，“那些排队的鬼，都是等着投胎的。”

“我不要投胎，我不要忘了她。”一个穿着青衫的男鬼从队伍中跑了出来，瘦弱的身体里仿佛有无限的力量，竟逃过鬼差们的追捕，一直朝符离这边跑来。

栎胥一脚把这个鬼魂踹倒在地，用锁魄链把青衫男鬼捆了起来。

“求求你们放了我，我说好要等她一起走的，我们约好的。”青衫男鬼身上的锁魄链已经紧紧嵌入他的身体里，把他的身体勒成了几段，可他还在不断挣扎，想要挣脱锁魄链的束缚。

“求求你们，求求你们。”鬼本来是没有眼泪的，这个男鬼眼中流出了一行血泪。他绝望地看着忘川桥的那一头，似乎盼着某个身影出现，又害怕她早早出现。

栎胥面无表情地让阴差把这个鬼拖走，青衫男鬼双手抠在地上，用尽全身力气想要挣脱鬼差的束缚，可是除了在地上留下两道血痕以外，他什么都做不了。

看着两道手抓地面留下的血痕，符离表情有些迷茫。

投胎的机会难得，为什么这个男鬼却不愿意离开？还有什么比这个更重要？人死如灯灭，前缘已断，还有什么可放不下的？

“每年都有这样的痴情种，不愿意投胎，说要等着自己深爱的人。”栎胥一挥手，地上的血痕消失，“就算等到了又能如何？等到来世，两人或许永远不会碰面，又或许相见相厌，甚至成了生死仇家。什么生生世世永不分离都是人类话本里用来骗人的，我做了两千年的阴差，还从没见过有哪对情侣能够续前世缘的。”

“人类真奇怪。”符离沉默了许久，最后得出这个结论。这种所谓的爱情，看不见摸不着，有什么可坚持的？

栎胥转头看着符离淡然的脸，想起当年那个同样流着血泪的人类，缓缓点头：“是啊，人类真奇怪。”永远妄求着得不到的东西，明明知道结果还抱着虚伪的希望，可笑又可悲。他嗤笑一声：“情爱一事，看透了也不过如此。”

符离若有所思地看栎胥：“你……好像深有感触。”

栎胥愣了一下，随后笑道：“天天都能看到生离死别，哪能没有几分感触？”

“你做鬼差前，也是人类吧？”符离走到忘川桥上，隔着栏杆看下面暗红的河流，“你应该也对其他人类产生过好感，你可不可以跟我说说，爱情是什么东西？”

“爱情……”栎胥掏出一根烟点上，吐出一个大大的烟圈，“那就是个屁，一文钱不值。”

符离低头看了眼栎胥的屁股：“嗯，好像很有道理。”

忘川桥的另一头，庄卿看着桥上的一妖一鬼，慢慢走到两人身后，就听到符离说了一句话。

“爱情，应该是人类独有的弱点。”

“你在上班期间跑到冥府，就是为了跟阴差长探讨人生哲理的？”庄卿面无表情地盯着符离，“回去以后你也别打算考什么大学、公务员了，直接去当哲学家可好？”

“庄先生好。”栎胥掐灭烟，主动向庄卿问好。

“阴差长好。”庄卿对栎胥微微颔首，转头看符离时又沉下了脸，“符离，你胆子是越来越大了，冥界你也敢闯，要不转生池你也去跳一跳？”

“我跳进那儿没用。”符离是个十分老实的妖，“又不能投胎转世。”

“就你这脑子，只有投胎转世才有救了。”庄卿扔下这几句话后转身就走，走了两步见符离还没跟上来，沉下脸道，“还站在那干什么，等着阴差长请你吃饭？”

符离朝栎胥拱了拱手，追了上去。

栎胥看着两妖的背影，不知为何，竟觉得这一幕有些好笑，忍不住笑出声来。他把烟往嘴边放，吸了一口没有味道，才想起刚才庄卿来的时候，把烟给掐灭了。

他摇了摇头，把烟扔进垃圾桶，转身往阴差府的方向走去。

走到岔路口时，刚才那个逃出来的青衫男鬼还在绝望挣扎，喉咙中发出痛苦的嘶吼。直到孟婆把一碗汤灌进他的嘴里，这个疯狂的男鬼才一点点安静下来，他眼中的期盼、绝望缓缓消失，最终变得呆滞无神，在鬼差的牵引下，老老实实跳进转生池中。

爱恨情仇，尽在这一碗汤里。

“庄卿，他们冥界也有火锅，看起来还挺好吃的样子。”符离抓住庄卿，“要不要去尝一尝？等下我们两个装新鬼，还能打折。”

庄卿停下脚步，转头看符离：“新鬼打折？把你钱包算计得折断还差不多。”

出了鬼城，庄卿掏出身上的令牌，冥界自动给他开了一道回人间界的大门，他抓起符离的袖子，把他直接扔了进去。

到了人间界，符离看了看四周，这里竟然是沙漠，庄卿带他来这里干什么？

“符离。”庄卿看着符离，“我不管你以前过着什么样的生活，但是进了管理处，就要听从我的安排。这次的事情，我就当没发生过，再有下次，我就会在全部门张贴批评通告，知道没有？”

“抱歉，这件事是我没有考虑周全，不过也是有原因的。”符离看了眼天上的大太阳，变出一大顶太阳伞，一张桌子，两把椅子，“太阳这么大，我们还是坐着说。”

沙漠这种地方，不适合龙族生存啊。

庄卿看着桌上的新鲜葡萄，脸色变来变去，还是在太阳伞下坐下了：“你说。”

“两千年前，我养了一个人类做宠物……”

“宠物？”庄卿面色一沉，冷笑，“真看不出来，你竟然还有这种心思。”

自己有什么心思？符离想了一下没想明白，也不纠结这种小事，继续道：“他身体不好，病逝前让我以后不要再养其他宠物，我答应他了。”

庄卿不小心把手里的葡萄掉在了桌上，干脆伸手把葡萄推进沙土中。

“今天有个人类来找我，说他前世与我认识，他以为他就是我养的那个宠物。”

“以为？”庄卿听到了这个词。

“是的。”符离点头，“以为。”

“人类只要转世，前世的因果缘分皆化为尘土，在他死的那一刻，我跟他的缘分就尽了。”符离冷静地分析道，“时隔两千年，他不知转生了多少次，又怎么可能突然想起几辈子之前的事，而且想起的那些画面，还与事实不符。”

庄卿看着符离淡漠的神情，心里有几分不自在，但是连他自己都觉得，这份不自在有些莫名其妙。

“知道我养过人类宠物的，只有当年冥界那些人，所以我想去问一问。”符离从乾坤袋里掏出两支冰激凌，递给庄卿一支，“等下我想请你帮个忙。”

庄卿拆开冰激凌的包装纸，低头咬了一口：“说说看。”

“在海里，没有谁比你们龙族更熟悉路线，我想找一只妖。”

“谁？”

“蜃。”

海面上波光粼粼，海浪轻轻拍打着沙滩，这画面美丽极了。水面下，一条龙快速游动着，如果有人能够看到他的模样，就会发现，在龙的头顶上，还蹲着一只兔子。

龙游动的速度很快，眨眼的时间，就在海面海底游了几个来回。

海上乌云开始汇集，看来是要下雨了。海面上气候多变，时有风雨，是再正常不过的事情。庄卿跃出海面，抓着他头顶毛须的符离抖了抖有些发胖的身体，甩走身上的海水，变成人形：“来了。”

海面上飞来一只雉鸡，它飞了一段距离，突然扎进了水里。雉鸡遇海水，变成一头似龙非龙的生物，暗土色的鳞片长得十分奇怪，进入水中后，很难被发现。

蜃发现金龙以后，想要过来行礼，但是当他看到金龙身边还有个人后，吓得转身就走。

符离扔出手中的鞭，把蜃捆住拖了回来：“蜃妖，你想往哪里跑？”

蜃蜷起尾巴，开口就是一口平翘舌不分的普通话：“你放开我，我什么都不知道。”

“我什么都还没问，你就开始说不知道。”符离抖了抖鞭子，把蜃捆紧，“是谁让你给人类脑子里植入虚假记忆的，知不知道这违反了修真管理处的条例？”

蜃扭头看金龙，希望对方看在同是水族的分上，能够帮他说说话。

“妖修无故伤害人类，轻则罚款，重则关入锁灵阵。”庄卿变成人，“说吧。”

蜃绝望了，原来这是条吃里爬外的龙。他脑袋一摆，突然张嘴吐出一口气。

海面突然升起浓雾，一座仙山出现在雾中，符离看着浓雾中出现的山石草木，愣住了。

这是……雾影山……

第五十三章

水雾弥漫的雾影山，就像是与尘世隔绝的仙山，美得足以让人忘却一切烦恼。山林间有七彩神鹿在奔跑，有羽色鲜艳的雉鸡挥舞翅膀，麻雀在枝头快乐地歌唱，白猿待在枝头摘果子，果树下还有头野猪点着火烤鱼肉，山坡的另一头，白羊懒洋洋地躺着，然而离他不到五步远的地方，蹲着一头特别巨大的白虎，白虎的脑袋上，爬着一只乌龟，乌龟老半天才伸出一条腿儿出来，很快又缩了回去。

这些本该互生互克的动物，待在一起却格外和谐，就像是一片世外桃源，杀戮生死都不会在他们身上出现。

庄卿甚至看到，在七彩神鹿跑过的地方，百花齐放，有小动物从泥里钻出来，把小花偷偷藏进了洞里。传说中的雾影山竟然是这副模样，他终于明白，符离为什么会养成一副善良天真的性格了。

“刚鬣大王……”符离怔怔地看着这座突然出现的山脉，往前走了两步。庄卿回过神，伸手抓住符离，顺便把想要偷偷溜走的蜃妖也囚禁在了结界中。

山林中突然出现了一个穿着锦袍的男人，这个男人长身玉立，手上还捧着一只白兔。这个男人庄卿觉得有些眼熟，想起今天一早傅司来找过符离，庄卿一下就想起来，这个穿着锦袍的男人，竟与傅司长得十分相似。尤其是笑起来时那温柔知礼的模样，几乎与傅司没有差别。

他在人间界的身份，是长隆生物科技公司的老板，有时候会参加当地相关部门举办的慈善活动，所以与傅司见过面。

世上没有长得一模一样的树叶，自然也没有完全相同的人，这个傅司与幻境中的人类长得如此相似，难道只是巧合？

抱着白兔的男人出现后，山里的动物都围了过去，然后庄卿就看到男人把手里的白兔放到了白猿手里，动物们带着白兔到山坡上围了一圈，这个男人便远远地看着，脸上的笑容温柔而又包容，然而眼中却又像是藏着一团火。

看着幻境中出现的这一切，庄卿的目光落到那只白兔身上。白兔被动物们围住以后，一会儿用前爪挠耳朵，一会儿啃白猿给他的果子，一会儿又跳到白虎的头顶，学着白虎的模样张嘴吼叫，只是幻境只有影子，没有声音，庄卿听不到白兔的叫声。

尽管听不到声音，庄卿也看得出，这只白兔被一堆动物宠溺着。庄卿甚至想到了人类世界那些宠爱孩子的家长，一个个把孩子当成小皇帝小公主，最后宠得无法无天。

“那个长着两颗獠牙的野猪就是刚鬣大王，最喜欢做的事就是请大家吃饭，花开了请吃饭，秋收了请吃饭，每天最爱做的事情就是盯着我吃各种东西。白猿长老最唠叨，雉鸡姐姐脾气最差，麻雀怎么都化不了形，白羊长老没事就睡觉，白虎长老最威风，有次其他山的妖修来抢山头，就是他打跑的，还有七彩鹿……”符离给庄卿说着山上的那些妖，那些树，那些被群妖宠溺着的过去，仿佛这样就能穿透两千年的时光，与这些妖修再相见。

“那个人呢？”庄卿等符离把山上的妖修介绍完，指了指站在原地没动的人，“他也是山中的妖修？”

符离摇头：“他是我养的人宠，原来……他是长这样的。”

剑眉星目，举止优雅，是个很出众的人类。只是时间太过久远，他都忘了这个人长什么样。

不过……

符离突然重重一脚踩在蜃妖头上，蜃妖被闷进水里，连吐了好几个气泡，才被符离拎着角从水中拉出来。

“你制造出的幻境很美，也很真实，但是我从不会当着其他妖的面，爬到白虎长老的头顶上去。他跟白猿长老是我的恩师，尊师重道这四个字，我比谁都记得清楚！所以用这种不入流的幻境，就想让我落入陷阱。你以为我是那些等着掉进你嘴里的海燕？”符离又一脚把蜃妖踩进海里，来来回回折腾好几次后，蜃妖被折腾得一句话都说不出来。

“龙、龙君，救……”

符离一巴掌扇在蜃妖脸上，蜃妖在海面上打了好几个水漂，他还没来得及逃走，又被符离拖住尾巴，甩了回来。蜃妖张开嘴，从嘴巴里掉出几颗牙齿。

“今日你叫谁都没用。”符离面无表情地制住蜃妖的命穴，脸上满是杀气，“我不管是谁让你拿两千年前的旧人来算计我，但是雾影山是我做妖的底线！”

他张开五爪，手指竟长出尖利的指甲，杀意越来越浓，是再也忍不住了。

天空中乌云翻滚，响起了两声惊雷。

“符离。”庄卿抬头看着天，拉住了符离的手臂。

以为自己死定了的蜃妖心中一喜，就算是吃里爬外的龙，那也是水族的妖修，看在同是水族的分上，怎么也会保住他的一条命。

“你若是杀了他，又怎么查清背后主使人是谁？”

蜃：这条龙就是水族之耻！

庄卿握住符离的手腕，看着被他掐在手里的蜃：“先留他一条命。”

符离看着自己被庄卿握住的手腕，深吸一口气，转头看了眼海面上有关雾影山的幻境，伸出有些颤抖的手，从乾坤袋里掏出朱色扇，用力一扇。

幻境中还在欢乐聚会的动物们的身影渐渐变得模糊，仿佛随时都有可能蒸发消失。

符离闭上眼，再重重一扇，海面上的幻境消失，恢复了大海原本应有的模样。

庄卿想要说几句安慰符离的话，可是见符离睁开眼后平静的脸，忽然什么话都说不出来。他转头看蜃妖：“指使你的人是谁？”

蜃妖连连摇头，不敢说。

“算了，他不会说出来的，我还是打死他吧。”符离掐蜃妖的手又增加几分力道。

蜃妖摇了摇土色的尾巴，想要从符离手里挣扎出来，然而他发现，在符离的手里，他就像是一条蚯蚓，逃是逃不掉的。

“大人，有话好好说。”蜃妖说着一口不太标准的普通话，一张类似龙的脸上，竟显出了几分谄媚，“不是在下不想说，只是小妖担心说出来以后，就没有命了。”他一边这么说，一边用眼睛偷偷看庄卿，期盼庄卿能看懂他眼神里的暗示。

可惜他眼珠子转得都快要掉下来，庄卿还是一脸冷漠，毫无反应。见状，蜃妖彻底死了心，他垂下不断挣扎的尾巴，恹恹地道：“前些日子，青龙族的青衍龙君说受了一位人类的恩惠，他说想要向这个人类报恩，就让我帮他找回前世的爱人。”

庄卿眯了眯眼：“说重点！”

“龙君开了口，我怎么能不帮忙，所以我就按照龙君告诉我的事情，帮那个人类创造了几段记忆，希望他能找回前世的爱人。”蜃妖咽了咽口水，见符离脸色不好看，又改口道，“其实我是不怎么赞成人妖恋的，但是龙君有要求，我也不敢不答应，您说是不是这个道理？”

“又是青龙族？”符离沉下脸，“我就说龙族没一个好东西。”

蜃妖默默看了眼庄卿不说话。

其实，他也这么觉得。

扔开蜃妖，符离一头扎进海水中。

庄卿抬头看着乌云密布的天空，忍不住心中的担忧，化身为龙，跟了上去。

蜃妖留下了一条命，连忙甩着尾巴拼命地游，他要离青龙族的龙宫远一些，再远一些。

“龙族跟龙族打起来，那才有意思。”蜃妖游出很长一段距离后，在海面上编织出一个吸引海燕的幻境。

饱受惊吓，浑身是伤，又累又饿，他大概是世界上最惨的蜃妖了。

“哎哟，我脖子上的鳞甲都掉了。”蜃妖拍打着水，张嘴吃掉几只掉进幻境的海燕，懒洋洋地趴在海面上，“狗咬狗一嘴毛，真是太有意思了。”

忽然一只巨大的怪鸟飞过来，一翅膀就把他扇出老远，他看着黑压压的天空，有些恍惚地想，他怎么飞起来了？

“嘭！”

蜃妖重重地掉进海里，他睁大眼睛，看着一只巨大的鸟爪把他从水里捞了起来。

难道是他海燕吃得太多，鸟族的妖修来找他报仇了？

连连被鸟翅扇了好多次，蜃妖绝望地泡在水里，还是用鸟喙啄死他吧，杀妖不过头点地，这么折磨他算什么？哎哎哎，别抓他的尾巴，要断了。

最后他仰着肚子漂浮在海面上，有些恍惚地想，他这是回光返照了吧？怎么在海上看到了火焰鸟？

啪！

这只火焰鸟踩在他的肚子上，他沉到了海底。

隔着海水，他看到火焰鸟张开翅膀，飞着飞着变成了一只雉鸡，消失在海面上。

在水族，他是类龙的蜃，结果被龙族欺负。离了海他可以变成雉鸡，结果又被雉鸡欺负，这是个什么世道？蜃就该被欺负，就该没自尊？

算了，好歹保住了命，自尊不自尊，也无所谓了。

蜃摆着断尾，隐入海面的浓雾中。

符离停在青龙族的结界前，拿出朱色扇一挥，结界立刻出现一道巨大的裂缝。巡逻的虾兵蟹将见有外人入侵，刚想发出警报，就被符离用扇子挥走。他一路不停，直冲水晶宫大门而去，一脚踹在大门上。

宫门应声而倒，在里面玩耍的女妖修们纷纷尖叫着化为原形，躲到了柱子或是珊瑚石后面，伸出脑袋偷偷看符离。

“何人擅闯我青龙宫？”青原手持武器冲了出来，但是在看到符离那一刻，他的脚步顿了顿，“是你？”

符离斜眼打量青原：“手下败将，滚开。”

青原气得双手发抖：“符离，你不要欺人太甚。”

“嗤。”符离挥扇劈去，青原飞撞在珊瑚石上，吐出大口的污血出来。符离偏头看他，眼中满是杀意，“我忍了你们两千年，可你们却要旧事重提，雾影山近一百条性命，你们青龙族忘了，我却没有忘。”

青原捂着胸大口大口地吐血，雾影山？一百条性命？

这个符离究竟在发什么疯？

“青原长老，您没事吧？”一个水母妖变成人扶住青原，有些害怕地道，“这个妖想要干什么？”上次鲲鹏来闯龙宫的时候，他曾见过此妖，好像还是修真管理处的工作人员。

他们青龙族最近连海都没有出，管理处为什么还要找他们麻烦？

符离却不管别人如何看他，好在他还有几分理智，没有大开杀戒，一路上遇到的卫兵全都被他扇到了一边，他的目标是龙宫的正殿。

有龙上来阻拦，符离二话不说，直接用扇子扇。不多时，龙宫屋檐上的琉璃瓦便被吹走，露出光秃秃的屋檐。室内摆着的玉器珍宝也全都没有好下场，飞的飞，碎的碎，没有一个好的。

青龙族族长带着卫兵出来的时候，符离的手刚拽住一条龙的角，见到族长出来，他把龙角松开，这条龙连忙躲到了族长身后。

“贵客临门，本是我族幸事，只是道友这番声势大了些，怕是有些不礼貌。”青龙族族长握紧手里的拐杖，“不知贵客为何如此无礼？”

“贵族利用蜃妖算计我，便是有礼吗？”符离用朱色扇指着眼前这些龙，“当年你们青龙族在渭水作乱，淹死生灵无数，造成人间界母哭子、夫哭妻的惨状，你们忘了吗？”

青龙族族长面色大变，两千年前的事情，是他们青龙族的噩梦，从此以后，青龙族再也不敢在外面如此随意，随着青龙族在妖族的地位越来越高，几乎无人敢在他们面前再提起此事，这个妖究竟是谁，竟然旧事重提。

“我雾影山上下近百妖，皆丧于青龙之手。到了今天，你们青龙族竟然还有脸拿雾影山的事情来算计我。”符离握紧朱色扇，“今日就算是天道不允，我也要与你们青龙族分个高下。”

话音落下，他手中的朱色扇变得越来越红，最后就像是燃烧着的火焰，让龙族不敢上前。

“朱雀本命真火……”青龙族长双手发抖，他小声对族人道，“谁都不能碰到这把扇子，上面的火焰，是我们青龙族的克星。”

他看向符离，想要化解这段恩怨：“两千年前，确实是我们青龙族不对，但是当年事情过后，我们青龙族也付出了代价，受到了教训，请道友网开一面。”

“既然受到了教训，你们青龙族为何还要勾结蜃妖？”符离冷笑，“我知道你们青龙族生来骄傲，可是世间万物，不是什么都在你们的算计之中。”

“这件事是我做的，与其他龙无关。”旧伤未愈的青衍从后面走出来，他拦在众青龙前面，“我不过是帮道友找到与你前世有缘的人，你何必如此愤怒？”

符离看着青衍这副漫不经心的样子，想起雾影山上所有的妖，眼睛渐渐变成金色：“当年，若不是我软弱怕死，雾影山上的妖修们，也不会在死了两千年后，还让你们青龙拿来说事。”

什么天道，什么仁德，什么天地秩序，与他又有什么关系？

符离额头出现了一道兽纹，执扇向青衍袭去。青龙族族长见状，化为龙身前去给青衍帮忙。

强行撕开人间界与冥界的通道，毁去蜃妖编织的幻境，又从龙宫大门一直打到这里，符离已经耗费了不少灵力，但是此刻他仿佛不知疲倦与疼痛般，与两条青龙缠斗在一起。

“符离！”庄卿见青龙一口咬住了符离的肩膀，奔跑着化身为龙，上前把青龙撞开。然而符离根本顾不上肩膀上的伤口，挥着燃烧成烈火的扇子，朝青龙的脑袋上扇去。

庄卿见符离的样子不太对劲，好像是走火入魔了一般。他心中一惊，试图制止符离的动作，却被符离抓住了龙角。

“你别拦我。”符离金色的眼瞳中毫无感情，暗金色的兽纹布满了整张脸。

庄卿怔住，以往的符离就算不高兴，也只会抱怨两句，脑子里只装得下考大学考公务员，脾气温和又好说话。然而眼前这个长着金瞳的符离，不仅妖气重重，浑身戾气，还像极了朱厌与禺彊的姿态。

冷漠，看轻生命，甚至……杀气腾腾。

轰！

天上惊雷响起，雷声穿透大海，传进了龙宫。庄卿想起了禺彊的惨状，想要去阻拦符离，却见又有两条龙上来偷袭符离，忙甩尾赶开这两条龙。

“庄卿！”青原捂着胸口从外面进来，“这个妖修要灭我龙族，你竟然还帮着他，难道你与他是一伙儿的？”

庄卿警惕着围拢在四周的青龙：“青龙族违反管理条例，我与同事来查案，有些冲突也是正常。”

“吼！”

正在与青龙族族长、青衍两龙激战的符离，忽然化为原形，张嘴长啸一声，咬在了青衍的背部。

浓稠的龙血顺着嘴，流进符离的喉咙，甘甜清香，唤起了符离心中的饥饿感。把口里的鲜血咽下，符离又连咬了好几口，血染红了他浑身的白毛。

“他、他把青衍长老的肉，吞下去了。”水母妖吓得语不成句，“兔、兔子……吃龙。”

“吼！”浑身都被龙血染红的符离双眼已经变得金红，他听到水母妖的尖叫声，扭头朝水母妖嘶吼一声，嘴里滴下了龙血。

水母妖吓得浑身发抖，一屁股坐在地上，双手撑着地，蹬着腿往后退。明明只是很小的兔妖，为什么会这么可怕？就像是……就像是随时都能把他吞下肚一样。

轰轰。

天上又响了两道惊雷。

符离没有管水母妖，继续低头咬青衍尾上的肉，青衍发出痛苦的哀嚎声。然而符离仿佛听不到这些，只是机械地张大嘴撕咬着，很快青衍的尾上，就出现了一个巨大的血洞。

符离觉得自己在吃下第一口龙肉后，浑身仿佛充满了力气，内心深处有个声音在告诉他，吃掉这条龙，必须要吃掉这条龙。

本来他生来就是要吃龙的。

生来……吃龙？

“刚鬣大王，龙肉能吃吗？”

“龙跟吓着你的肥遗一样，都是没毛光溜溜的生物，肯定不好吃。他们天天泡在水里，说不定肉是腥的。”

刚鬣大王骗他，明明龙肉很好吃，香嫩可口，还充满了灵气。

“我们就算生而为妖，也不可肆意伤害生灵，更不可吃开了灵智的妖，只要开了这个头，就永远没有尾了。”

“那万一我不小心吃了怎么办？”

符离低头撕咬龙肉的嘴巴停住，双眼似红似金，按着龙身的前爪不住发抖。

“小符离，我们雾影山所有妖修，都不乱吃东西的。”

“那我如果吃了呢？”

“吃了……”

“吃了……就离我们远远的，再也不要回雾影山，不要让我们知道。”

雾影山，早已经回不去了。

符离眼中的金色渐渐黯淡下去，红色染上了他的双眼。

如此作恶的龙族，为何还要留着？吃了他们！吃了他们！

青衍痛苦地嘶吼着，然而没有龙族可以靠近符离，因为符离浑身散发的红光，让任何靠近他的龙，都犹如被烈火烹烤，灵魂被撕裂。

轰轰轰！

天上连响九道惊雷，雷光传到了龙宫。

“符离。”庄卿化为人身，一点点靠近红光，他浑身被红光映照得通红，浑身烫得像是火人。

轰！

一道紫色神雷，穿破云层，穿破大海，劈向了青龙宫。整片海域都被这道雷照亮，恍如白昼。

庄卿伸手，终于拎住那对血红的兔耳。

“你还想不想考公务员了？”

庄卿一巴掌拍在兔脑袋上，兔子被他拍得蹬了蹬腿。

雷电闪烁，雷劈了下来，映亮兔子金色的双眼。

第五十四章

在雷劈下来的那一刻，所有人都惊呆，仿佛看到了世界末日。

庄卿扔出手中的神剑，试图阻止雷劈下来。然而他的剑挡住了第一道雷，却挡不住第二道。情急之下，他把手里血糊糊的兔子塞进外套胸口处。

雷电越来越近，就在即将劈向庄卿那一刻，雷电一分为二，一半劈在了庄卿身上，一半劈在瘫在地上不能动弹的青衍身上。

雷劈到庄卿身上那一刻，他闷哼了一声，弓着身护着几乎抱不住怀里的兔子："你别乱动，我是天道亲儿子，你可不是。"庄卿把符离死死摁住，把灵气聚于双眼，视力穿透黝黯的海水，看到了苍穹之上。那里乌云滚滚，似雷电闪烁，似乎有新的天雷在酝酿。

"等回去，你不仅这个月工资没了，这一年的工资都没了。"庄卿抓着兔子两只耳朵，冷哼道，"别乱蹬腿，好好给我待着，不然我给你政审资料上填不合格。"

离两人不远的地方，青衍正在痛苦挣扎，然而四周的青龙畏于天雷，都不敢上前。

第三道雷下来，只是似乎比刚才小了很多，气势也有所减弱，跟劈禺疆的天雷相比，完全就是象腿与针尖的差别。但即便如此，天雷中所蕴含的力量，也是让人有些害怕的。

天雷连下九道，每道都一分为二，一半劈在庄卿身上，一半劈在青衍身上。青衍下半身几乎已经被雷烧焦，连痛呼声都发不出来。

庄卿把符离从怀里掏出来，扔到一边，苍白的脸上全是汗水。他晃了晃身体，对符离冷笑："我上辈子可能是欠了你的。"

青龙族族长看着在地上抽搐、出气多进气少的青衍，抬头望天，眼里充满了恐惧。他化为人形，走到符离面前，伸出颤抖的双手行了一礼：“今日之事，确因我青龙族而起，青衍重伤，天道大怒，符道友再与我们战下去，对你我都不是好事，还请符道友高抬贵手。”

“族长！”其他青龙见族长竟然向庄卿与符离低头，面上皆有不甘。

“都住嘴！”

呵斥青龙们的不是族长，而是青龙族已经一千九百年不曾出关的大长老。他须发皆白，老态毕露，不要其他青龙来扶，颤颤巍巍走到毛发还是红色的兔子面前，深深一揖，脸上的惊恐几乎掩饰不住：“小辈无礼，触怒前辈，请前辈恕罪。”

“大长老！”青龙族族长没有料到大长老会出来，面上的惊讶都来不及掩饰，“您怎么出来了？”

当年他们青龙族在渭水与妖修起了争端，千里传音说敌不过对方，所以他们族里又派了好几个族人去支援，然而这一去，不仅没有救回族人，那些赶过去的青龙，也死的死伤的伤。经历那件事还活到现在的，也只有大长老一龙而已。

大长老不愿在他们面前提当年的事情，只是在族训中加了一条，让他们不要轻易招惹看起来不起眼胆子却很大的妖修。族长扭头看趴在地上的兔子，神情有些恍惚。

“你是谁？”符离化为人身，伸手去扶庄卿，被庄卿嫌弃地推开，他又伸手去扶，庄卿瞥了他一眼不说话，不过倒没有再推开符离。

大长老看着眼前这个青年，又想起了一千九百多年前发生的事。那时候他心高气傲，虽然还没有度过最后一次蜕变，但仗着是年轻一辈中最出色的龙，便跟在其他龙身后，去“抵御外敌”。

然而他们到了目的地，根本连敌人的样貌都没看清，就被打得七荤八素，后来阵阵惊雷过后，敌人消失，而他们也伤的伤，累的累。就在他们以为事情已经过去时，从草丛里跳出一只兔妖，有条龙心情不好，便嘲讽了几句这只兔妖，谁知道那只兔子竟凶残无比，打架的狠劲儿，像是要与他们同归于尽。

堂堂龙族，从未想过竟有败在兔子手里的一日，听着族人的惨叫声，年幼的大长老竟吓得全身发抖，只有临近死亡时，才知道自己有多怕死。

“你……”冰冷的剑搭在他的脖颈上，站在他面前的是一个看起来约莫十八岁的少年，他身上穿着白色锦袍，锦袍上沾上了龙族的血，像是红梅在雪中绽放，艳丽无比。

“我不杀幼种。”少年把剑挽了回来，挥掌打碎他的龙角，“滚吧。”

等他回过神后，渭水上已经漂满了青龙族的尸首。他慌张地飞到天空，发现渭水下游漂满了人类与动物的尸首，有稚子漂在木盆中大声哭喊，还有妇人漂在水中，手里还捧着孩子。

哭声与怨气传到天际，他躲在云层里，看见一个老妇人愤恨地指着天空，浑身怨气。

“老天爷，你不开眼啊！”

妇人跳进了漂满浮尸的江中，那双满是怨恨的眼，直到江水没过她的头顶，也没有闭上。

“当年的事，青龙族大错特错，所以我青龙族折了二十六条龙命在渭水中，青龙族不敢有怨言。”大长老苦笑，“当年若不是前辈高抬贵手，在下也该命殒在渭水上的。”

生死恩怨，在当年的情况下，已经理不清了。他回到龙宫后，想到那满江的浮尸，老妇人怨恨的眼，便再也没有出过龙宫。

“是你。”符离想起当年那条瑟瑟发抖的幼龙，再看眼前老态龙钟的大长老，“平日少作恶，不然老得快。”

“你！”一条青龙想要反驳，却被大长老拦住。

“前辈。”大长老朝符离深深一揖，“在下没有管好小辈，是在下的错。当年的事情已经过去近两千年，还请前辈放下吧。”

庄卿胳膊被符离拽得有些疼，但是却没有说一个字。

“青衍今天受到的教训，是他咎由自取。然而如今天道偏爱人族，又如何容得下前辈大开杀戒之举？”大长老苍老的脸上露出苦意，“在下于今日立誓，天道为证，若我族的龙再敢算计前辈，不用前辈动手，在下便亲自惩戒他。如违誓言，便让我受九雷灰飞烟灭之苦。”

符离冷笑一声：“你龙族不过死了二十六条龙，那整个渭水流域的生灵几十上百万，谁又来赔偿？”

“前辈……”

“收起你伪善的模样。”符离用朱色扇指着大长老，“不要再让我看到你们青龙族任何人。”他低头见庄卿面色煞白，也没心思跟青龙族废话，对庄卿道：“你等我一下。”

他走到青衍身边，奄奄一息的青衍看到他，巨大的龙身都跟着颤抖起来。

“嗤。”符离从他身上跨过，捡起被雷劈得焦黑的剑，转头走回庄卿身边：“我们走。”

他一拉庄卿手臂，就从龙宫飞了出去。

“大长老，难道就让他这么走了？”一条青龙不甘地道，“若此事传了出去，我们青龙族还有何颜面？”

“今日的事情，谁也不能说出去。”大长老低头看着躺在地上的青衍，“你们带他进去疗伤，以后没有我的命令，青衍不能再踏出龙宫一步。”

“大长老。”族长叫住大长老，“那个叫符离的妖修，究竟有何来头？”

“他的修为我看不透。”大长老把这件丢人的事情，说了出来，“当年在渭水边，我本该命丧在他的剑下，但是他饶了我一命。那一次过后，我们青龙族折损了多少？如今我们青龙族还有多少龙，还受得住这样的折损？”

族长沉默下来，他看着已然昏厥过去的青衍，摇头叹息道：“当年我们不该让青衍有当国运龙的心思，如果没有当年那些事，也不会发生这么多事。”

大长老沉默片刻，脸上露出沉思的表情。

“你还好吗？”符离把庄卿拖出海里，见他浑身都有烫伤，背上的名牌衬衫与西装更是破破烂烂，后背的皮肉翻出来，有些地方已经被雷劈得焦黑了。

“死不了。”庄卿低头看着身上破破烂烂的西装，“这件外套是今年秋季最新高定，我原本打算过几天穿去参加慈善晚会。”

“身上都伤成这样了，还管什么衣服。”符离在乾坤袋中取出一个巴掌大的方舟，往海面上一扔，方舟变成一艘精美的画舫，里面有桌有椅，甚至还有软榻。

“到软榻上躺好。”符离带着庄卿跳上画舫，庄卿怀疑地看着符离：“你想干什么？”

“还能干什么？”符离把庄卿摁到床上，撕开他上半身的衣服，露出他的腹肌与后背。

“符离！”庄卿推开符离，坐起身道，“你疯了？！”

“别闹，乖乖躺好。”符离拍了拍庄卿的脑袋，把他又按了回去，从乾坤袋里取出一瓶药，“你伤得很重。”药膏敷在伤口上，带着舒适的冰凉，庄卿趴在床上，没有再动。

伤口太深太多，一瓶药膏根本不够用，符离又掏出一瓶：“刚才，谢谢你。”他一个活了四千多岁的妖，竟被未成年龙护在了身下，这让他又感动又不好意思，任何感激的话，都显得苍白。

“我也不想救你。”庄卿冷哼，“但如果让别人知道，我管理处的员工竟然被天雷劈死，我丢不起那个人。”

后背、脖子、手臂全都抹上了药，这些灵药不知用什么草药制成，敷上去没多久伤口便开始愈合，符离轻轻拍了下庄卿的屁股：“来，脱裤子。”

庄卿猛地回头盯他。

“怎么了？”符离被他盯得莫名其妙，“你变成龙的时候，也没穿衣服，有什么好害羞的？”

“符老妖，你是不是忘了，我身上有一半人类血液？”庄卿咬牙切齿地道，“我们人类没有在外人面前脱光的习惯！”

“那你把前面遮住，我帮你往屁股上擦药。”符离掏出第三瓶药膏，“前面你自己擦。”

“滚！”庄卿忍无可忍，伸手抢过符离手里的药膏，“我自己擦！”

“行行行，你是老大又是我的救命恩人，你说了算。”符离多放了一瓶药膏在庄卿手里，起身放下内阁的纱幔，站在纱幔外道，“我在外面等你。”

庄卿看着纱幔外的人影，慢慢脱掉裤子，上面已经血肉模糊，带着难闻的血腥味。他面无表情地挥手洗去腿上的血，把药膏一点点抹在伤口上，“符离，你说得对。”

外面的身影动了动：“什么？”

“你可能真的不是普通兔子。”庄卿想起符离差点走火入魔时，脸上的金色兽纹，还有咬下青衍血肉时的狠厉，眉头皱了皱，快速给自己抹完药，用本身的鳞甲变出一套衣服在身上，掀开纱幔就走了出去。

“我还忘了一件很重要的事。”他凭空取出牙膏牙刷，“刷牙!”

符离面色微黯，接过牙膏牙刷开始刷牙。

“知不知道生肉里有多少细菌跟寄生虫？”庄卿又递了一杯水给他，“什么东西也敢乱吃，我们管理处食堂克扣你的饭菜了还是怎么的？”

符离趴在船舷边，把嘴里的泡沫吐掉，喝了一口水继续漱口，转头看庄卿，眼神亮了几分：“龙肉好像还挺好吃。”

庄卿摸了摸自己手臂：“兔肉也很好吃。”

“你不是说，我不是兔子？”符离继续漱口。

“不是普通兔子，不代表你不是兔子。”庄卿见符离准备把牙刷收起来，皱眉道，“再刷一遍。”

符离瘪嘴，庄卿撩了撩袖子，露出手腕上还没完全消失的伤痕。

符离心虚地乖乖挤牙膏，继续刷牙。

遥远的海面上，一个海盗放下望远镜，有些不敢置信地揉了揉眼睛，然后拿起望远镜继续看：“鬼、鬼船？”

这片海域是传说中的灵异地带，近来很多货船都在这里消失，久而久之就有鬼故事传出。实际上根本没有什么灵异事件，是海盗把这些货船抢劫后，故意传出去的谣言。

“什么鬼船，都科技社会了，傻子才信这玩意儿。”船长一巴掌拍在海盗头上，“好好盯着海面，看看有没有肥鱼可以下手。”

“不是啊，船长，真的有鬼船。”海盗指着前方，“你快看！”

船长拿起挂在胸口的望远镜，果然在海面上发现了一艘奇怪的船。与他们这艘伪装成商船的海盗船相比，那艘搭得像木质阁楼的船，实在太小太脆弱了，这种木制的船，是怎么航行这么远，漂到海面上的？随便一个海浪或是一阵大风，就能把这艘船毁得七零八碎吧？

而且为什么雷达扫描仪上，没有任何显示？

难道，真的是见鬼了？

“嗯？”符离突然扭头，在船的四周布下了结界。

“怎么了？”

“有人类在偷看。”符离看着远方，“好像还不是好人。”

“消、消失了？”可怜的海盗，吓得话都说不完整，结结巴巴地放下望远镜，“快、快调转航线。”

“船长，船失去控制了。”舵手欲哭无泪，看着船上各种仪器疯狂乱转，崩溃地抱住脑袋，“完了，完了。”他还没有喝最贵的酒，吃最美味的食物，怎么能死在荒无人烟的大海上？

然而他们的崩溃与恐惧都没有用，这艘船就像是有了生命一样，坚定不移地往某个方向行驶，直到与军舰狭路相逢。

现在海上的鬼，也讲究用法律手段了？

海盗船碰上军舰，还能有什么下场？

“船长。”舵手绝望地瘫坐在甲板上，“我们还是学一学铁窗泪是怎么唱的吧，以后进了里面，好歹还能参加内部的文艺表演。”

“表演你个头，老子五音不全，唱给谁听？还不赶紧逃！”船长拖开舵手，准备自己来操纵。

然而不管他怎么按，操作室里的各个按钮就像是失灵了一般，没有半点反应。

“我去！”船长狠狠踢了一脚控制室的大门，没想到他在海上纵横十年，竟然会倒霉在灵异事件上面。早知道这样，当初他就不应该乌鸦嘴，让人四处宣扬那片海域闹鬼，这下真把鬼招来了。

好在军舰远远瞧见一艘商船，给对方发信号也没有回应后，就赶紧降速。靠近后一瞧，船停在海面上纹丝不动，甲板上几个被困的水手看到他们的船缓缓靠近，不仅没有获救后的喜悦，反而满脸惊恐与害怕，军舰上的人瞬间明白过来，商船上的人有问题。

结果把人抓过来一查，竟是某个恶名在外心狠手辣的海盗团伙，最近好几个国家都联手在公海上抓他们。

现在这么容易就把人抓了起来，竟有种白捡的感觉。

听这些海盗神神道道说着什么有鬼，一位浑身正气的海军军官道：“我看你们是坏事做得太多，心中有鬼。”身正不怕影子斜，世间最可怕的不是鬼，而是毫无底线的人心。

庄卿一脸冷漠地看着符离用法术操纵着海盗船自投罗网，转头趴在围栏上看远处天空上的云，夜晚即将来临。他以前以为，符离的本体与兔子有不同之处，只是正常的品种变异，但是此时他已经改变了以前的想法。

兔子天性中，对龙族应该是有所畏惧的，就算修为高深，不惧龙威，也绝对不可能在失去理智时吃龙肉。

所以……他会是什么？

他在人类皇宫中看过那么多的古籍与资料，从没有哪种生物的描述，如同符离一般。

“你看我干什么？”符离心满意足地看着那些海盗被带走，转头见庄卿正看着自己，伸手搭在他的手腕上，很快便沉下脸来，“受了内伤怎么不说，不是早跟你说了，现在是你最后一次蜕变的关键期！”

一边说，一边从乾坤袋里找出补元气的药塞进庄卿嘴里：“我不是给了你一瓶补充元气的药，你怎么不吃？”

庄卿动了动唇角，没有说话。

这点小伤，就吃几百万一粒的药，他不仅会内伤，还会心伤。

被强迫着吞下三粒药，庄卿默默想，一口就吃掉六七百万，如果换成灵米，够他吃很久了。

“天黑了。”咽下药丸，庄卿没有表情的脸更冷了，“我们要在这画舫上坐一夜吗？”他本性中没有体贴这个词，但是看着符离状若无事的模样，符离与青龙族的那些陈年旧事过往恩怨，他问不出口。

身为管理处的领导，察觉职员跟其他妖修起了争端，他应该问清查清，才符合员工守则。

但现在已经是下班时间，就算作为领导，也不该占用员工的休息时间。

这事……先放一放，再放一放。

“要不要钓鱼？”符离递给庄卿一根鱼竿，从下面的抽屉里掏出一盒鱼饵，“我钓鱼的技术还不错。”

庄卿见符离顺手就拿出鱼竿鱼饵，扭头看了眼这艘画舫，看来以前符离也曾这样干过。他拉开抽屉，里面还有不少的鱼竿，也许当初陪符离钓鱼的妖还不少。

身为龙族，想要吃鱼不过是张张嘴的事情，何须用这种效率低又无聊的捕鱼方式。

半个小时后，庄卿看了眼符离桶里满满的鱼，再低头看了眼自己这边空荡荡的桶，脸沉得犹如十二月的天。

“别着急，刚钓鱼都是这样。”符离提起桶，倒了一半到庄卿桶里，“有了我的鱼给你垫底，不出一会儿就能钓到了。”

庄卿低头看了眼在桶里噼里啪啦甩尾巴的鱼，鱼尾甩起的水，溅了他一脸。

他抹了一把脸上的水：“着急什么，钓不钓得起来又不重要。”

又过了半个小时，庄卿一拉鱼钩，上面挂了一条又肥又大的鱼。

他斜眼看两个鱼桶，眉梢上挑。

目前为止，他钓上来的这条最大。

第五十五章

修真管理处信息处理小组心里很苦，但是却无法说出来。

天一亮媒体就开始炒作什么海盗遇鬼船，海盗船失灵，自动送上门被军舰抓个正着。这些媒体营销号说得信誓旦旦，文笔生动，气氛渲染到位，硬生生编造出一个刺激、灵异、因果到头终有报的故事。

有好事的记者提出要去采访被抓住的海盗，被警察拒绝以后，就编造得更加离奇了，说这些海盗已经被鬼吓得神志不清，所以才无法接受记者的采访。

尽管很多网友都觉得这些报道不靠谱，但是上班或者学习无聊的时候，有些悬疑刺激的新闻故事来看一看，还是很能提高大家的兴致的。

有网友甲道：海上的鬼可真守法，没有吓死这些海盗，也没有吃掉他们，反而让他们碰上军舰。

网友乙回复道：鬼也是人变的，也许这个鬼生前就是遵纪守法的人呢！

网友们的脑洞向来又萌又大，讨论得多了，竟然还有人真情实意地萌上了这个传说中的鬼，给他画了可爱的萌图，编出又暖又萌的故事。也许他是百年前战败后死在海上的士兵，尽管灵魂飘荡在海面，也想要守护海上的人民。也许他是一位勇士，生前见义勇为，死后亦不忘本心。

故事，不在于真不真实，在于能不能感动人。

信息小组的员工看完几百年前军人化英魂、在海上守护旅人的故事，感动得红了眼睛，偷偷摸摸把这个故事转到了修真论坛，注明原作者后，又给这个作者漫画页面下打赏了一笔钱。

“为什么这些网友这么会编故事？”员工揉了揉发红的眼睛，转头连线相关部门，去查事情的经过。

得到的答案让他有些意外，他以为这是普通的航船失灵，没想到竟然真的有海盗闹着说见到鬼，而且据说海盗船被拖回海岸后，由专业人士检查过，所有仪器都很正常。

难道真是遇到超科学现象了？

虽然心里很怀疑，但是小组的工作人员对这种舆论处理十分熟练。先是让一个在网上很有人气的科普账号，编写几个历史上有名的闹鬼事件，最后又张贴出事实真相，进行一次科学宣传。

随后又挑一个具有公信力的账号出来，说海盗船出了问题，又受洋流影响，才漂到了军舰前面。至于海盗为什么闹着说见鬼，只有两个可能：一是他们在海上漂流太久，吃了变质的食物，导致他们产生了幻觉。二是他们想装疯卖傻，企图逃开法律的制裁。

随后再科普了一下这个海盗船的恶名，曾经抢了什么货船，杀了那些无辜的水手。网友们被这些海盗丧心病狂的行为惊呆了，气得直骂他们没有人性，闹鬼事件都忘在了脑后。

这个世界上，没有什么是用科学解释不了的。如果有，那就创造条件，让它变得科学起来。

“对了，这两天好像没看到老大上班。”处理完网上的舆论事件，信息组员工甲道，“以往出了这种事，老大怎么也会亲自过来看看处理得怎么样了，这两天人影都没见着。”

员工乙摇头：“好像是受了伤，最近两天很多事，都是几个队长跟符哥一起处理的。”

“哎，我跟你说个事，你千万别说出去。”同事甲凑近同事乙，小声道，“你有没有觉得，符哥在咱们部门上层的威望特别高？”

“那是因为你不知道，符哥对好几个高层都有救命之恩。”同事乙往四周看看，压低嗓音，“中元节那天晚上的视频，符哥的本事，咱们部门除了老大，恐怕还没人能跟他一战。”

“你们两个凑在一块说什么呢？”张柯走进办公室，拿着文件夹在他们头上敲了一下，“好好工作，不要八卦。”

两人尴尬一笑，看来他们的话被张哥听到了，张哥的听力什么时候变得这么好了。

“你们两个是不是很好奇，我为什么能听到你们两个说的话？”张柯把文件夹递给他们俩，“修为高的人，目千里，耳八方也不是什么问题，你们觉得这些话，符哥有没有可能听见？”

“张哥，我们只是有点好奇，没有别的意思。”同事甲有些紧张地往四周看了看，就怕符离突然出现，“符哥修为这么高，大家难免有点好奇嘛。”

“老人有言，好奇心害死猫。”张柯张开手臂，一左一右趴在两人肩头，“还有句话叫不听老人言吃亏在眼前，懂不懂？”

两人连连点头，就算不懂，也必须要懂。

“好了，你们修行上有什么不懂的，可以向符哥讨教。”张柯停止了调笑，“其他的事情就不要多说了，这份文件是最新下发的网络安全操作守则，你们好好看一下吧。”

见张柯并没有继续追究的意思，两人松了口气，再看那厚厚的安全操作守则时，竟有几分甘之如饴的病态心理。

张柯满意地走出办公室，这些小子不吓一吓还不知道好歹。不过符哥哪会无聊到听他们说了啥，这两天他不知闯了什么祸，不仅工资被扣得差不多，还要办公室跟老大的别墅两头跑。

想什么来什么，刚走到旋转楼梯上，张柯就看到符离正招手让果树歪下头，好摘树顶长得最好的果子。这棵树也不知道栽在这里多少年了，虽然没有化形，但也有了些许灵智，平时谁要是去摘果子，都要被他身上的藤蔓抽，没想到符哥竟然能哄得它自己低头。

红艳艳的果子看起来十分有诱惑力，等符离过来后，张柯就厚着脸皮向符离讨，没想到竟然被拒绝了。

向来慷慨大方的符哥，竟然连一颗果子都不愿给，难道是跟老大在一起待得太久，变抠门了？

“这些果子我带回去给庄卿吃，你如果喜欢，我明天多摘几个分你。”符离掏出手机看了眼时间，“下班时间快到了，我先走了。”

“符哥、符哥。”张柯连忙抓住符离手臂，“你先别走，我有件事想要问你。”

“什么事？”符离掏出手机又看了一眼。

“过几天是我宗门主的一百五十岁大寿，他老人家一直十分仰慕你，不知你可不可以赏脸去吃顿便饭？”张柯也想趁着这次机会，让符离在修真界打开人脉圈。现在这个社会，朋友多了路好走，光跟着老大混，只会变成国内版的葛朗台。

“行。”符离一口答应下来，张柯趁机把邀请函塞到他手里。

公交车到不了庄卿的别墅，符离只能在路口下车，走过一条街道，才能进小区大门。小区的门卫看到他，露出笑脸：“符先生，您来了。”

“下午好。”符离对门卫友好一笑，走了两步，他回头看了眼门卫岗，随意跺了跺脚，朝庄卿的别墅走去。

高级别墅里的物业管理员态度格外好，见人三分笑，这个态度，让业主们每个月心甘情愿地给出比其他小区高很多的物业费。

听到敲门声，庄卿快步走到门口，拉开门后面无表情地道：“你怎么又来了？”

“前天晚上钓的鱼，不是还没吃完？”符离把水果掏出来放到茶几上的果盘里，“我看部门里的果子长得很好，可惜没有人吃。”

“你究竟是来探望病人，还是来蹭饭的？”庄卿说到这个就来气，昨天中午符离说是要做饭，差点没把厨房烧掉，害得别墅里的火灾警报器一直叫，引来了一堆物业人员。

“不要说得那么严肃。”符离削着水果，“世界上哪有十全十美的妖，我就是厨艺方面差了点……”

“只有厨艺差了点？”庄卿抢走他手里削好的水果，拿到嘴边咬一口，哼了一声往厨房走去。也不知道他上辈子造了什么孽，这辈子累死累活管理这么一个烂摊子，好不容易来了个能打的，也不省心。

活了四千多年，饭不会做，字写不好，花钱大手大脚，简直没几样优点！

熟练地杀鱼破腹去鳞，庄卿面无表情地往锅里倒热油，说什么照顾他，最后鱼虾比他吃得多，玩个俄罗斯方块也能大呼小叫，这四千多年都活到狗肚子里去了。

炸好鱼块，他板着脸把鱼块放到符离面前：“先吃着垫肚子。”

回到厨房，庄卿皱起了眉，难道他五行缺贱，为什么饭没做好，还要先给他炸鱼块？

有病吗？

红烧鱼、清蒸鱼、酸菜鱼、剁椒鱼头。

桌上摆满了鱼，符离很自觉地进厨房盛饭、拿筷子。餐具都摆好以后，符离忽然想起了一件事，从身上掏出三个玉瓶：“这个给你。”

三个瓶子在桌上摆得整整齐齐，庄卿垂下眼睑：“你怎么又弄这个回来了，不是跟你说了，我不需要喝这个。”

“这个不能断。”符离把瓶子往庄卿面前推了推，“现在人类对自然开发的力度太大，灵髓质量不如以前，只能委屈你喝这些了。”

庄卿看着面前的灵髓，努力摆出一副不在意的模样。

符离看了他一眼，指着正中间的红烧鱼：“这条鱼好肥，我什么时候钓了这么一条鱼？”

“自然是我钓起来的。”庄卿面无表情地道，“吃饭不要说话。”

符离很给庄卿面子，把这盘红烧鱼吃掉大半，又开始念叨起来：“你这么优秀，等最后一次蜕变完成，肯定会有很多雌性向你求偶。”

“大业未成，求什么偶？”庄卿拿眼角看符离，“还是你有了这个心思？”

“我看缘月酒店那个小姑娘挺不错。”庄卿放下筷子，“现在修真界又不反对人妖相恋，你可以去试试。”

“不合适。”符离摇头，“人类寿命不过短短百年，对我而言，不是良配。”

“照你的意思，如果寿命合适，你就会与人类在一起？”庄卿面无表情地站起身，“吃完饭就去洗碗。”

“我这是在跟你讲道理，不是要跟谁在一起。”符离起身收拾桌子，“算了，跟你这种未成年说不通。”

庄卿冷着一张脸没有理他。

符离把脏碗抱进厨房，低头洗了起来。

庄卿抬头望向厨房，只看到符离低着头，系着围裙的背影。听着符离哼着不知名的歌曲，庄卿走到书房翻出几本古籍，里面有人间界与修真界对上古的记载。

实际上他早把这些书看过无数遍，想找一找里面哪一种妖兽的描述，符合符离本身的特点。人类神话界，流传最广的《山海经》，里面的内容虚虚实实，有真有假，但同样没有哪一种传说里的妖像符离。

随意翻开一页，上面是抽象得有些扭曲的图片，庄卿自嘲一笑。符离不过四千余岁，而且这些年都待在深山中，怎么可能有人类记载与他有关的资料。

翻开一本泛黄的线订古本，里面记载了很多有趣的民间野话，这些大都是民间杜撰，并没有什么文化价值，所以除了他手里有这些，在人间界早已经失传。

摊开的这一页，记载了一个十分无趣的故事。

新朝年间，有医者遇一兔，负人而至，口吐人言，医者大惊。复醒，真也梦也？

新朝……这个短暂的王朝在历史上不过昙花一现，有关这个朝代的记载少之又少，又怎么可能有这些鬼怪故事流传下来。

什么农夫遇妖、书生遇艳鬼，早已经毫无新意的故事，大多不过是酸书生杜撰出来，幻想能有一场艳遇而已。

“庄卿。”符离站在门边敲了敲，“早点休息，不要忘记喝灵髓，我先回去了。”

“等等。”庄卿拿出手机，“你变成原形。”

“啥？”符离愣了愣，“你想干什么？”

“你不是觉得自己是一只神奇的兔子？”庄卿道，“我拍下照片后，慢慢查。”

符离别别扭扭地变回原形，庄卿拿着手机在各个角度拍了一遍，把兔子拎到桌上放好：“你如果一直维持兔形，今晚我的客厅沙发可以借给你睡。”

“还是算了。”符离跳下桌子，变成人形道：“我还是比较喜欢睡床。”

嘭。

符离看着在自己身后无情关上的门，耷拉下肩膀，叹气道：“叛逆期的妖，真是麻烦。”

庄卿站在窗户后面，看着符离慢慢往小区外走去，伸手拉上了窗帘。

走到小区门口，符离发现门口围了不少人，连警察都赶到了现场。

“醉酒开车的这些人渣，真是害人害己。”彭航拍好现场照片，低头看着面前的站岗台，如果不是这个站岗台拦了一下，醉驾司机就会开着车撞进门卫亭。

像这种豪华别墅区，每个门口至少有四个门卫值班，车要是直愣愣撞上去，那就有可能是几条人命。

法证在现场拍照取证，对彭航道：“彭队，从现场的车胎痕迹来看，司机并没有刹车的行为。”

“混账！”彭航低骂了一句，“要死就自己去死，不要祸害别人。”

“彭队你小声些，周围还有围观群众呢。”法证小声道，“好歹你忍到回局里再骂。”

彭航深吸两口气：“受伤的小区居民伤势如何？”

“听救护车上的人说，受害人运气好，在车撞过来前，莫名其妙摔了一跤，刚好避开了车辆撞过来的路线，只是背上有拖伤，并不严重。”

“那就好。”旁边是交通局的同事在取证，醉驾司机已经送往了医院，彭航有些烦躁地抓了抓寸长的头发，转头在人群中发现了一个熟悉的身影。

他忙挤开人群，叫住符离："符先生，你住这儿？"

几个月前还在工地搬砖的民工，这么快就住进高级别墅了？这是中了二十注大乐透一等奖吧。

"彭警官。"符离笑着跟彭航打招呼，"我住在公司员工宿舍，这里是公司老板住的地方。"

到新公司没多久，都能到老板私人住所拜访了，看来这个符离很受上司看重。彭航也不知道自己为什么要叫住符离，现在面对符离一脸的笑，他反而有些不好意思了。

"刚才这里出了点事，符先生夜里行路，要注意安全。"

"谢谢。"符离点头，"我会记得的。"

万一撞坏了别人的车，他赔不起。

等终于忙完现场，彭航往车里一躺，恨不得马上就睡过去。他已经连续加班三十多个小时了。忽然，他猛地从椅子上坐直身体，把旁边坐着的同事吓了一跳。

"彭队，你这是怎么了？"

"你们看到某个地方忽然围了很多人，还有警察在现场，会不会好奇地看两眼？"

"人活着就会有好奇心，就算不会跑过去凑热闹，怎么也会多看两眼吧。"

对，这才是大多数人的正常反应，就算不去凑热闹，也会不自觉地多看一两眼。他终于觉得哪里不对劲了，那就是符离从头到尾对车祸现场都没有任何兴趣，跟他说话的时候，连多看一眼的举动都没有。

那个叫符离的年轻人，似乎并没有这种好奇心。跳楼的女人、蟒蛇、房东、车祸……

彭航摸了摸自己的手臂，这个符离，好像有些邪门儿。

话说得太满的人，往往很容易被打脸。

符离头一天晚上还信誓旦旦地说，傅司只是被阴谋牵连的人，第二天外出勘查某高校闹鬼现场时，就与傅司在楼梯口碰上了。

傅司身边有一群校领导陪伴，庄卿与符离身边，也有校长亲自带路。

“庄总。”傅司与庄卿在商场上有来往，与庄卿友好地握手，随后他的目光落到了符离身上，神情有片刻恍惚：“这位是？”

“我的助理。”庄卿抽回自己的手，表情十分冷淡，连符离的名字都没有介绍。

“庄总的助理十分面善，我像是在哪儿跟他见过。”傅司掏出一张名片递给符离，“希望下次我们有机会合作。”

符离接过名片：“可能我长得比较大众脸的缘故。”

旁边其他人：……

长得好看的人总是有恃无恐，长得好看还说自己大众脸的男人，都是不要脸。

“你真会说笑。”傅司眼神很温柔，当他凝视某个人时，总让人有种自己被爱着的错觉。

“傅总请随意，我们还有事要办，就不奉陪了。”庄卿对傅司微微颔首，礼貌中带着几分高傲，然而以庄卿在商界的地位，能有如此态度，在别人眼里那就是知礼优雅。

当人的地位不同，做出来的举动，在其他人眼里就有不同的解释。

“请。”傅司往旁边让了一步，他转身目送着庄卿与符离走上楼梯，眼神一直落在符离身上。

就在符离即将消失在拐角处时，停下脚步往下面看了一眼，刚好与傅司的眼神对上。

傅司微微一愣，眼神中带着几分迷茫与陌生。

“再见。”符离对傅司笑了笑，跟上了庄卿的脚步。

傅司张了张嘴，想要回什么，忽然脑子晕眩了片刻，站稳身体后，觉得自己有些莫名其妙。

“上班时间，不要走神。”庄卿站在天台门外，抬了抬下巴，“去开门。”

校长拿出钥匙准备上前，被庄卿拦住。

“你们不要动。”他抽走校长手里的钥匙，递给符离，“你去。”

等符离接过钥匙，他又补了一句：“有事做不容易胡思乱想。”

符离：？

第五十六章

天台的门一打开，符离就忍不住揉了揉鼻子，不知道是上面太久没打扫，还是有什么动物死在了上面，散发出恶臭味。

“你们先别过来。”符离回头看了眼校领导，对庄卿点了点头。庄卿走上天台，上面有未干的污水，长年累月经受风吹雨淋的栏杆长了厚厚一层铁锈。

校领导站在门后，叹气道：“这里已经很久没用了，最近也不知道怎么回事，频频出现怪事。养育孩子不容易，如今发生好几起跳楼事件，不仅学生家长难受，我们也很难过。”作为学校的领导，学校里每个学生在他眼里，都是未来的希望。

庄卿往四周看了一眼，转头看符离。

符离点了点头。

“我知道是什么问题了。”庄卿走出天台，蹭了蹭脚底沾上的灰，“晚上就来处理。”

“晚上？”校领导担心道，“白天可能会安全一些。”学校接连出事，报了警也没用，后来上级领导说会派什么安全部门的员工来，他没想到其中一位竟是有名的长隆科技生物公司的老板。

现在开公司的有钱人还身兼数职，也是不容易。

他虽然想解决学校里发生的事，以免更多的学生丧命，但也不想连累无辜的人：“庄先生，这事儿也不用太急，要不等白天……”

“这件事白天办不了。”庄卿回头朝符离招手，“还傻站在那干什么呢？”

符离从天台上下来，小声对庄卿道：“怎么这种小事，也要我们亲自来办，其他人呢？”

“你不是正好闲着？”庄卿不太自在地偏过头，“多熟悉熟悉业务，你刚来不知道，管理处要做的事情多着呢。”

校方领导不能时时刻刻都陪着两人，给他们安排好食宿以后，就让一位老师给他们当向导，让他们熟悉一下学校的路线。

庄卿与符离都不打算让老师跟着，所以留了对方的电话号码以后，就让这位老师回去休息，到了晚上再给他打电话。

“原来大学是这个样子。”符离看着身边那些热情洋溢的年轻人类，在这些年轻人身上，符离感受到了蓬勃的生机。

偶尔有男孩子用自行车搭载着女生经过，惹得路人露出羡慕的眼神。

符离笑眯眯地看着这些恩爱的情侣路过，对庄卿道：“他们人类真有意思。”

“是他们的感情有意思，还是他们的人有意思？”庄卿见符离视线全都落在过往的学生身上，扭头不说话。

“庄、庄队长。”一个长得十分帅气的男孩子跑到庄卿面前，鞠了一躬道，“您是来处理校园闹鬼事件的？”

庄卿默默皱眉，这是谁？

“这位就是符离前辈吧？”男孩对符离态度更加热情，“我看了宣传片，您在里面帅得不行，简直就是我的偶像。”

“我忘了自我介绍，我叫王东，挽月门的弟子。”男孩不好意思地笑道，“师叔祖跟师兄常常跟我提起你，今天终于与您见上面了。”

“只怪我学艺不精，处理不了学校的事情，出事的地方我知道，晚上我带二位过去……”

“你们晚上十一点过后不是关宿舍门吗？”符离指了指远处一栋宿舍楼，宿舍楼门口挂着一块牌子，上面写着学生宿舍管理条例，“学生就好好上学，其他的事情不用你操心。”

“不是……”王东还想说些什么，转头见庄卿正一脸冷漠地看着他，忙把话给咽了回去，“前辈说得对。”

“符离！”

一个打扮十分朴素的男孩跑了过来，脸上满是欣喜：“你怎么在这里？”

“张鹏？”符离还记得这个男孩，当初他就是因为见义勇为，在煤气罐快要爆炸时，救下了这个男孩，才得了管理处一笔奖金。

“是我是我。”张鹏想起符离想要自考上大学，便问道，“你是来当旁听生的？”

“没有，我就是随便走走。”符离干咳一声，“你知道我没有上过大学，所以就来看看。”

张鹏有些后悔，觉得自己刚才说的话可能不妥当，会让符离不开心，忙道：“那我陪你一起逛。”虽然下午还有课，不过为了救命恩人，就算逃课也没关系。

“你下午还有课吧？”符离仿佛看出了他心中所想，“我这里有人陪着，你别担心。来念书可是交了学费的，你不念就是浪费了父母的心血。”

“那、那好吧。”张鹏这才注意到符离身边还有其他人，才犹豫地点头，从笔记本上撕下一张纸，写上自己的手机号码，递给符离，“这是我的手机号码，你如果有什么事，就给我打电话。”

“好。”符离笑着收下，但是他心里清楚，这个电话号码永远都不会拨出去。

“前辈，你竟然认识我们分院的学霸！”王东有些惊讶，他以为像符离修为这么高深的妖修，应该不可能去认识普通的人类。

“嗯，以前我跟他爸在同一个工地上搬砖。”符离丝毫不觉得搬砖有哪里不好，“这孩子为人不错，知道我准备要考大学，就把他自己的课堂笔记还有课本都给我了，还教我学习的方法。”

“考大学？”王东嗓音拔高了几度，得知这样的大妖竟然去搬砖讨生活已经够奇葩了，没想到还想去考大学。这就相当于一个能够当皇帝的大人物，吵着闹着非要去考秀才，正常人没法理解这是什么样的情怀。

“大学怎么了？”

“大学好啊。”王东干笑着鼓了两下掌，“老师好，同学好，还有很多漂亮的女同学……”

他听说过庄队长不太好相处，但没想到竟然这么难相处，不管他说什么，都会受到对方凝视。明明眼神里也没什么，但他就是被瞪得不敢再说话。

后来符离催他去上课后，他毫不犹豫就提出告别。

高修为人士的世界离他太遥远，他还是好好念书吧，反正这辈子也没希望考进管理处了。

“你究竟是怎么想的，身上一堆宝贝还要去搬砖？”庄卿很想摇一摇符离的脑袋，听听里面装着什么。

“我身上所有东西，都是其他妖修给的。我就是想知道，离开他们，我能不能活下去。”符离把手背在身后，明明容貌很年轻，说话的口吻却像是小老头儿，“妖的一生太漫长，无人陪伴的时候，总要学着自己长大。”

庄卿唇角动了动，却什么都说不出来。

他不知道被无数妖修宠爱的生活是什么样，他从小就明白一个道理，想要的东西就必须去争去抢，没有谁能护着他一辈子，相信谁都不如相信他自己。

好朋友在背后算计如何吃掉他的肉，族人欺负他，还有那些想要吃掉他的妖兽，每一个都对他不怀好意，而他也从不期待这些好。

自己的东西，就一定要牢牢守住，不然转头就会被人夺走。

很快上课时间到了，道上的学生少了很多，符离见还有学生在外面懒洋洋地走，有些好奇：“他们不用去上课？”

“没有排课。”庄卿见符离对大学里一切都好奇，“回去后好好看书，争取自考……上个学校。”

至于这所学校的录取通知书……暂时就不要想了。

“最近都没有好好看书，回去就复习。”符离扭头在四周看了好几遍，“说不定过几年我就是这里的学生了。”

庄卿：……

算了，有梦想是件好事。

晚上子时左右，秋风呼啸，学生们都回了宿舍，三位校领导吹着冷风跟在庄卿与符离身后，打了几个寒战。

“三位的心脏好吗？”走到一半，符离从怀里掏出一瓶在校门口对面药房买的药，“把这个收着。”

“这是什么？”校领导茫然地接过，只见上面写着“速效救心丸”五个字。他把药瓶塞到旁边同事的手里，这都什么乱七八糟的，他可是坚定的唯物主义者，从不信这些神神鬼鬼之说。

一声惨叫从房顶上传出，躲在垃圾桶里偷吃的老鼠吓得缩成一团。只听“嘭”的一声响，有什么东西重重地摔在了水泥地上。

“又有娃跳楼了？”一个校领导急了，掏出手机就准备叫救护车，被符离一把按住，“你听错了，没人跳楼。”

虽然没人跳楼，不过这栋楼里的阴气却很重。

没过几分钟，又有重物落地的声音，三位校领导神情有些凝重。如此几遍后，校领导们的脸色变得有些苍白。因为他们发现，尖叫声与重物落地声，从头到尾都没有变过，就连间隔的时间也一样。

“找到了。”符离从某个隐蔽的角落里，找到一个微型远程遥控播放机，惨叫与重物落地声，都是从这里传出来的。

校领导忍不住皱眉，现在这些孩子恶作剧也太过分了，怎么拿这种事开玩笑。他们往四周看了一眼，没有看到人影，倒是楼上突然掉下来一样东西，重重砸在地上，鲜血溅开很远。

“救、救人。”校领导再度掏出手机，还没来得及按键，就被庄卿再次按住。

“不用叫了。”庄卿指着地上的尸首，尸首与血迹慢慢在地上消失，仿佛从没有出现过。

“这是……磁场效应。”庄卿想了一个略科学的说法，“并不是真实发生的事情。”

几个校领导看着空空的地板，唯物主义思想受到了严重的挑战。

磁场效应，糊弄谁呢？

第五十七章

“庄先生，我们这里……没有形成磁场效应的条件吧？”一位物理学方面的领导勇敢站出来，“怎么还会有……”

“也许是受土质影响，”庄卿走到刚才尸体残影的地方站定，仰头往楼上看，“总会找到原因的。”

三位领导互相对望一眼，开始认真地回想这块地的土壤层结构，然而怎么想也找不出充足的条件。最后三个人掏出手机，边查看数据库，边争论起来。

“看到没，这就是学者的认真态度。”庄卿扭头看符离，“你如果有这么认真钻研的态度，考上大学不是梦。”

“我觉得……”符离咽了咽口水，“还是做梦比较容易一点。”

“真想考大学？”庄卿见他又向往又害怕的样子，道，“回去我给你补课，反正你给了我不少好东西，就当是拜师费了。”

“我活了这么多岁，向你拜师……”符离有些意动，不过已经渐渐知道人情往来的他，还是要假装矜持一下，“这是不是不太好？”

“听说过一字之师吗？”庄卿弯腰在地上摸了摸，头也不抬道：“有人教就不要挑剔了。”

符离正要说话，见楼顶上又有人掉下来，打开玉骨伞撑到庄卿头顶，人影刚触到伞面，瞬间灰飞烟灭，了无踪影。

三位领导：……

这也是磁场效应？

“我这把伞有特殊装置，可能破坏了磁场。”符离睁着大大的眼睛，一脸无辜与单纯，“我们看了一下，学校并没有什么大问题，可能是学生受流言影响，产生了自我心理暗示。”

庄卿挑眉看符离，出息了，竟然还知道自我心理暗示。

“我们学校新聘请了专业的心理老师，以后我们会多安排一些心理课程。”

“伞先借给你们。”符离把伞递到三人面前，“我们再去天台上看一看，看到什么都不用害怕。我这把伞可以破解任何怪异的磁场。”

三位校领导觉得大晚上没有下雨还打把伞有些犯傻，可是看到符离微笑的模样，他们不自觉便把伞接了过来。等庄卿与符离进去以后，一位领导道：“哎呀，我忘了把钥匙给他们俩，要不把钥匙给他们送过去？”

“恐怖电影里，自作主张的人、赶着送东西的人，往往会遇到怪事。”另外一位领导推了推鼻梁上的眼镜，花白的头发在月色下，散发着睿智的光芒，“他们年轻人腿脚好，忘记带钥匙可以回来拿，我们年纪一大把，就不要去凑热闹了。”

虽然这两个年轻人口口声声说什么磁场效应，其实他们心里隐隐明白，这都是来安慰他们这三个老头子的。尤其是那个笑起来好看的年轻人，特意塞一把伞到他们手里，肯定有其他作用。

604大教室，符离推开教室门，课桌上积了厚厚一层灰，屋顶的吊扇吱呀吱呀转着，穿着白衬衫的学生，在桌上奋笔疾书。写完以后，抬头看向门口，笑了：“你来了？”

符离没有说话，他走到学生的桌前，桌上放着一封遗书。

“我以为你不会来了。”白衬衫学生爬到窗台上站好，转头看符离，“前段时间我看到你回来了。”

学生脸上的表情十分僵硬机械，眼眶中流出两行血泪：“当年你约好与我一起跳下去，可是你没来。我等了你一年又一年，你终于还是回来了。”

“你老了，也胖了。”

符离跟着学生一起爬到窗台：“那些同学，也是跟着你一起跳下去的？”

有一种鬼，被感情、怨恨、思念束缚，永远留在某个地方不能离开，所以民间给这种鬼取了一个名字，叫地缚灵。

这种鬼平时毫无存在感，但是若有什么刺激到他们的情绪，他们便会一次又一次重演自己死前的片段，拉着其他无辜的人共沉沦，最后化为怨鬼。

白衬衫学生摇头：“平伟，我只想等你来。”

“等我一起跳吗？”符离推开这扇上世纪末风格的窗户，笑着对身边的白衬衫学生道，“好啊。”

白衬衫学生笑了，笑容如早春的太阳，和煦温暖：“等我们下辈子再相遇时，一定可以光明正大在一起。”

符离看着学生干净的脸庞，缓缓点头：“是的。”

“真好。”白衬衫学生仰头望着天空中的月亮，“月亮虽然不圆，但是我跟你团圆了。”说完，她一跃而下。

符离见状，立刻翻身跟着跳了下去。

白衬衫看着他跳下来的身影，伸手轻轻握了一下他的手掌，一点点消失在空气中。

这一次，没有溅落的鲜血，没有摔得面目全非的身体，也没有沉闷的落地声。夜风轻轻刮在脸上，符离飘落在地，转头见三个校领导盯着自己，从背后拽住一根绳子，“哦，我吊了威亚。”

三位校领导：“呵呵。”

庄卿跟着从六楼上跳了下来，毫不走心地从身后扯出一根绳子：“我也吊了威亚。”

校领导：……

不用再强行解释了，就当他们是瞎子和傻子吧。

“贵校有没有新来的老师，叫平伟？”符离仰头看着六楼那扇干净紧闭的窗户，空调外机挂在外面，看起来像是新安装上去不久。

“学校最近聘请的心理学老师，就叫罗平伟。”一位校领导道，“他还是我们学校二十年前的毕业生，这些年在国外取得了很不错的成绩，我们学校花了高薪才把他请回来。”

二十年……

人类寿命如此短暂，能有多少个二十年？

他们的电视剧与小说中，总是在追求爱情，歌颂爱情，然而在爱情面前，这些人类又选择了生命与财富，这不是很矛盾的行为吗？

其实人类转世投胎忘记前尘琐事挺好的，至少有新的未来与期盼，那些伤人心的过往，忘了就忘了，下辈子最好也永远不要遇到。

“我建议你们可以让警方多调查一下这位，说不定会有新的发现。”符离伸手取回了自己的伞。

“符先生，你这些事……是不是刚才那个鬼告诉你的？”一位憋了很久的教授，终于把这个问题问出了口。

“您说笑了，这个世界上根本就没有鬼，更何况比鬼可怕的，是人心。”庄卿看了眼符离的手，“新时代要相信科学，不能信奉过去的那一套。”

校领导：……

他们三人虽然觉得符离这个说法有些莫名其妙，但还是按照符离的意思，给警方打了电话。警方连夜调查，在罗平伟的家里发现了很多乱七八糟的资料，什么以命换命，唤醒已逝之人之类的。

随后警方发现，犯罪嫌疑人二十年前有个恋人，这个恋人因为他对感情的背叛跳楼自杀了。他现在回到学校，就是不知听信了谁的胡话，竟用心理催眠的方法，让部分心理比较脆弱的学生有了自杀的行为，想要借他们的死，唤醒自己的爱人。

真相早已经埋葬在亡人的口中，或许连这个男人自己都知道，他是懦弱可耻的，所以在警方面前，把自己当年的背叛掩饰了下来。

办完事情后，庄卿就拖着符离往洗手间走。

“我不上洗手间。”符离有些莫名。

“没让你上洗手间。”庄卿拧开水龙头，“洗手！”

符离无奈地看他一眼，把手伸到水龙头下面。

“右手要多洗两下。”庄卿想起方才符离陪着地缚灵跳楼的那一幕，皱眉道，“她跳你也跳，拍电影呢？”

“我只是帮她完成心愿而已。”符离扭头看庄卿，“人类寿命短暂，满足一下他们的愿望，也没什么关系。”

庄卿嗤了一声没说话。

第五十八章

走出洗手间，符离的兴致不太高，走在寂静的校园小道上，不想说话。

道路旁有很多银杏树，风一吹就簌簌掉叶子，庄卿看着符离脑袋上那片叶子，忍了很久还是伸手把叶子摘了下来。

符离扭头看他，眼神迷茫又带着几分好奇，满脸写着我有问题想问。

“想说什么？”把玩着手里的银杏叶，庄卿叹气，“直接说。”

“人类不是很看重爱情吗？为什么做出的事情，又是如此无情？”符离小声道，“那栋楼里有一个集怨的阵法，那个鬼的恋人，是故意杀了那些学生，让他们变成怨鬼，然后仇视那个自杀的地缚灵对不对？”

符离怎么都想不明白，就算不再相爱，两人已经阴阳相隔，为什么还要连对方的鬼魂都不放过？

“因为他知道自己做错了，所以愧疚、害怕，当愧疚与害怕超过临界值时，他就会试图毁去让他愧疚的源头。”庄卿在人世间生活了将近两千年，看多了人性的丑恶与善良，所以不管是什么样的结果，他都能平静面对，“就像是欠债的人，欠债太多已经无法偿还，就会生出让债主消失的心思，这就是人心。”

“欠了债，不是就要还吗？”符离不解，“便是你我修行之人，欠下因果也是要偿还的……”

“所以你还不明白吗，人比妖更要复杂。”庄卿看着符离，“所以不要轻易相信人类说的话，就算他当时说的是真的，也不代表一辈子都不假，人心易变。”

符离耷拉着脑袋，想起自己的“宠物”，字写得漂亮，会讲故事，烤的肉比刚鬣大王做出来的好吃很多，小声道：“也不是所有人都这样，对吧？”

对上符离期待的眼神，庄卿只好点头：“嗯。”

走出校园，庄卿见他兴致还是不高，便道：“走吧，我带你去个地方。”

“哪儿？”符离跟着庄卿上车。

“你不是想知道那个地缚灵生前男友的想法吗？”庄卿系好安全带，“我带你去见他。”免得整天瞎好心，认为谁都是好人。

罗平伟被案件小组带回去后，还假装冷静了一会儿，直到研究犯罪心理的专家戳破他的谎言，以及警方在他家里搜出了有力证据，他才开始交代自己的犯罪经过与动机。

“很多心狠手辣的罪犯，套上一层爱情或是亲情的皮，好像就显得情有可原似的。”彭航看完案件记录，捧着自己的泡面桶边扒边骂，“都是些畜生，如果心中真的有爱，又怎么会对这些无辜的学生下手？！”

就连那些毫无人性的杀人狂魔，大多也喜欢说自己童年不幸或是被前女友抛弃，天底下不幸的人多了去，要是每个人都这么干，多少人都不够他们杀的。

任何理由，都不能当做自己犯罪的借口。

“队长说得对。”一位警员偷偷摸摸从抽屉里拿出一根火腿肠，被同事看见，分走了一半，吓得他连忙把剩下半根全塞进嘴里咽下后，才继续道，“如果罪犯都情有可原，那被他杀害的人，难道就活该被害？”

“原谅杀人犯是受害者在阴间的事情，我们警察就是负责抓到罪犯。”彭航实在饿得狠了，从中午忙到大半夜滴水未进，他觉得自己能够一口把整桶面吃完。

“彭队。”一位警员走进办公室，在彭航耳边小声道，“有人提出要问嫌疑人罗平伟一些问题，领导把人带过去了。”

“是什么人？”彭航一抹嘴上的油，拿起桌上的警帽，“我们去看看。”

这个混账害了好几个学生，难道还有人来保他？

修真管理处对外是挂职在安全部门下面的，所以庄卿“以公谋私”带符离去见犯罪嫌疑人，警方的人无法拒绝，不过他们询问嫌疑人时，必须要有警方的人在场。

“你就是罗平伟？”符离坐在老式办公桌前，打量着眼前这个男人，身材有些发福，戴着眼镜，皮肤偏白，看起来很斯文。

“你是谁？”罗平伟仪态很好，任谁也想不到，这副皮囊下，会是残忍的杀人凶手。

“你为什么要害那些学生？”符离觉得这样的人类，实在太可怕，所谓“衣冠禽兽”也不过如此了，但总觉得这个成语对他们妖修不太友好，凭什么人类里的渣滓，就要跟鸟兽类平起平坐，他们鸟兽类干不出这种事。

“我不想害他们，可是如果他们死了，阿立就能活过来，为了阿立，我什么都愿意做。”罗平伟擦着眼泪，说着他与恋人的过往，他们的深情，他们的无奈，以及他这二十年从未断绝的思念。

一个人能够虚伪到何种地步呢？

看着这个男人唱作俱佳地诉说着他们的情谊，符离面无表情地道：“可是你用的这个方法，不就是想要让她魂飞魄散？”

罗平伟一顿，随后继续流泪道：“她是我这辈子唯一的爱人，我怎么会这么对她。”

“撒谎。”符离黑黝黝的双瞳盯着罗平伟，“你这样的人类最爱的只有自己。”

罗平伟觉得对面人的眼神让人很不舒服，在他的视线下，自己就像是没有穿衣服般，什么掩饰都没有。他尴尬得有些恼怒：“你知道什么，我又凭什么跟你交代这些？”

“每个人都要为做错的事情付出代价。”符离站起身，眼神寒冷，“你不会成为那个例外。”

“不问了？”庄卿跟着符离走出问询室。

“没什么可问的。”符离抿了抿唇，“为了守护与这种人的爱情，放弃自己的生命，太可惜了。”

庄卿轻哼：“你又不懂爱情，想这么多干什么？”

符离沉默片刻，发现他无法反驳。

彭航看到符离与庄卿从问询室出来，就没有再继续上前。目送两人走出警察局，彭航回到办公室继续吃泡面，不过心里对符离的身份又有了新的判定。

难怪符离的工作总是变来变去，调查他的过往生平，也查不出什么有用的东西，原来他是特殊部门的人。那些搬砖工、保安之类的，都是他在外面的伪装，只是为了查案。

想明白这一点，有同事向他打听符离的事情，他都一律说不知道。这个时候乱说话，那就是害人，彭航心里很清楚哪些事该做，哪些事不该做。

出了警局，庄卿见符离兴致不高："走吧，我请你吃宵夜。"

"半夜三更的，有什么好吃的？"符离不喜欢汉堡薯条这类便利餐食，所以对庄卿的提议不感兴趣。

"去过就知道了。"庄卿把符离丢进了车里。

车在一条小巷子里停下，巷子里开着一家很小的饭店，饭店的招牌涂着白漆，用红漆写着"夜猫子饭店"五个字，里面稀稀拉拉坐着几个顾客，个个都懒洋洋的。

做饭的是个中年男人，双眼十分有神，看到符离跟庄卿，便热情地招呼。

"二位吃什么？我这里有饺子、面条、馄饨、麻辣烫。"中年男人把干净的桌子又擦了一遍，"价格公道，分量足。"

"你想吃什么？"庄卿问符离。

"麻辣烫。"符离补充了一句，"多加荤菜。"

"好嘞。"老板应了一声，精神饱满地转身去煮麻辣烫。符离在其他食客身上看了几眼，这些食客不是人，他们的本体有猫、有狗，还有只猫头鹰。

这些食客瞧着像是这家店的熟客，他们偶尔跟老板说笑两句，彼此间也会开几个玩笑，不过更多的是时不时打量符离与庄卿，似乎在猜测两人的身份。

两大碗麻辣烫上桌，果然如同老板所说的那样，分量很足，老板还特意给他们倒了两碗豆浆。符离原本以为这个老板是普通的人类，可是他很快发现，对方身上有很淡的妖类气息，只是这种气息很淡，几乎快要消失。

熟客们吃完宵夜，给钱后也不走，七嘴八舌说着工作上的烦心事，注意力却一直在符离跟庄卿身上。

符离隐约觉得有些奇怪，吃完后他跟庄卿离开店，果然那些熟客也纷纷起身离开。

“这人的祖上是一只猫头鹰，最擅长熬龙凤汤。”庄卿发动汽车，打开窗户，好散一散身上的麻辣烫味儿。

“后来呢？”

“后来他与一个人类女子相恋，两人成亲十年无子，人类女子无意间发现他不是人。”

“那、那后来呢？”符离有些紧张，“他们分开了？”

“他们如果分开了，哪来的后代？”庄卿看符离的眼神，就像是在看一个傻子，“他们很相爱，并没有因为种族不同，而放弃这段缘分。后来猫头鹰求来灵药，让他与人类女子有了子嗣。”

见符离似乎对这个故事感兴趣，庄卿便继续讲了下去：“人类寿命有限，人类女子老去，猫头鹰悲伤过度，散尽修为后没多久，也死了。这个饭店的老板，不知是他第几代玄孙，虽然早没有了妖修的本能，但是做饭的手艺却继承了下来。”

“你喝过那个猫头鹰做的龙凤汤？”符离有些好奇，这道汤取名龙凤汤，庄卿不介意吗？

庄卿点头：“喝过，味道很好。”

车内安静下来，许久后符离突然明白过来：“庄卿，你跟我讲这些过往，是想告诉我，有些爱情还是很美好的？”

“年纪一大把了，怎么还喜欢胡思乱想？我就是随便讲个故事而已。”

符离：“哦。”

车内再度安静下来，只是这次的安静格外长久，直到符离下车，庄卿也没有再说一句话。

忙了一晚上，符离白天终于有时间休假，他买了一大堆吃食，敲响了鲲鹏家的大门。

这次虽然有一堆吃的，不过鲲鹏没有闹着要喝酒，他怕再把这只兔子灌醉，管理处的那条龙又要上蹿下跳地跟他打架。

“鲲鹏大人，其实我有一事相求……”

鲲鹏把吃了一半的鸭舌塞回符离手里：“不要让我去打架，我怕死。”人间界这么多美食，他还没有吃够呢，怎么能死？

“鲲鹏大人，你误会了，今天没什么架打。”符离把鸭舌又塞回去，让鲲鹏继续吃，“就是一点点小事。”

“我怎么觉得你找我就没好事！”鲲鹏怀疑地看符离，还是把剩下的半个鸭舌吃了。

“以前请你出去吃饭，哪次不是好事了？”符离瞪大眼睛，“我是那种骗妖的妖？”

“那倒也是。”鲲鹏仔细想了想，“那你说吧。”

符离就等着鲲鹏这句话，他扑通一声变成原形，毛茸茸的前爪子抱着鸡翅边啃边道：“我身上出现了一些奇怪的现象。”

鲲鹏摸了一把他肥墩墩的后背：“确实挺奇怪的，兔子喜欢吃荤，还肥成这样。”

“鲲鹏大人，你没洗手。”符离往旁边挪了挪，抖了抖身上的毛，“我……前两天晚上，不小心吃了两口龙肉，引来了天雷。”

“你把庄卿啃了？”鲲鹏提高音量，“你还是不是妖，连未成年龙都能下嘴？”

“我怎么可能啃自己人，啃的是你上次揍的那条青龙。”

“啃得好！”鲲鹏大人的情绪，向来都是如此收放自如，“不过你再能耐也只是兔子，天道为了物种平衡，容不下我们这些大妖就算了，怎么还容不下你这么一只兔子？”

鲲鹏象征性地擦了两下手，拎起符离认真看了一会儿，盘着腿摸着下巴道：

“仔细看，你长得与兔子确实有些差别，不过我纵横妖界数万年，大妖里也没有长得像你这样的。”他就算再心大，也觉得这事有些奇怪，哪有兔子去吃龙的，这完全就不符合动物本能。动植物就算修炼成妖，也会带着本身的特点，像符离这样的，他还真没见过。

想他活了这么多年，不说是博学多才，见得也不少，还真看不出这只兔子有什么不对劲。对方身上唯一的特别之处，就是得天道机缘化形，其他的跟兔子差别不大，除了长了个狗鼻子。

他们这些上古大妖，最厉害的地方就是他们的本体，他们得天地灵气而化身，生来便有神力，其他妖修拼死了修炼，也比不过他们。按照现在的说法，他们在那个年代，算得上是天道的宠儿。

吐气化云，日行万里，一怒便能动山河，上古大妖没有这些本事，也不好意思算大妖。像符离这种小个头，全身上下没有一点厉害之处的妖修，在当年与路边的杂草无异。

但他若真是如此普通，天道又怎么会劈他？

“不对，天道连禺彊都能劈成渣，你怎么还活着？”鲲鹏觉得这才是最大的重点。

符离有些不好意思：“庄卿把我给护住了。”

“难怪你死心塌地都要跟着这么一条混血龙，跟着这种天道宠儿，天雷都要给你开后门。”鲲鹏又拆了一袋泡椒鸡爪，“既然你不清楚自己究竟是什么，不如就当自己是兔子，我看兔子也挺好的。”

符离变回人身，想起自己那天晚上的失控状态，心里隐隐有些不安。他低头咬了一口手里的饼干，脑子里想的却是龙血的味道。

鲜嫩、可口，甚至带着某种吸引他的能量。

“不过庄卿对你也算好了，你突然狂性大发要吃龙，他还护着你。”鲲鹏忽然道，“我如果是他，大概就要开始防着你了，万一哪天发疯，把他也咬了怎么办？”

符离愣住，他好像还没想过这个问题。虽然他不在意别人在他面前吃兔肉，但那些都是没有开灵智的兔子，青衍……可是将近三千岁，可以化为人形的龙。

“做妖的，跟对了老大就是福气。”鲲鹏拿眼角瞅符离，“你运气不错。”

“那倒是，庄卿虽然看起来冷漠了一点，不过本性挺好。”符离饼干也不吃了，开始细数庄卿的优点，“大方、沉稳、有责任心、心地善良、修为高、讲义气……”

“停停停……”鲲鹏嫌弃道，“你这一脸得意，不知道的还以为是在夸自己儿子。你一只兔子，生得出龙吗？”

“他年纪轻轻，尚未成年，能够做得这么好，当然应该多夸奖。”符离理直气壮地道，“年轻人嘛，就该多鼓励鼓励。”

鲲鹏懒得理他，挪了挪屁股，背对着符离，继续啃鸡爪。

他要无数次感慨，泡椒鸡爪真的真的真的是人类最伟大的发明。

零食吃完，符离准备离开时，鲲鹏看了他几眼，叫住了他。

“修行在于修心，不管是兔子还是其他妖怪，你还是你。”鲲鹏难得如此严肃，“天地很大，随时随地都在发生变化，本体究竟是什么不重要，你大可不必放在心上。”

符离愣了一下，随即笑道：“多谢鲲鹏大人。”

“滚吧滚吧，我要睡觉了。”鲲鹏蹬了蹬腿，往地上一滚，小声抱怨道，“年轻妖就是事多。”

等符离离开，鲲鹏从地上坐起来，神情有些凝重。

能让禺彊养了上万年的青蟒化为灰烬，食龙，引来天雷……

鲲鹏想起了几千年前，人类刚兴起时，妖界曾有一个荒谬的传言，说很快就有新的妖兽诞生，几千年后将取代他们这些大妖的地位，成为妖界的首领。那时候他以为是无知小妖们害怕他们，故意散播出来的谣言，所以根本没有当真。

事实上不仅他没当真，其他大妖也没拿这种荒谬的谣言当回事。

距离那个谣言传出，已经过去了五千年，按照谣言来推断，这个可以取代他们的妖兽，早该在几百上千年前就名扬整个妖界，怎么可能至今还默默无闻。

能够取代他们上古大妖的妖兽，如果真像符离那个样子，那才是妖界最滑稽的事情。

要这么说起来，反而是庄卿更符合传言中的妖界新首领，就是现在的修真界砢碜了点，这个老大当得不太威风。

八月初十，青霄派掌门赵修一百五十岁大寿，作为修真界的人修翘楚，青霄派掌门德高望重，不仅人修敬他三分，就连妖修也十分尊重他。在他大寿的前三天，修真界论坛首页就打出了为他贺寿的口号，一些修真界小辈在论坛中讨论青霄派掌门的光荣事迹，青霄派不仅没有制止，还有内门弟子偷偷跑来爆料，说一些掌门的小缺点。

大家聊着聊着，话题就转到了哪些修真界大佬会去参加赵修的寿宴。

一个刚化形的小妖怯怯留言道：听说管理处的庄卿处长十分厉害，他会去参加赵掌门的寿宴吗？

妖修甲：呵呵。

人修乙：呵呵。

半妖丙：呵呵。

青霄派弟子：庄卿处长日理万机，若是能来，我青霄派上下定蓬荜生辉。不过庄卿处长似乎并不爱出席这类场合，只怕不会前来。不过万一呢，做一做梦也不违法。

与青霄派有些过节的某个门派的弟子：呵呵，某些门派仗着自家有两个弟子在管理处做事，就脸大如盆地做白日梦。看着吧，庄处长如果去参加赵掌门寿宴，我就在论坛直播吃手机。

青霄派弟子：……

好生气，但是却无法反驳。

第五十九章

刷着修真界论坛的张柯把手机摔在桌上，抓过修真界一标三实表气呼呼地进行系统录入，坐他旁边的宋语往旁边挪了挪，凑到符离身边道："老大，我前两天接了一个广告，公司那边送了我很多零食，等会你拿去给鲲鹏大人，顺便帮我说说好话。"

头顶上住着一只鲲鹏，他胃口都吓小了一半，翅膀上的毛也开始猛掉，简直就是夜不能寐，食不下咽。

"你别那么紧张，鲲鹏又不吃你。"符离拍了拍他的光头，酸与战斗能力这么弱，能活这么多年，全靠胆子小吧。

宋语苦笑，鲲鹏这种大妖，什么都可以吃，只要想着他就在自己附近，就忍不住双腿发软。

"符哥、宋语。"徐媛走进来，"正好你们都在，我们刚才接到了一个举报电话，情况比较诡异，可能要麻烦你们走一趟。"

"怎么了？"符离见徐媛神情有些严肃，忍不住道，"不会又是出现什么大妖，要我出面吧？"

"现在还不清楚。"徐媛摇摇头，取出一张打印好的图片递到符离面前，"雍凉省的深山中，出现几个怪物，这些怪物身上长着三个头，日日啼哭不止，声音可传近百里，当地虽然人烟稀少，但已经有闹鬼的流言传出。"

符离接过图片，图片上的影像十分模糊，但是看得出上面的几个人，确实长着三个头，并且比正常人要矮小一些。他们全都站在一棵样子有些奇怪的树上，十分诡异。

"这不是……服常树？"宋语凑上去看了一眼，"服常树一般都环侍在琅玕树的旁边，三头人生于服常，死于服常，他们生来的意义就是摘下琅玕树上的珠玉果，然后等待凤凰降临。”说到这，宋语意味不明地笑了一声，“可惜现在灵气薄弱，琅玕树近乎断绝，凤凰……谁还见过凤凰呢？”

听了宋语这种说法，满屋子的修真者心情都有些复杂，为了琅玕树与凤凰而生，可是琅玕树与凤凰却已经没了。原本还觉得三头人相貌太过丑陋，现在看来，大家都有些同情他们了。

生来的意义都没有了，又怎么能不哭？

“那现在怎么办？”徐媛唏嘘一声，这些三头人没有犯什么错，不能对他们动粗，可是也不能任由他们这么哭下去。

“谁说琅玕树已经断绝的？”符离有些莫名其妙，“我们楼下天井中间的那棵红果树，不就是琅玕树吗？”

“啥？”众修真者齐齐看着符离，他们管理处竟然有这么厉害的果树，他们怎么不知道？

“原来你们不知道这棵树是什么？”符离比他们还吃惊，“不知道是什么品种的树，你们也敢乱种？”

“当年管理处修建在这里的时候，天井那里种的是一丛花，后来不知道怎么回事，就长了一棵树出来。”楚余在管理处待的时间比较久，所以了解前因后果，“本来我们想把它挪开，后来发现它身上带着灵气，从不主动攻击管理处的人。老大觉得这棵树或许有机缘开灵智化形，所以就一直留着它了。”

宋语：……

就算是上古时期，琅玕树也是十分珍贵少见的，管理处随随便便长起来一棵，还让人家自由生长，这不是天道的亲儿子是什么。

“难怪那棵树不让我们吃它的果子，谁去摘就抽谁，原来是因为人家只看得上凤凰。”黄灿摸着胡须，“说不定哪天这棵树，还能引来凤凰。”

宋语嗤了一声，这些妖修为一般，想得倒是挺美。

“不对啊。”张柯猛地转头看符离，“符哥，我记得你摘过好几次琅玕树上的果子吃。”

琅玕树真不要脸，欺软怕硬！

符离微笑着说："怎么了？"

"我是说，符哥真霸气，连琅玕树都为你折服。"张柯露出狗腿般的微笑，"下次你可以多摘一点，大家也都可以尝尝味道。"

凤凰才能吃的果子，一听就很高级！

其他人虽然很鄙视张柯的狗腿表现，但是内心对琅玕树结的珠玉果也充满了向往。

"行，等我把三头人的事情处理好就回来。"符离看了眼时间，对宋语道，"晚上让包大厨给我留份红烧排骨！"

说完，化为一道极光飞了出去。留下徐媛傻傻地看着窗外，半天后才道，"我还没跟符哥说清地方呢。"

"没关系，老大身上肯定有能够指路的东西，你就不要操心了。"宋语搓了搓手，"我去楼下走一走。"

"等等，宋哥，等我跟你一起。"楚余忙跟了上去。笑话，宋语肯定是准备偷摘珠玉果，见者有份。

"我也去。"

整个管理处的高层人物全部涌到天井处，团团把琅玕树围住，惹得其他人疑惑地想，难道上面准备把这棵树砍了？那也用不着这么多人来嘛。

"以前我没有发现，原来它的质感如此浑厚有力。"

"它的叶子碧玉无瑕，绿得十分通透。"

"果子红润中带着光泽，比珠玉还要美。"

"酸与大佬，加油。"

"请叫我名字。"

"好的，宋语大佬。"

宋语深吸一口气，飞身上树，手还没摸到果子，琅玕树身上就抽出无数藤蔓，把宋语甩飞在地，那轻松的姿态，仿佛扔掉的是一只小鸡仔。

众人：……

这事有点尴尬。

好在宋语十分想得开，他拍了拍屁股站起来，对同事们摇头道："看来只能等老大回来，才能吃上果子了。"这棵琅玕树，歧视他这种半鸟妖修啊。

"你们在干什么？"庄卿站在螺旋楼梯上，皱眉看着楼下闹哄哄的一团。

"老大。"徐媛等人干笑，"我们在摘果子呢，就是这树吧……它不让我们摘。"

庄卿认出这是符离前几天摘回家的水果，眉梢抖了抖。他记得符离确实顺口说了句，是从部门里摘来的，但是他没想到是从这棵树上摘下来的。

走到树下，庄卿往四周看了一眼："符离呢？"

徐媛把符离的去向说了一遍，庄卿转头看身后的树，原来这竟是琅玕树？想起家里还有几个已经放得有些发皱的珠玉果，庄卿决定等会就回家吃掉。

"老大，要不你也去试试？"楚余厚着脸皮道，"我们都试过了，这树抠门得一毛不拔，就像……"

众人齐齐侧目，楚余舌尖一转："就像葛朗台一样。"

庄卿看了他一眼没有动，因为他曾经试图摘过果子，但是这棵树很抗拒，所以他就再也没有做过这种事了。现在职员们再度提起，庄卿看了眼连衣服都被抽破的宋语，沉默不言。

将近半分钟的沉默后，一旁的琅玕树忽然动了，他抖了抖枝干，两条藤蔓卷着几颗果子移到了庄卿面前。

庄卿愣了片刻，伸开手，几颗果子就掉在了他的掌心，冰冰凉凉，还散发着淡淡的甜香。他抬头看着这棵在管理处待了一百多年，连一片叶子都没给过他的琅玕树，心情有些复杂。

"老大就是老大，琅玕树竟然主动送你果子。"

"琅玕树这是有物种歧视情结吗？"

庄卿把玩着手里的果子，忽然轻笑了一声。不知道是不是他多想，他觉得这棵树突然对他这么友好，是看在符离的面上。转头见其他人都眼巴巴看着自己手里的果子，庄卿想了想，挑了一个最小的塞给楚余：“拿去分。”

说完，也不管其他人的反应，把果子放进自己的乾坤袋里，转身走开了。

“一个果子，我们大家分？”楚余呆呆地捧着珠玉果，好半天都没从震惊中回过神。

抠门成这样，还好意思当管理处的老大吗？他抬头看琅玕树：“树大爷，再多给几颗呗。”

琅玕树岿然不动，仿佛它只是一棵普通的树，什么都听不懂。

“树眼看妖低！”楚余十分气愤，低头毫不犹豫地把果子塞进自己嘴里，然后被同事们打得哭爹喊娘，宋语甚至扬言要把他打成一条鱼，送给包御做红烧鱼。

由此可见，同事间的感情是脆弱又虚伪的，连一颗果子都不值。

荒无人烟的深山中，腐烂的树叶层层叠叠挤在一起，散发着沉闷的味道。脚如果踩在上面，可以没过鞋面。符离站在树干上，看着不远处坐在服常树上痛哭的三头矮人们，叹了口气，这哭声确实又大又难听。

“你们就算哭破嗓子，也唤不回凤凰。”符离飞到服常树下，对几个三头人道，“万一被邪妖发现，你们就没命了。”

三头矮人们见树下突然多了一个人，吓得抱作一团，嘴里叽里咕噜说着什么。

这是一种古语，很多妖修化为人形后，能够自动理解人类的话，并且能够模仿人类的语言。这种三头人修为很低，只能依附服常树而活，所以在语言方面，比大多妖修都弱。

他仔细一听，才明白这些三头人在问他是谁。

“我是符离。”符离蹲下身与一个跳下树的三头人平视道，“我知道哪里有琅玕树，你们只要守着琅玕树，就一定能够等到凤凰。”

他以为自己这种话，不会打动三头人，哪知道这几个三头人低头耳语了几句，齐齐跳下树，挖坑把服常树从地里拔起来，抬在了肩膀上。

这么容易……就信了？

符离愣了一下："你们这么相信我？"

唯一坐在树干上不动的三头人扭过一颗头看着符离，用生涩的人类语言道："你的……身上，有凤凰的味道。"

第六十章

“凤凰？”

符离惊讶地看着为首的三头人：“你说我身上有凤凰的味道？”

“跟在你身边，一定能够等到美丽的凤凰。”三头人道，“我们为凤凰而生，不想到死都见不到它。”服常树一生只结一次果，他们三头族破果而出，服常树干枯之日，便是他们生命消逝之日。他们生而能走能言，但是没有想到的是，在他们诞生后，身边根本没有琅玕树，更没有凤凰。

现在突然有个人身上带着凤凰的味道，还说有琅玕树，对他们而言，就是找到了活下去的意义。

“抱歉。”符离对这几个三头人作揖道，“我并没有见过凤凰，我只能带你们去琅玕树旁安家。”

“没关系。”三头人对符离有种谜之信任，“你能帮我们找到琅玕树，就一定能帮我们找到凤凰。”

符离：……

他什么时候说过要帮他们找凤凰了？不要以为长了三张脸，就可以不要脸。

关于三头人的故事，符离知之甚少，只知道他们依靠服常树而生，服常树乃琅玕树的伴生，其他的白猿并没有跟他说过。或许是因为这些三头人对他而言毫无威胁，白猿不怕他有危险，所以便讲得少。

这几个三头人虽然有不要脸的嫌疑，不过应该不会骗他。

难道他真的在什么地方近距离接触过凤凰？符离思索了很久，也想不到自己究竟在哪儿见过凤凰，难道是他睡着的这一千多年里，有凤凰从他身边经过？

幸好……凤凰不吃兔肉，不然他的小命大概没了。

“少年郎，你发现的琅玕树在哪里啊？”为首的三头人抹干净三张脸上的泪，“我们的服常树不能离地太久的。”

符离见这三个三头人相貌略有不同，便道：“不知三位可有名字？”

“我叫长毛。”坐在树干上的那个说。

看了眼他脑袋上的头发，这个头发确实最多。

“前面那个叫二毛，后面这个叫小毛。”长毛甩了甩脑袋上的头发，似乎以此为傲。

符离：……

叫二毛的头发比较稀疏，叫小毛的头发更少，稀稀拉拉几根长在脑袋上，又黄又干，远看像是几根杂草盘在脑袋上。

三头界的风俗，他是看不太懂了。

他手一挥，布好结界以后，直接连人带树卷到云头，开始给三头人讲述人间界的规矩。

“少年郎你放心，我们扎了根就不会乱走。”长毛义正词严地道，“人间界再美好，都比不上我们对凤凰的忠心。”

“大哥，人间界好漂亮啊。”旁边的小毛趴在云头，声音激动得发颤，“竟然还有透明的房子，路都修在了空中。”

符离想，他们说的可能是高层楼，还有高架桥。

“哪里？”长毛从树上跳下来，挤到小毛身边，伸长脖子去看，三个脑袋扭来扭去，差点撞在一起。

二毛怯怯地看了符离一眼，犹犹豫豫地挤到了小毛身边，跟着一起看了起来。被他们遗忘在旁边的服常树，孤单地在云层中挥舞着树叶，发出沙沙的声响。

然而三头人依旧沉迷于看人世间的繁华，连头也不回。

仔细想想，这几个三头人也才刚出世不久，跟孩子无异，有些好奇心也正常。符离伸手扶在服常树上，减慢速度，让他们看得更清楚一些。

“啊啊啊啊啊！”小毛突然惨叫一声，“为什么会有那么奇怪的大鸟？”

“那不是大鸟，是人类的出行工具飞机。”符离盘腿坐到云头上，安抚着三头人们的情绪。

“有些鸟都飞不了这么高，鸡还这么能耐？”长毛见符离一点都不紧张，转头伸手敲了小毛的一个脑袋，“别咋咋呼呼，吓人。”

“好的，大哥。”小毛被打也不还手，反而老老实实不敢乱叫。

果然是头发长头发多的了不起。

三头人看了一会儿新奇，又跑回了服常树旁边。长毛严肃地看着符离：“少年郎，人类世界充满诱惑的东西太多了，你可要多多小心，不要中了人类的圈套。”

他虽然刚出生没多久，但是他生来便是成人，脑子里也有三头族的传承，所以对人类这种生物的狡猾程度，十分了解。

“多谢告知，我一定会多加小心。”符离笑得弯起了双眼。

“你是个有前途的少年郎，等你帮我们找到了凤凰，我们一定不会亏待你。”长毛拉了拉围在腰间的树叶裙，颇有大侠风范。

“那就拜托各位多多照顾了。”符离盘腿坐着的身高，与三头人几乎相同，并没有因为三头人连衣服都穿不上而露出嘲讽的表情。

降下云头后，三个三头人紧紧抱住了他们的树，就连之前偷懒的长毛，也抱住了树干。

“我闻到了珠玉果的味道！”长毛双眼发亮，“就在里面。”

“三位跟我来。”符离带着他们走进办公大楼的天井，琅玕树静静矗立在屋中央，像是一直等待着谁的到来。

“琅玕树、琅玕树……”长毛松开服常树，迈着小短腿奔向琅玕树，但是很快他又惨叫起来。

“为什么你们不给琅玕树浇朝露水？”

“树叶上还有灰！”

长毛几下爬上琅玕树的枝头，从腰间扯出一块绿色的东西，转头对二毛与小毛道：“快把服常树种下，然后给琅玕树做清扫。”

“好的，大哥。”二毛与小毛抬着服常树跑过去，在离琅玕树不远的地方，刨出一个大坑，把服常树种了进去，最后还用脚踩了踩土，转头就去伺候琅玕树了。

琅玕树似乎并不排斥三头人的伺候，反而换了一个舒适的姿势，任由他们给自己擦枝干树叶。

长毛坐在树干中间指挥着二毛与小毛东擦西擦，然后抱着琅玕树狠狠吸了几口气，转头对符离道：“少年郎，多谢你，我们以后就住这儿了。”

“好啊。”符离掏出手机，给各部门发了消息，让他们看到三头人以后不要太过惊讶。

长毛掐了一段头发，用服常树叶子包裹起来递给符离：“这是我给你的谢礼。”

符离虽然不太懂这头发有什么用，但是三头人如此看重自己的头发，还愿意送给他，他就不会浪费对方的好意：“多谢你送的礼物，我会好好珍惜的。”

长毛心满意足地爬回琅玕树上，在琅玕树上蹭来蹭去，犹如痴汉。

符离回到办公室，宋语给他竖了一个大大的拇指：“老大，你竟然能把三头人带回来，真是厉害。”三头人是十分固执的生物，并且喜怒不定。他们身边如果没有琅玕树，性格就格外暴躁与凶残，若有谁惹怒了他们，他们脑袋上的头发就会突然变长，然后将敌人包裹其中，借此吸干敌人的血肉。

但如果有了琅玕树，他们就是最勤奋最温和的生物，每天做的事情就是采集露水，给琅玕树浇水施肥，等待凤凰前来吃他们培养出来的珠玉果。

所以琅玕树与服常树往往相伴而生，缺一不可。像管理处这棵自己长成的琅玕树，还有这棵没有伴生却能长出三头人的服常树，都是难得一见的奇迹。

“这些三头人就是小孩子脾气，很好说话，有什么厉害的。”符离见楚余缩在角落里，光光的脑门上还挂着几个肿包，“楚余，你这是怎么了？”

“哦，他走路没长脑子，从楼梯上摔下去了。”宋语微笑着道，“妖修恢复能力强，不用担心。”

不长脑子跟摔跤有什么关系？

符离见楚余确实没什么事，也就不管了，转头问张柯：“张柯，贵派掌门喜欢什么样的礼物？”

“您愿意去就是给我们门派最大的面子了，哪用得着送礼这么客气。”张柯忙道，“明天门派内设寿宴，你一定要来。”

“什么宴？”庄卿走进办公室，对符离道，“事情都办完了？”

“嗯。”符离点头，“我们部门的琅玕树，终于找到伴生树了。”还有三个免费的辛勤园丁。

“刚才我在走廊上看到了。”庄卿沉默了一下，又干巴巴补上了一句，“辛苦了。”

“为修真界服务，不辛苦。”符离把话题转到了青霄派掌门寿宴上，“我们在说明天青霄派掌门的寿宴，不知道我穿什么风格的衣服去才比较合适？”

庄卿看了眼站在角落里不敢说话的张柯：“赵掌门性格亲和又好客，不管你穿什么衣服他都高兴。”

“对对对。”张柯在一旁小鸡啄米似的点头。

“那也不能太随便，你明天穿什么样的衣服去，我学你穿好了。”符离自认品位不如庄卿，所以跟着他学穿衣服，肯定没问题。

屋子里忽然陷入了一种诡异的安静，安静得像是满屋子人没有谁在喘气。

“怎么了？”符离咽了咽口水，“我、我说错话了？”

张柯抬头眼巴巴地看庄卿，试图让老大明白，这只是符离自以为的，他绝对没有说老大会去的话。然而他眼珠子都快从眼眶里掉出来，庄卿也没有多看他一眼。

老大，你看我啊，看看我，我是清白的。

“好啊。”庄卿面无表情地道，“下午早点下班，我带你去挑衣服。”

“那我的红烧排骨……”

“红烧排骨重要，还是我陪你挑衣服重要？”庄卿更加面无表情了。

符离：“你！”

第六十一章

“不是，你们穿一样的衣服真的好吗……”

众人看向开口的徐媛，徐媛默默地捂住嘴，觉得自己今天的话有点多，多得有些讨厌。

“什么？”符离脑子里还在惋惜要离自己而去的红烧排骨，没有听清徐媛说的是什么。他转头去看庄卿，庄卿看向徐媛，似乎也没有听清楚她说的是什么。

“我是说老大的穿衣品位很好，他一定能够带你选到合适的衣服。”徐媛低头看手表，认真道，“哎呀，反正现在也快到下班时间了，符哥你跟老大快点出门去挑衣服吧。”

符离看庄卿。

庄卿严肃道：“上班时间怎么可以早退，到了下班时间，你来办公室找我。”说完，他又转头看其他员工，“好好工作，不要谈无关的话题。”

“好的，老大！”众人齐齐点头。

等庄卿离开以后，张柯愣愣地对林归道：“龟哥，你掐我一下。”

难得遇到这么主动的要求，林归当然毫不留情地狠狠掐。

“嘶。”张柯欣喜若狂地往自己私人办公室跑，“我这就去给宗门打电话！”

“他怎么了？”符离不解地看魏仓，“发生了什么紧急的事情，需要我们帮忙吗？”

“不，师兄他很好。”魏仓连忙解释道，“就是太高兴了，没什么大事。”

被人掐得倒吸冷气，也能高兴成这样，人类的癖好真是匪夷所思，千奇百怪。

修真界论坛上，那个嘲笑青霄派白日做梦的修真者，还在帖子里与青霄派的弟子吵架，不管青霄派弟子说什么，他都以一句“有本事你们把庄卿龙君请去参加你们掌门寿宴”来反驳，气得青霄派弟子差点用定位符找他的地址，与他进行三次元肉搏战。

不过大家都知道，利用定位符寻找论坛里的道友，违反修真界的规矩，若是被管理处发现，轻则罚款记过，重则被关进锁灵阵，以后找工作都是污点。

其他小门派的修真者乐得看戏，青霄派在修真界，算得上是排名前十的大门派，炼丹、炼器的人才无数，门下不仅有妖修，还有人修，只要是从青霄派出来的，连腰杆都要挺直几分，现在看到青霄派吃瘪，他们不仅没有丝毫的同情，还都兴致勃勃地围观，还有人看热闹不嫌事大，故意在论坛里煽风点火。

这个时候某个青霄派弟子突然跳出来，挑衅地问：先说说你吃什么手机？

挑事的修真者回道：你们如果真能请到庄卿龙君去参宴，别说吃一部手机，就是两部都行。

青霄派弟子：好，立帖为誓，如果庄卿龙君参宴，你就吃二星跟梨子X这两款手机。

挑事修真者：行啊，如果庄卿龙君不去，我要求也不高，以后你看到我，就叫我爷爷，你敢不敢赌？

修真论坛管理者：警告，本论坛严禁黄赌毒，若有再犯，将封锁身份ID，一年不能登录论坛。

挑事修真者：管理员大神求放过，我再也不乱说话了。

青霄派弟子：既然我们双方都达成了约定，那就好办了，你就等着吧。

吃瓜的修真者们见两边都撂了狠话，就差没直接摇旗呐喊：打起来，打起来。

在都城这个地方，只有不够用的钱，就没有花不出去的。庄卿带符离来到成衣店，挑了几套衣服给符离试。符离的脸看着显小，但是身材十分匀称，是天生的衣架子，穿出来每一套，导购都说好。

符离似乎有些不习惯打领带，导购给他系好领带后，他就不舒服地扯来扯去，很快就把领带扯得松松垮垮。导购想上前帮符离理好，哪知道坐在沙发上看杂志的庄卿站了起来。

“穿西装打领带，才更精神。”庄卿走到符离面前，伸手帮他理好衬衫领子，再把领带系好，往后退了一步，双手环胸道，“这样勉强还能看。”

“可是这个系着不舒服。”符离扭了扭脖子，脖子是一些妖修敏感的地方，有东西勒着，会让他觉得很不自在。

“你是因为刚穿不习惯。”庄卿摁住他又想去扯领带的手，“先照镜子看看合不合身。”

符离走到镜子前看了一眼，终于明白人靠衣装的真谛。这么一打扮，他看起来也有几分社会精英的模样。大多精英人士都读了很多书，这是不是代表，他打扮得像精英，别人也会以为他文化程度很高呢？

“那些社会精英是不是都爱这么穿？”符离靠近庄卿，小声问。

庄卿瞬间明白符离在想什么，他点点头：“对，他们都爱这么穿。”

“那我就再忍忍。”他看了看店里四周，“你不是也要买衣服？喜欢哪一套，我送你。”自从上次那个富二代塞给他一笔钱后，符离就再也没有缺过钱花。

“送我？”

“对啊，你陪我选衣服，我送你礼物。”符离不解，“还没有挑好？”

庄卿盯着他看了几秒，转身在店里选了起来，然而他左看右看，怎么都觉得符离身上这一套最好看。最后挑了一套与他同款，但不同色系的衣服。

等符离进试衣间换衣服时，他叹口气，把自己的银行卡递给了收银员。

卡划过刷卡器的时候，就像是划过了庄卿的心脏，有点酸，有点凉，还有种自己都莫名其妙的荒谬感。

明明符离都说好要送他衣服了，为什么他却转头把两套衣服的钱付了？

符离出来才知道庄卿把两套衣服的钱都付了，他想了想：“那我请你吃饭。”

“去哪儿？”庄卿问。

“就去前几天晚上去过的夜猫子饭店，他家的麻辣烫挺好吃的。”符离还有些想念那个味道。

庄卿：……

“你不喜欢？”符离见庄卿不说话，“那我们换个地方吃。”

五位数的衣服换一碗麻辣烫，真是太划算了。他庄卿什么时候吃过这种亏，简直就是天大的笑话。

“不，挺好。”庄卿恨自己的嘴巴不听使唤。

过了晚上七点，夜猫子饭店就开门了，陆陆续续有食客来吃晚饭或是吃宵夜，小小的店里很热闹。这次符离与庄卿去的时候，店里的食客基本上都是人类，他们俩因为相貌出众惹得食客们多看了几眼外，并没有引起太大的关注。

符离点了两大份麻辣烫，还特意加了两份鱼丸。

“两位帅哥又来啦！”店老板笑着招呼两人，手脚麻利地煮麻辣烫，鱼丸多得差点从煮麻辣烫的筐子里掉出来，看得出老板十分实诚。

“两位好像喜欢吃鱼虾。”店老板戴着手套收了钱，摘下手套洗了洗手，“我这里在炸小黄鱼，你们要来一份吗？”

“要。”符离想也不想地点头。

老板给两人装了一大盘小黄鱼放在他们面前：“请慢用。”

小黄鱼刚炸好，色泽金黄，吃到嘴里脆而不腻，鱼的鲜香被包裹在脆脆的外皮下，直到进入嘴里那一刻，才完全散发出来，称得上是炸小黄鱼中的精品了。

很快麻辣烫跟小鱼丸上桌，符离又点了两罐凉茶，店老板犹豫道：“两位客人，喝太多凉茶，就吃不下这么多东西了，要不我给你们倒两杯茶，也能清一清口。”

“没关系，我们吃得完。”符离笑眯眯地道，“我们俩都是大胃王。”

“原来是这样。”店老板看了眼坐在符离对面的庄卿，这位先生看起来很严肃的样子，怎么都跟大胃王扯不上关系啊。

没过一会儿，他转头看两人桌上时，才发现小黄鱼已经被吃光了，鱼丸也没剩几个，麻辣烫吃了一大半，看着两人下筷子的速度，好像还能吃不少东西。

原来真是大胃王，看来是他担心得太多了。

见庄卿喜欢吃小黄鱼，符离又叫了一份，未成年龙嘛，有口味偏好是正常的。

吃完饭，两人准备各回各家时，庄卿突然问：“明天去参加赵掌门的寿宴，你会自己系领带吗？”

符离摇头。

“算了，今晚你到我那去睡，明天我教你系。”庄卿一脸嫌弃，“上车。”

符离愣了两秒，坐进车后向庄卿道谢：“谢谢，你真是一条热情的好龙。”

庄卿双眼平视前方，淡淡道：“我该谢你夸奖吗？”

“那倒不用了。”符离大方道，“自家兄弟，不讲究这些。”

庄卿斜眼，谁跟你是兄弟？

晚上，符离躺在宽大的床上，看着屋顶镶嵌的宝石，忽然想起一件事。他虽然不会系领带，但是他会变出来啊。为了系条领带，厚着脸皮在庄卿家里过夜，是不是有些不合适？

他翻了个身，闭上眼睛想，这么蠢的事情，一定不能让庄卿知道。

反正，他确实不会系领带。

第二天一早，符离与庄卿穿着同款西装从车上下来，引得大小员工还有虾兵蟹卫纷纷侧目。

前台的几个画妖目送两人上楼后，迅速凑在了一块儿。她们都是名士作的画，积年累月后，吸取了太多人类的崇拜与喜爱，才得以化形。现在见到常年冷着脸的老大突然跟其他妖穿着同款衣服到来，足以让她们八卦半个月。

“我怎么觉得今天大家都有些不对劲。”符离往身后看了看，“这是怎么了？”

庄卿冷着脸道：“可能都盼着去赵掌门的寿宴，激动得无心上班了。”

符离恍然大悟：“原来如此。”

第六十二章

符离来到公共办公区一看，同事们果然都特意盛装打扮，张柯与魏仓今天请假，提前回宗门帮着料理内门的事情。

“符哥穿这身衣服真帅。”楚余瞥到站在外面的庄卿，又补充了一句，“不愧是老大陪你一起去选的衣服，有眼光。”

符离摸了摸西装面料，笑眯眯点头：“嗯。”

楚余再看外面，老大已经回了办公室，他长长松了口气。低头看着符离身上的衣服，想要说上几句，又觉得自己不该这么多话，于是又咽了回去。

青霄派的山门建在一座山峰的峰顶，因为山上常年云雾缭绕，加上外面罩了一层结界，所以普通人发现不了山顶上有一栋古色古香的建筑。

偶尔有外敌入侵，破了结界，让普通人发现建在山峰上的房子，相关部门也都以“海市蜃楼”这个十分科学的现象来解释。在这么多年的科学教育下，大家看到此类情况，首先做的就是拍照看奇景，还真没几个人觉得这会是什么修仙者住的地方。

偶尔有两个这么想的，别人也会跟他说，那是海市蜃楼，世上哪来的神仙之类的说法，把他们的思想给扭转过来。

作为修真界的大门派，青霄派掌门的寿宴，整个修真界排得上号的人修妖修，都会备上一份礼物前去贺寿。就连最近门都不敢出的青龙族，也派使臣携礼上门了。

大殿上宾客齐聚一堂，不管是妖修还是人修，能够坐在这里的，都是在修真界有脸面的人物，所以没有谁在这种场合说不该说的话。龙族这些年来，妖口稀少，但是除了金龙族与青龙族以外，都亲自派了族人过来。

青龙族是不敢出来，怕又遇到符离或是鲲鹏，会被当着众多宾客的面暴打，那他们青龙族的面子里子就丢尽了。所以他们干脆备下厚礼，不再露面。至于金龙族……整个修真界都知道，金龙族已经灭绝了，唯一的金龙还是半龙半人，从来不爱参加宴会。

有修真者发现，今天的寿宴办得特别隆重，比赵修满百岁寿宴时，还要讲究几分。茶果点心全都是从田园派采购来的上品，茶水也是天然的山泉，不掺半点自来水在里面。

其他门派的掌门心里暗暗发酸，青霄派这些年越来越出息，弟子有修行天分，在炼丹炼器方面，也颇有成效。整个修真界的丹药市场，被他们青霄派占了三分之一，剩下的三分之二，几乎都被炼丹门给吃下了。

炼器更是青霄派的大头，简直就是暴利行业。

如今这个世道，没钱真是寸步难行啊。

“挽月门长老里面请。”

听到这个招呼声，小门派的掌门们心里继续叹气，又来了一个有钱的门派。如果说青霄派赚了不少修真界的钱，那么挽月门就是修真界门派里第二擅长赚人类钱财的。

排第一的是修真界管理处，无人敢与其争锋。

挽月门长老王翠花进门未语先笑，与诸位打过招呼后，才到青霄派给她安排的位置坐下。她的座位与田园派长老相邻，两人是多年的“麻友”，凑在一块儿就聊了起来。

“现在的年轻人就是沉不住气，在网上随随便便就撂狠话，也不怕没台阶下。”聊着聊着，就说到了论坛上的热闹，田园派长老道，“好好的一场寿宴，这些晚辈也不克制一下，闹得太难看了，谁脸上也没光。”

“万一庄卿龙君真的来了呢？”王翠花随口说了一句，显然连她自己都不当真。最近她心情很好，每天打牌手都很顺，闭眼打牌都能自摸清一色。

“那不可……”

“庄卿龙君和符离修士到了。”门外有人吼了这么一声。

“那真是太不可思议了。”田园派长老有些失态地站起身，朝门外望去。其实不止他，在场很多修真者都好奇地往外张望，整个大殿上安静至极。

青霄派的长老笑容灿烂如菊花，大步迎了上去。

“龙君、符修士，请上座。”长老给二人行了大礼，庄卿与符离回了半礼，把备好的礼盒递给这位长老。

“贺赵掌门寿辰之喜，祝他修为更上一层楼。”

“承二位吉言，快请。”长老把庄卿与符离带到了贵客桌落座，同桌的都是修为三千年以上的妖修，以及五条本体颜色不同的龙。

同为龙族，这五条龙见到庄卿应该会有几分亲近才对，然而符离却发现他们神情有些微妙，而庄卿也懒得多看他们一眼，只低头喝茶。

坐在蓝龙身边的青龙族使臣看到符离后，端着茶杯的手就不住发抖，因为这一桌气氛安静得有些诡异，所以一整桌妖都能听到茶盖与茶杯碰撞的嗒嗒声。

符离不解地看了这只绿毛龟一眼，绿毛龟手抖的频率加快，手里的茶杯翻落在地，摔得四分五裂。

化为人形的绿毛龟睁着不大的眼睛，惊恐地看着符离，似乎害怕符离一口把他吃掉。

符离扭过头，在庄卿耳边道：“都是龟类，我们部门的黄侯跟林归比这只出息多了。”

“海底里出来的，没见过世面，别跟他一般见识。”庄卿取了一碟点心放到符离跟前，“不用去理会他们，等下吃完饭就走。”

虽然看到这桌的几条龙不太顺眼，但是礼都送了，怎么能不吃饭就走？

其他几个妖似乎看出了几条龙之间的暗流涌动，也都不说话，低头嗑瓜子喝茶，偶尔还交换一个看热闹的眼神。以前不知道，原来庄处长跟龙族的这些人关系好像挺一般，彼此连个招呼都不愿意打，不知道的还以为他们有种族隔阂呢。

要不是怕惹来麻烦，这几个妖甚至想掏出手机，跑到修真论坛上去聊八卦。

还有什么比看龙族笑话更有意思的事情吗？

没有！

张柯忙前忙后地接待宾客，到了天色完全黑下来以后，才有时间喝口水，转头去问其他弟子：“我们老大跟符离来了没有？”

“龙君与符离前辈已经到了，大长老亲自迎接他们。”

张柯点头，那还是比较合适的，今天老大能来青霄派，真是给他们门派天大的面子了。这可是老大第一次公开参加其他门派掌门的寿宴，够他们吹嘘好多天了。

“那安排他们坐的哪一桌？”张柯多嘴问了一句。

“二长老说，庄卿龙君平时不出席聚会，他担心龙君与其他人在一起不自在，所以特意让他与龙君们坐在一起，也能随意些。”

让老大与龙族坐在一起，这还能随意得起来吗？外面人不知道，他们管理处内部还不清楚吗？老大跟龙族的关系根本不好啊。可是这些事都属于老大的隐私，他也不好告诉宗门的人，只能咽下担忧，跑去前面看龙君们那一桌的气氛。

此时青霄派的广告宣传部已经花了大价钱，在修真论坛上买了版面，写了一份长长的感谢名单，来表达他们浓浓的感谢之情，庄卿的名字赫然排在前列。

吃瓜群众看到这份感谢名单，全体哗然。

庄卿处长竟然真的去了？

感谢名单上的庄卿龙君，总不能是同名同姓吧？

道友甲：那个要吃手机的道友呢？最新款梨子手机买到了吗？

道友乙：吃梨子手机吃的是钱，吃二星手机，是要命啊。道友，先去炼丹门买点急救药丸什么的，兴许能保你一命。

道友丙：所以问题来了，究竟什么时候吃手机。

挑事弟子：吃什么手机，青霄派说庄处长去了，就真的去了，没有视频无真相。

某青霄派弟子：呵呵。

寿宴正式开席，青霄派掌门虽然已经一百五十岁，但是看起来还是个十分精神的中年人，他先向宾客们致谢，一杯酒下肚，现场气氛就热闹了起来，唯一安安静静，除了举杯就没怎么说话的，就只有龙君们坐的这桌了。

赤龙几次想要说话，但是见庄卿连看都不看他们一眼的模样，只好挠着头低头喝酒。不过他显然不是坐得住的性格，一桌子人都不说话，憋得他一会儿玩酒杯，一会儿摸碗上的花纹。

符离突然笑出声，一桌人的目光都投向了他。在无边的安静中，谁若是有了异常的举动，就是把大家从尴尬与无聊中拯救出来的稻草绳。

“笑什么？”庄卿拿走符离面前的酒杯，给换上了果汁。

因为他再也不想照顾一只喝醉的兔子。

符离在庄卿耳边小声道：“坐在我对面的那条龙，跟你一样，还是个未成年。”

庄卿摸了摸靠近符离的那只耳朵，嘴角往下垂了些许：“哦。”

“不过他看起来虽然与你差不多大，但没有你成熟稳重，看来家里比较溺爱。”符离看了看赤龙，又看了看庄卿，“不过你比他可爱。”

自家的龙，总是要比外龙讨喜，做人做妖都一样，偏心是本质。

“可爱又不是什么好词。”庄卿表情淡漠，只有那上扬得不明显的嘴角，泄露了他的情绪。

“小庄还是跟当年一样，不爱说话。”神情冷傲的紫龙，突然开口说话了，但不知道是不是符离的错觉，他觉得对方的语气里，带着几分不易察觉的优越感。

有了这种感觉后，符离便忍不住皱起了眉头。

第六十三章

庄卿给符离杯子里倒满果汁，这些果汁都是从田园派购来的，既新鲜又带着灵气，不像人间界有些黑心商人，用烂水果榨汁还掺水。

倒好果汁，抬头见桌上其他妖都看着自己，庄卿放下装果汁的壶，挑眉对上紫龙的脸："不好意思，我们认识？"

同桌看戏的妖修差点没笑出声，这位紫龙君说的话，明显不怀好意，没想到庄卿龙君更狠，根本不把对方放到眼里。不过今时不同往日，龙族虽然仍旧在修真界耀武扬威，但是自从有了管理处以后，龙族这些年收敛了不少，底下的小妖们日子也好过不少，难道这些妖族是因为这个，跟庄卿龙君关系不好？

身为妖族一员，自从有个管理处后，言行上稍微需要注意些，但日子却比以往好过多了。他们不用担心被人修抓走炼丹，也不担心被不讲理的妖欺负，甚至还能领人间界身份证，在人间界过日子。

潜意识里，他们在情感上还是偏向了庄卿。

"我们这么多年没见，小庄又成了咱们修真界的领头人物，不记得也正常。"紫龙轻笑出声，"当年你母亲病逝，还是我们三族领养的你呢。"

紫龙说的三族，是指紫、赤、白三族，蓝龙与玄龙两族关上门过日子，万事不管，只有在大场合上才会露露脸，其他的时候，绝不轻易出海。据说蓝、玄两族因为龙口稀少，为了避免外敌侵入，连龙宫都搬到了同一片海域上。

在妖界，其他妖不管什么颜色的龙，都统称龙族。然而只有龙族自己知道，他们内部也不是那么团结的。

妖修们听到紫龙的话有些惊讶，没想到还有这么一段过往？

"你们就是当年那些见庄卿没爹没妈，就去欺负他的可恶熊孩子！"符离放下筷子，擦干净嘴角，"你们这几个小畜生，今天是赵掌门的寿宴，我不跟你们计较，明天我会亲自到诸位的龙宫拜访。”

妖修们见符离如此愤怒，顿时明白过来，原来这些龙君见庄卿龙君没有长辈，便开始欺负人家。难怪有关庄卿龙君的传言，都是他在人间界何处杀了什么作恶的邪妖，几乎没人听过他与龙族有关的事。

“符道友这话便过了，我们三族好吃好喝地照顾他，怎么就成了欺负他？”紫龙面上露出愤怒之色，“你们就算是同事，也不可如此颠倒黑白。”

“你应该庆幸今天是赵掌门过寿。”符离懒得理会紫龙的做派，直接道，“你们这些龙都去上过宫斗进修班吗？睁眼说瞎话的本领这么强，又没有皇位让你们争，费这么大的劲图什么？”

“你！”紫龙拍桌子站了起来。

“坐下！”符离厉喝道，“家中长辈没有教你规矩吗？”

紫龙想要驳斥，却发现自己嘴巴张不开，不自觉坐了下去，身体已经不听他使唤了。他惊恐地瞪大眼，试图让赤龙与白龙帮忙，然而赤龙只知道没心没肺地吃东西，而白龙以为紫龙是怕了符离的气势，正在心里偷偷瞧不起他，压根不知道他身体出现异常的事情。

“现在的小辈，被家里族老宠得无法无天，实在让人痛心。”符离扭头看其他妖修，“也是现在修真界和平稳定，若是放在以往，这样的脾气早被打杀了。”

其他几位妖修干笑着点头，能坐在这一桌，修为都不错，他们自然看出符离控制了紫龙君的身体，不过谁想得罪管理处的人？更何况符离修为深不可测，他们连灵力都还没感受到，对方就把紫龙君控制住了，这样的大妖谁敢得罪？

更重要的是，他们都是从小妖精一路打拼过来的，懂得什么叫能屈能伸，哪敢像龙族这样傲气，随时随地都发脾气。这事要是放在一千年前，紫龙君早就没命了。

最惨的是绿毛龟，全身抖如筛糠，他倒是看出了紫龙君身上的不对劲，但是连大气都不敢出。上次这位符前辈来找过青龙族麻烦以后，青衍长老的尾巴就没了，就算化为人形，也没了双腿。这还不是最惨的，从那以后青衍长老就怕听到雷声，更怕看到带毛的物体。

青衍长老以往是何等的风姿卓然，如今却只敢把自己关在寝殿内，连门都不愿意出。

大家都知道，青衍长老算是废了。

自此以后，符离就成了青龙族上下心中的大魔王，连报仇的心思都不敢有，见之则逃。

没有多嘴多舌的紫龙，饭终于可以好好吃下去了。赵修掌门亲自过来敬酒道谢时，符离与庄卿已经把满桌子菜尝了遍。

“诸位贵客光临，鄙派蓬荜生辉，若有招待不周之处，请各位多多见谅。”赵掌门笑得风光得意，酒也喝得干脆。

坐在旁边的紫龙发现自己的身体又能动了，不仅能动还拿起了酒杯。他惊恐地睁大眼，看着手里的酒杯，不敢相信自己竟然轻易地被妖修控制，符离究竟修了什么邪术?

“赵掌门客气，今日是你大寿之喜，该我们敬你才对。”庄卿起身，端起酒杯道，“请。”

“庄处长百忙之中，还能抽空前来，在下感激不尽。”赵掌门笑得更加开心，看庄卿的眼睛都在发光。这可是暗合了国运的龙，浑身都自带光环的。

旁边负责跟拍的青霄派弟子，连忙举起相机连拍了好多张庄卿与赵掌门对饮的照片，到时候弄一弄，都可以挂到他们门派的名人堂里了。

摄像师摄影师通通到位，拍照的拍照，拍视频的拍视频，就连一些修真者，也偷偷拿出手机拍了几张。

有人调整好角度，还让自己跟庄卿完美“合拍”，拍完就发给自己的亲朋好友，结结实实炫耀一番。

更狠的是某些吃瓜修真界网友，把庄卿出现在寿宴上的照片发到了论坛上，让那个挑事的网友赶紧准备给大家直播吃手机。

大家吃瓜之余，也有人好奇，庄卿为什么会突然决定参加寿宴，难道是因为部门里有两个高层员工都来自青霄派，见网上闹得太厉害，所以特意给员工长面子？

这么说起来，庄处长还真是一个好领导。

很快就有管理处的工作人员披着马甲回复：别瞎想了，我们老大几乎不看论坛的，网上这些争论他根本不知道，你们也不看看他与谁一起去的。

跟谁去？不就是最近风靡整个修真界的警示片主角，符离道友吗？符离道友修为高深，连禺彊都敢打，跟庄卿龙君一起去，也不算辱没庄卿龙君身份吧？

网上道友们还在吃瓜，晚宴已经接近了尾声。饭后，青霄派还准备了各种歌舞表演让宾客们欣赏，云雾在大殿上飘动，恍如仙境。

看着台上的《凤凰舞羽》，符离忽然想起他小时候的一件事，那时候他被肥遗吓哭，回到雾影山上后天天哭，谁也劝不住。后来住在他洞口的麻雀与雏鸟姐姐带了很多漂亮的鸟回来，在他洞口表演了很多支舞蹈。

当时不能化形的麻雀还装作自己是凤凰，接受百鸟的朝拜。后来他问她是怎么做到的，才知道她用刚鬣大王种出来的灵米当贿赂，让鸟雀们陪着她演这种做梦的戏。

虽然他觉得小麻雀这个梦不靠谱了些，但是《百鸟朝凤》这个舞蹈倒是很好看，那时候他仗着自己年幼，加上麻雀也喜欢演这种戏，从刚鬣大王那里扛了好几袋灵米出来，请那些鸟雀表演了好多次。

或许是年幼时的记忆太美好，青霄派请人跳的《凤凰舞羽》姿态很美，灯光也绚烂，但他仍旧觉得，还是当年的《百鸟朝凤》更好看，尽管……小小的麻雀飞在最前面，一点都不显眼。

但是鸟雀们五颜六色的羽毛，还有悦耳的鸣叫声，真是再精彩不过了。

“赵掌门这次是花了大力气了，竟然请了孔游来表演。”坐在后面的一个修真者连连惊叹，“据说孔游表演的凤凰，是最接近凤凰的了。”

孔游？

符离看着台上翩翩起舞的美丽女子，那不就是一只孔雀精吗？而且这只孔雀的本体，还是雄性吧。

凤凰一舞惊艳天下，遂引得百鸟拜服，所以这支叫《凤凰舞羽》的舞蹈，别名又叫《百鸟朝凤》，但由于孔雀族的妖修自觉承受不起《百鸟朝凤》这个名称，才把舞蹈名字定为《凤凰舞羽》。

但是符离觉得，《百鸟朝凤》不仅仅是凤凰舞蹈美，还要与百鸟的美妙结合在一起。当年那些拿灵米干活的鸟雀，都比台上那些表演百鸟的舞蹈演员走心。

唉，现在修真界的小辈有管理处护着，不缺那口吃食，自然不用像当年那些鸟雀那样拼命干活了。

果然安逸的生活使妖懒惰。

第六十四章

《凤凰羽舞》舞蹈结束，现场观众纷纷鼓掌喝彩，孔游走到台中央谢幕，姿态清高淡然，的确有几分孔雀的骄傲劲儿。

符离见全场道友都很激动兴奋，跟着微笑鼓掌，转头见庄卿还在低头吃干果，伸手敲了他手臂一下。

庄卿瞪了他一眼。

“鼓掌！”年轻龙要有礼貌。

“啪啪啪。”庄卿抬起手，面无表情地拍了三下。不过旁边有只雀精眼疾手快拍了一张照片，迅速发到了修真界论坛上。

《孔游一舞，竟惹得庄卿龙君心折》

如果是半天前发这个帖子，闲得无聊的修者们还会乐得吃瓜，但是今晚不一样。

道友甲：谁心折的时候，还面无表情？

道友乙：旁边的符离前辈，都比庄卿龙君掌鼓得更有诚意。

道友丙：咱们好好一个修真界论坛，就不要学人类网络论坛那一套了。什么捆绑炒作、夸大营销，现在这个年代，谁没混过人间界论坛，这点手段就不必了。

道友丁：楼主肯定不怎么去人类论坛，人类炒作手段比这个高多了。他们绝不会取这么蠢的标题，也不会这么尴尬地吹嘘。顶多装作路人，多拍几张孔游道友的美图，再让几个人装作路人，询问一下在场有什么客人，楼主再好心放出图来，让“热心网友”无意发现庄卿龙君鼓掌的照片，然后发表各种两人关系的猜测。话题度有了，路人的好奇心也有了，一来二去孔游道友不就成了修真界最优秀的舞蹈演员了？

道友甲：楼上的道友对人间界竟如此熟悉？

道友丁：没办法，有段时间缺钱，想在人间界当网络水军赚点钱。结果遇到网络骗子，骗了我三百块报名费，就让我发各种帖子、在各种帖子留言，累得好几天没睡觉，连报名费都没赚回来，还浪费了我不少的电费。

道友丙：人类真是狡猾又无耻。

道友乙：楼上的道友请不要一竿子打翻整船人，这可是修真界论坛，不是妖修论坛。要你这么说，被骗也只能怪妖修的脑子不好，这么蠢的骗人把戏，人类都不信了，只有你们妖修还傻乎乎地上当。

管理员：警告，本论坛禁止种族歧视，234、235两楼的道友涉嫌大范围人身攻击，封锁登录号一个月。

吃瓜网友：这两个被封账号的，大概是傻子吧？

这都什么年代了，还人看不起妖，妖看不起人，现在人妖通婚的不少，就连庄卿龙君也是半人半妖，再扯这些就没意思了。

“现在修真界的人，怎么也这么多戏？”张柯拿出手机刷了一下论坛，觉得这些修真者就是闲着没事干，瞎凑热闹。他踮起脚看了眼坐在观看席上吃东西喝茶的老大，还心折呢，惹怒了老大，只能把腿给打折。

可能是因为《凤凰羽舞》太过精彩，接下来的表演大家都反应平平，等到最后晚宴结束时，青霄派给大家发谢礼时，现场的气氛才再度热闹起来。

青霄派十分豪爽，给每个客人的谢礼，除了一些特定的纪念品，还有一瓶丹药。对于比较拮据的修真者而言，这瓶丹药就是难得的好东西。

寿宴结束以后，大家都很欢喜，有些驾云离开，有些踩着自己的法宝，最讲究的莫过于孔游，她是乘坐一只仙鹤离开的。霎时间天空中流光闪动，若不是有结界做隐蔽，让地上的人类看来，那就是天上下流星雨了。

飞到一半，符离晃了晃脑袋：“我好像忘了点事。”

“忘了拿青霄派给你的礼盒？”庄卿首先想到的是这个。

符离摇头。

坐在青霄派宾客席上一动不动的紫龙：……

“子萧这是怎么了？”赤龙围着紫龙转了两圈，“青霄派的景色这么好，你都舍不得走了？”

蠢货，没看到他连动都不能动吗？

玄龙与蓝龙看了眼这边的动静，说了句告辞以后，就头也不回地离开，连一句多余的话都不愿意说。他们可比紫龙青龙这两族清醒，整个龙族近六十条龙，最后当上国运龙的却是庄卿，就足以证明某些事情了。

紫龙现在去挑衅庄卿，无非是还没有忘记小时候的优越感。那时候他们是水族百妖哄、千妖捧的小龙君，庄卿只是没爹没妈没人撑腰的混血龙，就算被他们欺负，其他人也不敢多说什么。

所以说人类其实是很有智慧的生物，他们很早就明白了某种道理，比如说莫欺少年穷跟凡事留一线。当年这三族把事情做得太过分，逼得一条不过几十岁的幼龙，在人间界东躲西藏地过日子。现在人家日子好了，也没故意去找他们麻烦，紫龙自己反而送上门去，别说庄卿的同事看不下去，连他们都受不了紫龙的行为。

这不是脑子不好使是什么？

负责打扫大殿的弟子见紫龙君还坐着不动，也不敢上前打扰，就这样让紫龙静静坐了将近半个小时以后，白龙与赤龙才发现，紫龙好像不是在欣赏风景，而是身体不能动了。

两人心里有些慌，这是怎么回事？

“是庄卿。”白龙瞬间反应过来，“一定是他使的手段。”

赤龙把紫龙扛了起来：“我们去找他讨说法去。”说完，身体就飘了出去。

半路上，三龙遇到了慢吞吞向前飞行的绿毛龟，绿毛龟看到他们，想要自己飞得快一点，但由于种族的先天限制，他还是被白龙拦了下来。

“青龙族的龟丞相。”白龙拎住绿毛龟的后背，“往日这种场合，向来是青原或是青衍来的，怎么近日不见他们？”

绿毛龟挣扎了两下，没有挣开白龙的手，只好道：“青衍龙君身体有些不舒服，青原长老闭关修行，所以都不能前来。”

一个没了腿，一个没了角，哪还愿意出门呢。

“原来如此。”白龙松开手，绿毛龟扑通一声摔到云层上，三龙也不管绿毛龟有多狼狈，头也不回地飞走了。

“丞相，您没事吧？”随行的小吏忙把绿毛龟扶起来，小声道，“这几位龙君还是这般霸道。”

“没事没事。”绿毛龟见三条龙飞过去的方向，好像不是去海边，有些疑惑地想，难道他们还打算去人间界玩一玩？

就紫龙君现在口不能言、身不能动的状态，还能去哪儿玩？

“我想起来了。”符离突然停了下来，“我给那个不太讨喜的龙下了禁身术，好像忘记解开了。”

就说怎么老是觉得忘了什么事：“要不我回去找他们？”

“不用。”庄卿道，“你先跟我回我那里，等会他们自己就会找上门来。”

“那也行。”符离点头道，“让他多遭会罪。”

“没想到你也喜欢跟小辈计较了。”庄卿一直以为，符离对大多妖修跟人类还比较包容，没想到今晚反应会这么大。

“不懂事的小辈，就该受到教训。”符离道，“更何况他们还欺负过你，我这是在顺手帮你出气。”

庄卿愣了愣，半晌后有些不自在地道：“谢谢。”

“不用客气。”符离理所当然地道，“做妖嘛，当然是要护着自己妖。我看那熊孩子就是欠揍，打几顿可能还有救。小小年纪不学好，出来后不是害人害己？”

庄卿点头：“你说得有道理。”

被其他妖当做自己妖给护着，庄卿莫名觉得有些别扭，但又奇异地觉得这样也不错。

大概是跟符离在一起待太久，传染到他身上的愚蠢脑回路了。

“庄卿，你给我站住！”

符离扭头看去，这仨熊孩子果然来了。

第六十五章

白龙一声吼，惊得四周躲在云层里偷偷看庄卿与符离的修真者也不想走了，他们掩耳盗铃地把自己藏在云中，假装事件中心的当事人发现不了他们。

事实证明，没有好奇心的物种早已经在地球变迁中灭绝，剩下的生物都是有探索、学习、创造欲望的生物种类。但是由于物种本性里带着求知欲，导致一些生物因为好奇心丧了命，可以说是风险与机会并存了。

只要看过修真部发出来的警示片就知道，管理处那位新来的符离前辈是个高手，一般妖惹不起。

“请问有何贵干？”符离没打算让庄卿来挡这件事。庄卿是管理处的老大，若是他主动跟这几条龙动手，传出去不好听。但他就不同了，大不了辞职回缘月酒店当保安，看书考大学。

“你滚一边去，我们龙族跟庄卿说话，不相干的妖别插嘴。”白龙看都不愿意多看符离一眼，直接对庄卿道，“你快把子萧身上的禁术解了。”

庄卿双手环胸，不疾不徐地道：“什么事都找我，以后你摔一跤，是不是还要怪我给你使了绊子？”

“不要与傻瓜论长短。”符离拍了拍庄卿的肩膀，“让我来解决。”

庄卿：……

那你跟他们论长短，又算什么？

“我不跟狗腿子说话……”

赤龙拉了拉白龙的袖子，小声道：“听说他是只兔子。”

“闭嘴。”白龙真是受不了脑子不好使的赤龙，明明他的兄长挺聪明，怎么到了他这，就蠢得这么无药可救？难道是他父母生他兄长时，把智商用光了？

赤龙被白龙吼了，朝天翻了一个大白眼，拖着紫龙坐到一边，等下如果打起来，他才不去帮忙。

“没关系，我跟你说话就行。”符离目光落到紫龙的脖颈处，那处皮肤细嫩，甚至能够看到皮下的血管，他飞快地移开视线，“不管是人还是妖，做错了事就要付出代价，年轻不懂事不是你们肆无忌惮的借口，懂吗？”

“说了半天，原来你是在为庄卿打抱不平。”白龙嗤笑，“你是他的狗吗？主人还没叫，你就先开始汪汪汪了！”

躲在云层后的修真者们倒吸了一口凉气，这话说得也太难听了。就在大家以为符离会忍不住气跟白龙打起来时，站在旁边一直没有表情的庄卿忽然动了，谁也没看清他怎么动的手，只见一道残影飞过，刚才还气势汹汹跟符离说话的白龙，就像个被拍出去的馒头，飞出好长一段距离。

“我不是不跟你计较，是懒得跟你计较。”浓云在庄卿脚下自动汇聚成拱桥，他踩着桥一路走到白龙面前，俯身把白龙从云山上拎起来，面无表情地道，“不要挑战我的耐性。”

白龙试图推开庄卿的手，却怎么也推不开，他吐出一口血，忽然小声道：“你不想找到当年你娘留给你的玉牌了？”他擦去嘴边的血渍，“如果你向我道歉，再让我打三掌，我就把玉牌给你。”

庄卿的生母，是一位不受帝宠的公主，怀上庄卿后，身体就一日不如一日，临死时庄卿还不到十岁，被带回龙族时，只有一些人间界的物件。

龙宫的人哪看得上人间界的东西，加上庄卿身上还流着低贱的人类的血液，所以到了龙宫后，不仅被幼龙们欺负，就连有脸面的水族大妖，也公然瞧不起他，他从人间界带来的东西，大都被毁的毁，扔的扔，最后留下的只有他脖子上的玉牌。

那枚玉牌代表着庄卿在人间界的身份，是他的生母拖着病体，在宫里求了很久，才给他求来的爵位。她怕自己死后，孩子被其他贵族欺负，所以便求来一个爵位为他护身。

可是这位人间界的公主不知道，龙族遭受了巨大的灾难，无数的龙莫名病死或是被雷劈死，若是发现流落在外的龙族血脉，也要接回龙族教养，所以她费尽心血与人脉求来的爵位，庄卿根本没有机会享受太久，就被龙族强行带回了海底龙宫。

但凡金龙族还有一条龙在，庄卿在海底的日子也不会那般艰难。可惜整个金龙族全都命殒，就连他的生父，也是拼着最后一口气，让他生母感而受孕后，便化为尘土消失在天地间。

那枚玉牌，是庄卿幼年生活中唯一的情感寄托。再后来，连那枚玉牌也遗失了。

站在云桥另一端的符离眼睑动了动，仿佛没有听到白龙的话，又好像已经听清所有。

庄卿松开白龙，面无表情地看着他。

白龙拍了拍自己被抓皱的衣襟，得意地笑道："怎么样，想好怎么道歉没有？"

"道你爷爷的歉！人间界狗血电视剧看多了，还任你打三掌，你是傻子吗？"庄卿狠狠一脚踹在白龙身上，白龙瞬间像鸡蛋一样在云中翻了无数个滚，瘫在了云上。

躲在云层中看热闹的修真者们缩回脑袋，既害怕又好奇，白龙君究竟说了什么，竟然把庄卿龙君气成那样。庄卿龙君看起来虽然很严肃，但绝对不是无的放矢的人，今天气成这样，肯定是白龙有问题。

围观的修真者们里面，蝙蝠妖听力最好，更何况他还修行了上千年，两位龙君说话的时候，没有布下结界屏蔽声音，以蝙蝠妖的修为，应该听清他们说了什么才对。

所以大家纷纷把目光投向了蝙蝠妖。

"你们看我干什么？"蝙蝠妖压低嗓音，害怕自己被几位龙君发现。

"白龙究竟说了什么，把庄卿龙君气成那样？"

蝙蝠妖被道友们灼灼的眼神吓得缩脖子，早知道事情会发展成这样，他就不留下来看热闹了。其他修真者见他不愿意说，半是威胁半是允诺好处，蝙蝠妖终于抵挡不住压力，开口说出了真相。

“白龙君好像在庄卿龙君很小的时候，拿了庄卿龙君母亲留给他的某件重要物品，威胁庄卿龙君必须给他道歉，还要任他打三掌，不然就不把东西还给他。”蝙蝠妖见道友们眼睛里都喷出了火，结结巴巴地道，“然、然后庄卿龙君就生气了。”

而且还说了脏话！

那可是庄卿龙君，随时随地都衣衫整齐，高贵冷漠的庄卿龙君，竟然也会说出那么粗俗的脏话，他整只蝙蝠都惊呆了。

“这也太不要脸了。”一只妖妖娆娆的柳树精轻声骂道，“想到庄卿龙君小时候还受他们欺负，我就好心疼。”

“得了吧，好看的男妖你都心疼。”旁边的榕树精嘲讽，“有本事你去帮庄卿龙君讨回公道。”

柳树精瞪了榕树精一眼，她扭了扭腰，去了另一片云里继续看热闹。

“庄卿！”白龙好半天才艰难地爬起身来，“既然你不在乎玉牌，那我回去就把它给毁了。”

“随你。”扔下狼狈的白龙，庄卿转身就走。云桥在他脚下一点点消失，当他走到符离身边时，云桥已经完全消失不见。

他与白龙所在的云朵，没有半点相连。

“打架斗殴罚款五千。”庄卿给自己和白龙各开了罚单，把属于白龙的罚单递给在旁边已经傻了眼的赤龙，“记得按时缴费。”

“好、好的。”赤龙捏着罚单，傻傻地点头。

“你们还有事要跟我说吗？”庄卿拍了拍西装袖子上的尘土，面无表情地看赤龙。

“没有没有。”赤龙很㞞地躲在紫龙背后，脑袋摇个不停。

“那就好。”庄卿转头对符离道，“舍不得这里的夜景？”

“啊？”符离茫然地抬头看他。

“那还不走？”庄卿扔下这么一句，驾着云飞远，跟刚才慢吞吞的飞行速度截然相反。

符离看了看庄卿离去的方向，伸手在名叫子萧的紫龙额间一点，小声道：“熊孩子，你再这么惹事，就做一辈子的植物龙好了，至少不会让人厌烦。”撂下这句话，符离撤去周围的隔音结界，笑眯眯地朝庄卿追去。

“你……”子萧想要破口大骂，可是想到符离刚才说的话，莫名有些害怕，叫骂的话怎么也说不出来。

“子萧，你能说话啦？”赤龙从他背后走出来，丝毫不觉得刚才躲到子萧背后的行为可耻，“那个符离跟你说了什么，你怎么突然就恢复正常了？”

“你离我远一点。”紫龙深吸一口气，提醒自己不能跟傻子生气，“有时间跟我说废话，还不去把小白扶起来。”

“哦。”赤龙回头去扶白龙，有些不高兴地想，白龙与紫龙脾气太差了，出门就惹事，以后不跟他们出门了。

白龙被送回龙宫后，族人发现他受了伤，大为震怒，准备去找凶手算账，可是听说动手的人是庄卿以后，他们都沉默了。

当年他们做的事，确实不太光彩，加上现在庄卿身带国运，在修真界颇受修真者推崇，他们不敢去找庄卿的麻烦，也没有底气去找麻烦。

见族人不打算帮自己出气，白龙发了一顿脾气，吃完丹药睡醒已是半夜，他突然想到了被自己扔到杂物箱的玉牌，于是捂着胸口从床上爬了起来，花了将近两个小时，才从一口半旧不新的箱子里，摸出一枚沾满灰尘的玉牌。

玉牌不大，上面用篆书刻着“商县文安侯”五个字，最上面还有皇族标志。

“这就是你从庄卿手里偷走的玉牌？”

身后突然传出一个声音。

第六十六章

白龙吓了一大跳，扭头往身后一看，连鬼影都没见着。他捏紧手里的玉牌，往后退了几步，伸手摸到柜子上的珊瑚摆件。

然而下一秒，珊瑚摆件就化为碎片，他吓得全身一抖，把手收了回来。

“是谁鬼鬼祟祟的？出来！”

然而隐身在暗处的人，似乎并不想露面，对于他的恐惧与愤怒毫无反应。

“这位道友，我白龙族虽不是什么显赫大族，但是在这修真界，也有几分薄面。若是为取财，晚辈手里也有几样好东西，只要前辈喜欢，晚辈定双手奉上。”他虽然傲慢无礼，但不是没脑子。此人来路不明，竟然无声无息就破开龙宫的结界，来到他的寝殿，说明修为十分高深，惹怒这样的修真者，他恐怕连命都保不住。

不过此人提到庄卿，难道与他认识？

“你们龙族能有什么好东西？不过如此罢了。我听说你手里有庄卿的弱点。”

白龙闻言，心中一喜，难道此人与庄卿有仇，所以才找上他？心里有了计较，白龙便不再那么紧张：“前辈有所不知，庄卿此人性格十分孤僻怪异，整个龙族上下，就没有一条龙跟他关系好。”

说完这些，他见不知名的高人又不出声了，便继续道：“还有，此人冷酷无情，几十年前害得同族入狱，前段时间，又把青龙族的人给关了进去。”

“这枚玉牌给我。”看不见的人，突然开口。

白龙低头看了眼手里的玉牌，有些犹豫：“前辈，这东西是……”

他话音未落，手里的玉牌就自己飞了出去，然后在半空中消失不见。他连对方怎么出的手都不知道，小心赔笑道："这东西并没有什么用处，庄卿如今已经功成名就，哪还会看重这些？"

"不用你来教我。"神秘人冷哼一声，忽然殿门大开，夜风吹进殿内，白龙脑门被凉风一吹，浑身打了个寒战。

但是想到庄卿惹上了这么危险的一个人，白龙又高兴起来。

一只雪白垂尖耳兔子游出海面，以极其诡异的速度蹦上岸，肥嘟嘟的身体甩了甩，湿答答的毛便变得蓬松起来。兔子后腿直立，前爪合十，朝天作揖。

他长这么大，还是第一次偷东西，天道爷爷可千万不要跟他一般见识。他其实想直接打进白龙族的水晶宫，然后把玉牌给抢回来，又担心这事传出去，对管理处名声不好，所以只能出此下策了。

等这段时间风头过了，他再偷偷摸摸把这熊孩子揍一顿。

在结界里变回人身，符离掏出玉牌擦干净上面的积灰，看到了上面的字。与简体字相比，他其实更熟悉篆书。因为接触得更多。

商县……不就是在雾影山不远的地方？如果当年雾影山未毁，庄卿又去了这块封地的话，他们也算是在同一片土地上了。符离不懂那时候人类社会的等级制度，所以在这枚玉牌上也看不出什么东西。但是无论如何，这是庄卿母亲留给他的东西，他应该很看重。

如果真不在意，就不会当着其他妖修的面，动手揍白龙。以庄卿的修为，不可能不知道四周躲着看热闹的妖修，但他还是没忍住。

所以表面上看起来一点都不在意，说不定心里早就介意得不行。年轻妖嘴硬心软，是很正常的事情。

不过他该怎么把玉牌给庄卿，总不能大刺刺地走到他面前说："庄小龙，我把你的玉牌偷回来了。"

那不是知法犯法吗？

他叹口气，化身为兔，一跃飞至都城上空，把玉牌装进锦袋里，让鸟儿帮他送过去。担心庄卿不给鸟儿开门，他变作一只大鸟，带着小鸟飞到庄卿别墅外，穿过结界敲响庄卿房间的窗户。

叩叩叩。

庄卿心情正不好，听到窗户传来声响，皱着眉头往窗外看了一眼，见一只脖子上挂着锦袋的小鸟正歪着头看他，绿豆眼无辜又茫然。

他板着脸到柜子上取了一把小米，小心打开窗户，把米撒到窗台上，取下了小鸟脖子上的锦袋。解开袋子上的绳结，玉牌掉落在他掌心，看着上面“商县文安侯”五字，庄卿愣住了。

“啾啾啾。”鸟儿吃完小米，在窗台上扇了几下翅膀，心满意足地飞走了。

庄卿这才回过神来，摩挲着玉牌上的花纹与字，把头伸出窗外，往四周看了几眼，没有发现任何人的身影。把手里的锦囊来回翻了好几遍，在上面发现了一根白色的绒毛。

伸手捻起这根细细的绒毛，庄卿忽然笑出声来。

让鸟儿送过来，他就不知道是谁把玉牌找回来的吗？今天知道这件事的人有多少？能无声无息跑到龙宫取东西的又有多少？带着鸟儿穿透他别墅外结界的修真者又有多少？

能为他办这种蠢事的人……又有多少？

“谢谢。”他朝窗外说了一声，外面没有任何动静。

“明天早上记得按时上班。”

还是没有动静。

很久之后，直到庄卿关上窗户，关了房间的灯，倒挂在窗台下的“鸟儿”才“噗通”一声掉在地上，然后拍打着翅膀匆忙飞走。倒挂金钩这种高难度动作，还是适合蝙蝠来做，对他来说就难了点。

“鸟儿”飞出别墅结界后变成白兔，小白兔蹬了蹬腿，化为流光消失在夜色中。

别墅里，庄卿打开窗户，往台子下看了几眼，小声道：“也不知道脑子怎么长的，笨成这样。”

嘴里说着嫌弃的话，眼里却有了笑意。

白龙美滋滋地在龙宫等了好几日，也没有听到有关庄卿受伤或是死亡的消息传出来，他有些失望地想，难道是因为庄卿修为太高，那位神秘前辈也奈何不得？

这么一想，他又不高兴了，明明都是龙，差别怎么就这么大呢？

但是很快他就没精力去关心庄卿，因为青龙族使臣带来一个令他十分震惊的消息。

近一千年来，青龙族一直风光无限，甚至诓骗人类为他们著书立传，把他们与朱雀、白虎、玄武列在一起，并称为四大神兽。

按照人间界娱乐圈的说法，这就是捆绑营销，仗着其他三种神兽已经在人间界消失，无法澄清谣言，青龙族就可劲儿地吹。

是，朱雀、青龙、白虎、玄武确实是四大神兽，但是里面的青龙应该是上古神龙，跟现在的青龙可没什么关系。就因为这事，白龙一直看青龙族不太顺眼，但由于对方龙多势众，他顶多私底下抱怨几句，当着青龙族的面，可不敢说这种话。

厚颜无耻、招摇撞骗、为自己脸上贴金的青龙族，竟然决定封闭青龙族水晶宫，若是修真界没有大事，便不再轻易离开青龙管辖的海域。他们派使臣过来，也是间接告诉白龙族，以后芝麻绿豆这类的小事，他们就不管了，因为他们要修身养性。

这要是玄龙与蓝龙派使臣来说这种话，白龙还不会觉得有什么，反正这两族平时也没管过什么事。但这可是青龙族，恨不得占据五湖四海所有海域管理权的青龙族，相信他们青龙族能够修身养性，还不如相信青龙族明天就有一百个龙宝宝出生。

青龙族使臣也知道白龙族不信，苦笑道：“说出来不怕你们笑话，我们青龙族这些年干了不少糊涂事，当年渭水一事，亡我族性命二十八条，我们却不知此乃天道的警告，仍旧过着声势浩大的日子。若是再这么下去，也许天道哪一天就忍不下我们，灭了我们满族。”

就像当年的金龙族，受尽人类崇拜，生有神力，最后是个什么下场？

“诸位可仔细想一想，近一千年来，我们龙族有几个子嗣出生？”

被天道劈死，那是快刀斩乱麻。无子嗣出生，不就是温水煮青蛙吗？

“在下言尽于此，请诸位三思，告辞。”

青龙族使臣走了，白龙族里有的龙觉得青龙族使臣说得有道理，有的觉得青龙族是杞人忧天，肯定是最近发生了某些事情，让他们吓破了胆。

但是以青龙族现在的地位，发生什么事才会把他们吓成那样？

白龙突然想到了前几天夜里在他寝殿里出现过的神秘前辈，难道……是他？

“符哥、符哥，倒水这种事，怎么能让你做？我来我来。”

“符哥，打印资料这种杂事，放着我来就好。”

“符哥，你要吃最近很流行的网红零食吗？我这里有很多。”

符离坐在办公桌前，看着上面的鲜花饮料零食包，眉梢一挑：“有事直说。”

“其实也不是什么大事。”楚余厚着脸皮凑到他面前，“咱们就是对楼下的琅玕树果子有点好奇，符哥你那么厉害，能不能摘几个珠玉果给我们尝尝？”

“我还以为什么事，”符离站起身，“等着。”

众人喜出望外，论大方，还是要数符哥。

庄卿走进管理处，就见符离抱着一兜水果：“你摘这么多干什么？”自己一下子又吃不完这么多。

“楚余、张柯他们想尝一尝味道，我就多摘了几个。”

“珠玉果灵气太充裕了，我怕他们身体承受不住。”庄卿伸手取走符离怀里大半的果子，“修炼不可走捷径，这些果子的灵气，就足够他们吸收了。待他们完全吸纳果子里的灵气后，你再给他们摘两个，如此也算是细水长流。”

符离恍然：“你说得对。”

站在走廊上等果子的众人：……

老大果然十年如一日地抠门。

“我跟你说着玩。”庄卿忽然把果子又还给了符离，“他们好奇，就给他们尝尝，几个果子也不是什么大事。”

众人：……

这是被人夺舍了吧？

老大怎么可能说出这种话？

第六十七章

“你们有没有觉得，老大今天心情好像特别好？”

朝云啃了一口珠玉果：“我听说昨天晚上老大跟龙族闹了点不愉快，很多人都看到了。”

所有人都好奇地看向张柯，作为昨晚寿宴的主人家，张柯理应是最清楚的人。

张柯心中暗暗叫苦，见所有人都盯着自己，只好道：“门派长老不知道老大跟龙族关系不太好，出于好意，把他们的座位安排在了一起。”

“嘶。”

大家忍不住倒吸一口气，没有当场打起来，恐怕算是给足了赵掌门面子。

“那时候我在帮着招呼宾客，具体经过不太清楚，只是昨天半夜听到其他宾客传来消息说，老大跟白龙君在天上打起来了。”张柯补充了一句，“白龙君被花式吊打，连还手之力都没有。”

这么点本事，打又打不过，骂又骂不赢，还故意去挑衅，这不是没事找事吗？

“跟人打了架心情还好？”朝云惊得连珠玉果都不吃了，“这不科学啊。”

“在我们这里，还讲什么科学？”徐媛指着电脑办公页面，“昨晚上老大还亲自开了两张罚单，一张开给他自己，一张开给了白龙君。”

“大概……被气傻了？”朝云整理了一下身上的旗袍，千娇百媚地道，“宁可给自己开罚单，也要揍白龙一顿，老大这场怒火可不小。”

“张哥，贵门派面子真大，竟然连孔游都请过来了。”楚余用电脑刷着修真论坛，“孔游道君多么清高的人，竟然愿意给赵掌门献艺，真是难得。”

“别提了，昨晚有宾客喝醉，一直闹着说自己是美人，我跟师兄弟们忙得脚不沾地，哪有时间看什么表演？”张柯打了个哈欠，“若不是今天要上班，我是恨不得睡到中午才起床。”

“这算什么！”没有去参加寿宴的宋语看了几眼论坛上的表演视频，十分不屑道，“真正的凤凰，何须这么多花哨的动作？凤凰一出，百鸟莫敢不从。”

“宋哥，你见过凤凰？”

“当然。”宋语颇为自得地道，“我们那个年代的妖，谁没有见过凤凰？”

其他人又是羡慕，又是惆怅，又有种说不出的兔死狐悲感。

此时的青霄派里，赵修与几位长老拆着各位宾客送来的礼物，然后登记造册，待日后还礼的时候，也能心里有数。现在灵气稀薄，大家手里虽然有好东西，但也不算多，所以就算赵修在修真界有几分脸面，大家也不会送太过珍稀的东西。

面上的礼仪到位就行，大家都心知肚明。

“庄卿龙君送了东海血珊瑚一对，海珍珠一盒。”

“符离道君……”拆礼盒的长老愣住，颤抖着手道，“掌门，这是五百年野山参啊！”

“什么？”赵修起身拿过盒子一看，里面确实放着一根品相极好的野山参，难得的是这根野山参根系保存完好，挖它出土的人十分讲究，灵气十分浓郁。

“好东西。”赵修轻轻摸了一把野山参，这些年人类开发严重，海里山里几乎没有人类去不了的地方。修真界内部流传的某座危山，修为稍浅的修真者都不敢进去。结果普通人类开着飞机汽车，再带了一帮子工人过去，竟然把山挖了一条隧道，通起铁路来。

还有海上那些岛礁，没有修真者的帮忙，普通人类竟然也靠着自己的力量，填出一座岛来。

人类的力量与发展速度是无穷的，也许不久后的将来，这些人类会冲破地球，占领全宇宙。只是不知道，脱离地球以后，是否还会受到天道的束缚呢？

“把这份人情记下了。”赵修合上盖子，把野山参交给管事长老，“把这个炼成丹药，让门内长老们服下吧。”

人类有着发明创造的能力，寿命却不及妖修的十分之一，就算踏上修行之路，也不代表不老不死。妖修化灵智艰难，但一旦得道，寿数过五百年不是难事。而人类修行比植物动物容易，但是寿命超过五百岁的，已经是难得一见的高手。

有失必有得，也不知道谁更吃亏一些。

大海，永远是最深不可测的地方。以前人类离不开水，但又惧怕水带来的灾难，所以总是祭拜各种与水有关的神怪，比如龙王、水蛟、河伯等。

直到人类见识越来越多，他们发现祭拜神怪并不能帮助他们，他们便渐渐学会了背弃神怪，开始依靠自己创造出来的工具。所以在历史记载上，时间越是往前，人类对神怪就越虔诚，越是往后，就越相信自己。

这大概也是人类最大的优点，所以才在这么多生物中脱颖而出，站在了生物链的顶端。

某家小餐馆的公共电视机上，放着某档历史科教节目。前几天某地下大雨，竟然从河底冲出一座石像，石像似龙非龙，似龟非龟，肚子下还压着一块石柱，四肢还被铁链一圈圈缠住，模样十分怪异。

最后考古学家们得出结论，这是古代一种避水兽，据说有它的流域，就不会发生可怕的洪灾。后来人类就雕刻了这种避水兽的石像，再用铁链把他锁起来，沉入水底，好让他守护这块流域世世代代的子孙。

据说避水兽被投入河底后，就万万不能把他拖出来，若是雕像突然搁浅，就代表当地会爆发巨大的洪灾。

得知这个古老传说后，有人建议专家把避水兽放回去，但是更多的人则是觉得无所谓，如果靠一座石像就能躲避自然灾害，那就不会有这么多的灾难发生了。

餐馆里人来人往，谁也没兴趣去关心一座石像究竟是什么东西，他们忙着上班，忙着讨生活，忙着实现遥不可及的梦想。

然而世间就是有很多巧合的事情，在石像被车拖走后的第二天，当地就开始下雨，连续下了将近十天不停，水域附近的老百姓，在政府的帮助下已经暂时搬离。谁也不知道这场雨会下多久，也不敢确定洪灾究竟会不会发生，没有人敢拿老百姓的命去打赌。

更可怕的是，被拉回研究所的石像不见了，工作人员与当地警方把监控资料来来回回调查了无数遍，也没找到任何可疑人员，只是在石像消失的当天晚上，监控镜头突然闪了几下，恢复正常时，石像已经不见了，留在地上的只有那堆锈迹斑斑的铁链，还有沉重无比的巨石。

这事实在太过诡异，怕引起当地百姓的恐慌，所以事情被压了下来，相关部门打了报告，汇报了上级，希望能够找到一个解决的方案。

管理处接到安全部门的文件，已经是两天以后。庄卿翻看着一张张照片，目光落在捆住避水兽四肢的铁链上，神情十分难看。

一千八百年前，他曾见过这只妖兽，那时候他四处躲藏，遇到这只妖兽后，以为对方也要吃他，没想到对方只是懒洋洋地趴在水边，问他要去哪儿。

那时候他又累又戒备，所以并没有说实话，倒是这只避水兽拉着他唠唠叨叨说了不少的话。

他说他叫蚣蝮，生父是与朱雀齐名的瑞兽青龙，他继承了生父控水的能力，有他在，就不会担心有水灾。临分手时，这只自称有龙族血脉的蚣蝮，还送了他一盒丹药，理由是看在同是龙族的分上。

虽然在庄卿看来，那个怪模怪样、懒洋洋的妖修，与龙实在没什么干系。

“蚣蝮……”庄卿站起身，推开办公室的门，走到办公区道，“朝云、清须、符离马上跟我走。”

“发生了什么事？”被点名的三人齐齐起身，符离见庄卿神情严肃，就知道肯定不是好事。

“到了地方再说。”庄卿没有时间解释，带着三个同事匆匆赶往打捞出蚣蝮石像的地点。

“好浓的怨气。”清须脚刚落地，就被河面上的怨气吓了一大跳，连忙念起道家清除怨气的口诀，以此化解河面上浓郁得几乎化为实质的怨气。

“这是……”朝云与庄卿身上都有龙气护体，这些怨气近不了他们的身。朝云朝符离看了一眼，符离仿佛与怨气融为一体，看不出有半点不适。

庄卿伸手搭在符离肩上，符离顿时被一阵功德金光包裹住，怨气急忙逃窜而走，来不及化开的，全都消散在功德金光中。

"这究竟是藏了多少年的怨气，才会这么可怕。"朝云摘下绾头发的发簪，往空中一抛，发簪射出千条瑞气，祛除了不少的怨气。

"这里的人究竟做了什么？"朝云神情十分难看，看着怎么都消灭不干净的怨气，想到了一些不太好的东西。她转头去看庄卿，庄卿没有说话，张嘴吐出了身体里的龙珠。

龙珠金光四射，再浓郁的怨气在这些金光下，都无所遁形，渐渐地怨气便少了起来。

怨气一点点散开后，符离看到对岸不远处有个人突然跳进了水里，他踩着水面飞了过去，把人从河里拎了起来。这个人已经晕了过去，符离把他扔到旁边的草堆上，回头往河对岸望去时，却发现河面上升起了一股浓雾，他已经看不到对岸的风景。

呜……呜……

河风呼呼地刮着，似某种动物的哀泣，又似最愤怒的控诉。

挥袖赶开河面的浓雾，符离看到的却不是对岸，而是蚣蝮死去后，尸骨被人类放入石像中，然后捆上铁链，刻上符文，把石像丢了进去。

一年、十年、一百年、一千年……

被禁锢的尸骨开始心生怨气，他恨身上的铁链太沉，禁锢了他的身体，恨符文太过狠毒，禁锢了他的灵魂。但是他最恨的，却是那些人类，让他至死都不得安宁，在满是腐泥与鱼虾的河底，度过了一日又一日。

这不是蚣蝮，而是他死后的怨气。

符离听白猿讲过蚣蝮的故事，据说他是神龙的儿子之一，因其生母是灵龟，所以长得似龙似龟，性格十分懒散，最喜欢在水里玩耍，偶尔逗一逗岸边的人或是妖，若是对方得了他的欢喜，他就会送上一份礼物，是性格十分有趣的瑞兽。

小时候他还曾想过，如果他遇到蚣蝮，该怎么才能让对方欢喜，然后得到一份礼物。

万万没想到，幼时随意的一个念头，今日竟然以这样的方式，见到这位瑞兽。

符离心里很难受，不知道是为蚣蝮感到难过，还是对人类感到失望。崇拜神灵，是人类寻求心理庇佑的一种方式，雕刻石像也是精神上的崇拜，可是为什么要把瑞兽的尸骨放入石像中，还把他囚禁在水中这么多年？

他们不是崇拜他、感谢他吗？为什么还要做出这样的事？

河面上的浓雾，渐渐汇聚成一个人形，这个人穿着黑色长袍，双目赤红，长发随意披散在身后，哪还有一点瑞兽的样子？！

瑞兽死后的怨气修炼成妖，而怨气化形的妖，注定他本性为恶。

"符离！"庄卿不知从何处找了过来，他看到河面上站着的人影，神情微变，"蚣蝮？"

不、不对，这不是蚣蝮。

当年蚣蝮化为人形，送他丹药的时候，衣袂飘飘，玉冠束发，翩然出尘。眼前这个邪妖虽然与蚣蝮长得一模一样，但是身上的气息，却与蚣蝮截然相反。

"我可不是愚蠢的蚣蝮。"黑衣人乌红的嘴唇上扬，"不过我也没有名字，叫我蚣蝮也可以。"

"附近暴雨不歇，是你的缘故吗？"庄卿走到符离身边，与黑衣人对望，"你想要干什么？"

"知道我在水下被关了多少年吗？"黑衣人答非所问，"一千五百年，我盼着会有人类把我打捞上来，一天又一天地等着，可是没有，没有！"

庄卿看着他，半晌后道："你靠怨气化形不易，行事如此肆无忌惮，只怕很快就会消失于天地之间，这样值得？"

"若是像这一千五百年一样，日日躺在腐泥里，倒不如痛快一场再死。"黑衣人疯狂大笑，"这些贪婪自私的人类，本该得到报应。"

“可是那些把你沉入水底的人已经死了。”符离问，“你要去找他们的后代报仇吗？”

庄卿扭头看符离，竟不知道他说的是真心话，还是在骗蚣蝮的怨气。

黑衣人皱眉：“你什么意思？”

“四周有很多无辜的人类，他们不欠你，所以你不能害他们。但是欠了别人的就该还，当年那些人类因为一己之私，做出这种事，就该付出代价。”符离停顿片刻，“你还找得到那些人类的后代吗？”

黑衣人正准备说话，忽然从不远处，传出了脚步声。符离透过浓雾望了出去，芦苇丛中，有个小孩子艰难前行着，后背还有裤腿上都沾满了泥巴，不知道在路上摔了多少跤。

小孩怀里好像抱着什么，用塑料袋扎得严严实实，被他当宝贝似的护在胸口。

庄卿抬手弄了一个结界，把他们的身影掩在结界后面。

有些人类小孩在幼时还带着生物的本能，所以能够看到一些魂体或是奇怪现象，但是这种能力会随着年龄增长而消失，变得与普通人没有差别。

而一直没有消失的孩子，则有可能纳入修真界，走上修行一途。

快走到河边时，小孩子又摔了一跤，这次他比较倒霉，整个人像西瓜一样滚了出去，污泥沾了满头满脸，全身上下跟泥人没什么差别。

符离转头看黑衣人，没想到黑衣人竟然没有反应，任由小孩子一步一步艰难地走到河边，蹲在水边洗干净手跟脸，露出一双亮闪闪的大眼睛。

小孩子想用袖子擦去袋子上的泥巴，可是袖子比塑料袋还要脏。最后他干脆脱下外套，在水里使劲搓洗了一阵，拧干上面的水，擦干净塑料口袋上的泥巴。

擦去泥巴后，小孩儿打开一层又一层的塑料口袋，从里面端出一个硕大的搪瓷杯，搪瓷杯上印着迎客松图案，样式十分老旧。

打开搪瓷杯，里面放着一只鸡腿，还有两个馒头。

找了三块鹅卵石，小孩儿郑重地把搪瓷杯摆了上去。

第六十八章

“神兽爷爷，最近老是下雨，所以我们家去外面镇上了。”小孩子咧嘴一笑，湿漉漉的脑门上，啪嗒啪嗒滴着水。

“妈妈说，我们要搬家了，不知道什么时候才回来。”小孩儿似乎很苦恼，对着河面恭恭敬敬作了三个揖，然后一屁股坐到一堆鹅卵石上。

“鸡腿跟馒头的味儿你闻到了吧，那我开始吃了。”小孩儿拿出搪瓷杯里的鸡腿跟馒头啃起来，唠唠叨叨说着废话，很快鸡腿就见骨了。

这小孩儿……挺会节约的哈。

符离看着小孩像黑皮猴子一样，把祭品吃得干干净净，扭头去看蚣蝮，发现对方一脸的见怪不怪，好像早就习惯了这个小孩的行为，难道这孩子经常来祭拜？

“他们都说，我掉进河里没有淹死，是我运气好。但是我知道，是你救了我。”他伸头看着水面，似乎这样就能隔着深深的河水看到救自己的神兽，“神兽爷爷，你喜欢吃什么，可以投梦给我，我带来给你闻味儿。”

符离扭头看蚣蝮，嘴里说着要灭天灭地，为什么还要救一个掉进水里的孩子？

“我只是不想让人类的尸体，把河底变得更脏。”蚣蝮见符离盯着自己，有些不高兴，“你看我做什么？”

“那我们还是来说说报仇的事情吧。”符离环视四周，“人类的书籍记载不到这段历史，但是这里的山、这里的树木还有这里的妖修或许还记得。”

“你不是来阻止我报仇的？”蚣蝮把目光从小孩儿身上收回来，“你身边这条龙，只怕是合了国运一道，他会让我报仇？”

庄卿看了他与符离一眼，没有说话。

“倒是这身功德金光有些熟悉。”蚣蝮虽是由瑞兽怨气化身，但是却继承了蚣蝮的记忆，所以他既是蚣蝮，又不是，“那个傻子活着的时候，一定见过你。”

庄卿冷静道：“蚣蝮大人是位很了不起的瑞兽。”

“那你知道，你口中这个很了不起的瑞兽，是怎么死的？”蚣蝮哈哈大笑，“他病了，身体虚弱得连化为人形都难，结果还要去救遭受洪涝灾害的人类，这些人类受到了他的恩惠，倒是诚心侍奉他到死。然而他死后，这些人类就露出了贪婪的嘴脸，连他的尸骨都不愿意放过。”

庄卿看着水流湍急的河面，喉头动了动，却没法帮人类说一句好话。

忘恩负义，莫过于如此。

坐在鹅卵石上的小孩子站起身，朝着河面摆了摆手：“神兽大人，下次见。”他转身走了两步，脚底一滑，朝河里仰了进去。

庄卿与符离还没反应过来，蚣蝮便飞了出去，扎进水中，把那个小孩从水里托出来。见小孩晕了过去，他紧张地伸手探了探他的鼻息，确定他无碍以后，把他身上湿漉漉的衣服全都脱下，变出一张厚实的大毛毯，把他裹了起来，给他放在了一个干净的地方，才又走了回来。

符离默默想，照这个情况，蚣蝮灭天灭地的愿望，怕是完不成了。

“在龙父的所有子嗣中，我是速度最快的。”蚣蝮回到结界里，板着脸辩解了一句。

“我懂。”符离一本正经地点头，“你能先我们一步救下那个孩子，是因为你速度快。”

蚣蝮：……

庄卿：……

气氛有种难言的尴尬。

“这个给你。”符离看了眼天，从乾坤袋里取出玉骨伞，递到蚣蝮面前：“我陪你一起去查当年那些忘恩负义的人类的后代。”

闻到伞上的龙味儿，蚣蝮没有接：“龙骨做的伞？”

“放心吧，这种龙是退化龙，比不上你的龙父那种可以镇守四方的瑞兽。”

符离把伞塞到他手里，“你浑身上下怨气冲天，我怕你还没走出多远，天雷就把你给劈散了。”

“那倒是，现在的这些龙，大多四肢无力，修为低微，与当年的龙族相比，实在差太远了。”蚣蝮接过伞，“你身边这条龙倒还有些看头。”

庄卿面无表情地问：“我该多谢你的夸奖吗？”

“如果你们这些小辈懂得这些礼貌的话，谢一谢也是可以的。”蚣蝮踏出浓雾，踩在泥泞的道路上，回头看了眼躺在旁边的小孩子，拂袖在他身上下了一个安全结界。

听说人类世界，现在流行拐卖孩子。

这里的百姓依河而居，由于当地比较贫穷，所以青壮年大多出去打工，留下老弱妇孺在家中务农。由于政府已经把百姓紧急迁走，所以整个村子里荒无人烟，青砖瓦房和两层小楼房稀稀落落，看起来十分凋敝。

在蚣蝮的记忆里，这个村子有很多人，老人织布织渔网，妇人们种植农作物，男人到河上面打鱼换钱，大自然对他们最美妙的馈赠，就是那条淹没他一千五百年的河流。

村中最破旧的一处，便是破破烂烂已经看不出原貌的村庙，不知是何年何代修建的，也不知翻修了几次。符离等人来到这座村庙前时，发现村庙前的石阶已经风化了不少，遮雨的青瓦已经掉光，几根零零碎碎的腐木东倒西歪，杂草丛生。

挥手除掉庙宇中的杂草，符离看到屋内摆着一座石像，不知道是用何种石料雕刻而成，勉强还能看出石像是一种有些像蜥蜴的动物。

好像是……蚣蝮的真身？

蚣蝮有这么丑吗？

“前面三个小伙子，那里危险，不要逗留。”一个挽着裤脚的中年男人站在不远处朝他们挥手，“你们是外地来的？不知道这里要发洪水了吗，还不快走？”

庄卿走到中年男人面前，掏出自己的证件：“你好，我是从都城过来的，来这里查点东西。”

“你是来调查石像的事情？”中年男人看了眼证件，顿时明白了庄卿的来意，“我是这里的村主任，因为有份重要的文件丢在村委会，才跑回来一趟。你有什么想知道的，我可以回答你，不过这里危险，我们边走边说。”

庄卿看蚣蝮，蚣蝮点了点头。

“多谢。”庄卿向村主任道谢。

“客气个啥，你们也是为咱们老百姓做事。”村主任转头看跟上来的符离与蚣蝮，咧嘴笑道，“你们大城市挑选工作人员，还要看长相的哈。”

庄卿愣了一下，才明白村主任这话是什么意思：“不，只是凑巧。”

“那你们大城市的水土养人哩。”村主任叹口气，“哪像我们这里，世代贫穷，想找几个水灵的出来可真不容易。”

“主任，那座破庙里供奉的是什么？”符离趁机问。

“我也不太清楚，我小的时候那座破庙就是这副破烂样，据说当年破除封建迷信的时候，有些孩子不懂事，要去拆了破庙，哪知道回来就高烧不退，差点连命都没有了。”村主任回头看了眼那座破庙，“从那以后，就没有人再去碰这个地方。村里的神婆说，这座庙里供着一个神，若是谁去冒犯他，就会得到报应。”

村主任意识到自己说得有些多，忙转口道：“当然，我作为基层干部，肯定是不会信这种封建迷信。但是群众的意见还是要听从的，反正村里人少地宽，留着便留着了，又不碍事。”

符离：……

“你怎么就肯定供奉的是个神？”蚣蝮嘲笑道，“也许不是呢？”

“这个我倒是不清楚。”村主任一愣，“这都是老一辈流传下来的话，真真假假谁还弄得清楚。”村主任想，这年轻人什么毛病，又不下雨又不出太阳的，打什么伞呢？

蚣蝮板着脸不说话。

“不过我们这里倒真有个传说，跟庙里那个神仙有关。”村主任搓了搓手，“你们感不感兴趣，我讲给你们听。”这些传说，村里的小孩都听腻了，好不容易找到外人再来吹嘘几下，村主任兴致很高昂。

见他跃跃欲试的模样，庄卿点头：“讲吧。”

“据说很久以前，天上下了好多天暴雨，我们附近的村子突发洪水。那时候不像现在，出了点小事国家就会想尽办法来管你救你。那时候天高皇帝远，当地县令尸位素餐，哪会管百姓的死活。几个村落被淹后，百姓是叫天天不应，哪知道突然有条神龙从天而降，把百姓全都救到了山头上，还给了他们很多粮食。也许是神龙救人太多，耗尽了体力，没过多久就病死了，附近村民为了纪念他，就建了这座庙宇。”村主任道，“老人说，只要我们子孙后代日日祭拜，神龙就会活过来，重回大海。”

蚣蝮嗤笑了一声。

村主任以为他是在笑这种思想愚昧，有些不好意思地道：“不过都是传说，当不得真，这么些年，除了一些老人孩子，还没有谁去祭拜过。”

“人类不都是这样，善忘又善变。”蚣蝮望着远处一座山，那里就是当年“他”救下那些人类后，安置他们的地方。

“啊？”村主任不解地看着蚣蝮，现在的城里人真有意思，把整个人类都嫌弃上了。

符离瞪了蚣蝮一眼，传音给他道：“蚣蝮大人，等下把这个鬼吓跑，我们就不能再问些有价值的东西了。”

蚣蝮哼了一声，没有说话。

四人爬到了公路上，村主任见前面翻着一辆摩托车，忙紧张地跑过去：“有人出了车祸！”

庄卿、符离站在原地没有动，看村主任的眼神里，有几分怜悯。

村主任跑到摩托车旁，心里隐隐有些奇怪，这不是他的摩托车吗，是谁把他的摩托车撞成这样？

当他看到浑身是血，躺在地上的人以后，愣住了。

那不是……他自己吗？

他愣愣地看了看尸首，又转头去看符离等人，似乎在寻找什么答案。他张大嘴，半天才不敢置信地道："我……我死了啊？"

他无妻无子，死得也不是太痛苦，这倒不是什么大事。可他这次回去拿的是当地百姓的低保资料，日子不好过的人，就等着这些钱买米下锅呢，他死了，这事恐怕又要往后拖延了。

还有这条公路也该修一修了，一到下雨天就泥泞湿滑，容易出交通事故，他就是个明显的例子。

"对，你死了。"蚣蝮毫不客气地道，"你是不是傻，连自己是死是活都不知道？"

"嘿嘿。"村主任被这么讽刺，也不生气，挠着头笑了几下。做基层工作的，有时候会被百姓指着鼻子骂，有时候遇到撒泼打滚的，还要讲文明树新风。所以在这个岗位上工作几年，脾气就慢慢磨好了。

"那我现在该怎么办？"村主任有些发愁，"人死了，该去哪个地方？"

"会有阴差来带你去冥界。"符离掏出手机报了警，为了怕引起警方怀疑，还打了医护急救电话。

"哦。"村主任盘腿坐在公路旁，"那你们快走吧，我就在这儿等阴差。我是鬼不怕洪水，你们可不禁淹。"

"谁跟你说，我们是人了？"蚣蝮讽笑，"人又怎么能看到鬼？"

村主任吓得从地上蹿起来："那你们是什么？"

"我们是……"

符离伸手捂住蚣蝮的嘴："他在跟你开玩笑，我们三个曾跟高人学过一点术法，所以才能看到你。"

"原来你们是大师啊。"村主任怀疑地看向庄卿，"你刚才给我看的证件是假的，你们来我们村想干什么，偷走神像吗？”

庄卿皱眉：“偷一块石头干什么，拿回去当凳子坐？”

村主任：……

那倒也是。

蚣蝮瞪了庄卿一眼，庄卿不为所动，低头掏出一块手帕，拉过符离的手擦了擦：“你上面沾了泥。”

“啊？”符离笑眯眯道：“谢谢啊。”

“不用客气。”庄卿瞥了眼蚣蝮，对符离道，“从树上调取一千多年前的事情，几乎是不可能的，因为这里没有树活了这么多年，这些山也都很普通，没有形成山灵。”

“那怎么办？”

听到远处传来的铃铛声，庄卿道：“对当地百姓生死轨迹最清楚的，就是冥界的阴差。”

“符离道君、庄处长，你们怎么在这儿？”栎胥看到符离与庄卿，感到有些意外。

“我们有事想要问阴差长大人，不知阴差长大人可否解惑。”符离向栎胥行了一礼。栎胥连忙避开这个礼，笑着道：“您请说。”

“不知冥界可否查到一千五百年前，此地百姓的生死记录？”符离转身看了眼蚣蝮，“此事对我们非常重要，请阴差长大人帮个忙。”

“一千五百年前？”栎胥想了想，掏出手机对坐在旁边的村主任道：“你先等等。”

“您随意，您随意。”村主任看热闹看得津津有味，这可是阴差，他活了一辈子，都没见到过。

调出生死簿工作系统，按时间搜索一千五百年前，再输入地点，里面跳出了当地百姓的生辰八字、生活轨迹以及死亡原因。

人的一生，在生死簿里，也不过短短几十字而已。

“一千五百年前，此地村民几乎全被流寇杀死，死者达两百余人。”栎胥道，“按照原本的轨迹，他们本不该死，可是当地百姓，似乎用了一种禁术，让命运受到了改变。也就是说，遭到了天谴。”

“天谴……”符离惊讶道，“这么多人，全都遭到了天谴？”

“是啊。”栎胥调出当年天谴事件的记录资料，摇头叹息道，“这些鬼魂到冥界后，说他们受到了神龙庇佑，但是神龙因他们而死。也不知他们从哪儿听的邪门歪道之术，说是只要把神龙的尸骨葬于水中，再为其修建庙宇，年年香火供奉，神龙便有活过来的一日。”

“他们……想要救神龙？”符离猛地回头看蚣蝮，蚣蝮却低着头，他看不清对方脸上的表情。

“如果此处真有神龙，神龙又怎么可能因为救几个人而累死，只能说这个神龙本就要死了。”栎胥收起手机，“注定要死的龙，这些人却试图让它起死回生，这有悖于天道，自然就会遭到天谴。”

“也许是这些人撒谎，他们只是想要把神龙的尸骨留下来，镇压河水，以免发生洪灾呢？”符离道，“这样，会有天谴吗？”

“死去的尸骨，就算废物利用，能有什么天谴？”栎胥摇头道，“符离道君为何对当年的事情感兴趣，难道这事与即将发生洪灾有关系？”

“这里还要发生洪灾？”

“按照生死簿上的记录，这里早该发生洪灾，还会死不少人。”栎胥叹气，“结果我在这里守了一天，就只守到了一个骑摩托车把自己摔死的倒霉鬼。”

他又掏出手机办公系统看了看，嗤了一声：“现代社会，变化就是快，生死簿上的记录也改了，这里不会再有洪水，那我该下班了。”把村主任魂体用锁魄链套好，工作量减少的栎胥神清气爽：“我把他带回去，就下班了，各位告辞。”

“告辞。”符离看着他欢快的背影，一时间不知道说什么好。

蚣蝮看着远处的山头，脚尖一点，飞了上去。符离与庄卿见状，跟了上去。

因为前些年推行退耕还林政策，所以上面草木茂盛，几乎连一条上山的路都没有，自然也没有留下太多人类的痕迹。

山腰上有个石洞，蚣蝮站在洞口，没有进去。

符离从乾坤袋里掏出三颗巨大的夜明珠，给蚣蝮与庄卿各分了一颗，山洞口顿时亮堂了起来。

走进石洞里，符离看到了墙上简陋得几乎抽象的石雕画。

长河，被水淹的人类，还有从天而降的神兽。

这是一封跨越千年的感谢信。

这里的人，期待神龙能够再次苏醒，重回大海，重回蓝天。

然而却用了最愚昧的方式。

第六十九章

一千五百年的时光太远，如今住在这里的，大多是从外面迁移进来的，侥幸活下来的后辈，也渐渐地忘记了先祖们做过的事，立下的誓言。

符离举着夜明珠，把这些壁画从头看到尾，最后一张图是神龙破水而出，翱翔于九天之上，地上是跪拜的人类。或许那时候的人类以为，千年以后，人们还记得这条神龙，还会跪拜他。

然而对于人类来说，一千五百年实在太长太长，长得可以遗忘所有。

这些壁画丑陋得可笑，毫无美感可言，身体比例不协调，头大身小，完全不讲究视觉效果，看起来就像是小孩子的涂鸦。符离伸手摸了一下壁画里跪拜的人，已经风化的石头，便掉落了一块下来。

“良天监十五年，五村受水害，幸得神龙相救，五村无人受难。然神龙力竭而死，举村皆悲，遇仙献计，葬神龙于水中，锁其神骨，令其神魂不散。今以此信警示后人，侍神龙不可断之。良天监十八年立。”

南朝的良国……

山洞里的壁画花了三年时间才全部制成，而在壁画完成的第二年，这些村民就死于流寇之手。

两三百人死得无声无息，在厚重的历史中，甚至没有他们的记载。

符离轻声读着壁画上的字，转身看向蚣蝮，心里又堵又难受，无法用语言来形容。他尚且如此，蚣蝮心情又该何等复杂。

恨了这些人类一千五百年，到头来才发现，这些人类早因他而死，他自己也在水中遭受了漫长的禁锢。“他”确实复活了，但是却不是化为神龙再度飞天，而是成为从河底爬出来的邪修，他为复仇而来。

造化弄人。

符离以前不明白这四个字的分量，到了今天终于明白了。这四个字太沉重，沉重得让人喘不过气来。

蚣蝮伸出苍白的手指，轻触最后一幅画上飞在祥云中的神龙，石壁冰凉，神龙在蚣蝮手中，一点点化为粉末，只留下一块凹下去的空白。

“蚣蝮大人？”符离看着壁画一点点消失，想要劝说几句，却被庄卿拦住。

庄卿对他摇了摇头，这段恩怨过往，谁也无法分辨对错，外人更不可插手。

一幅幅壁画在蚣蝮手里消失，蚣蝮动作很慢，他仿佛把这些画记在了心里，然后再一点点毁去。这个时代的人类，早已经不需要谁来拯救，他们自己就可以拯救自己。他又何必留下这些东西，让不知情的人当作一段神话故事来解读呢？

还剩下了最中间的一幅。

神龙死去，村民跪拜于神龙四周，掩面痛哭。

蚣蝮盯着这幅画看了很久，蜷起手指，把手背在了身后。神龙已死，不会再翱翔九天，这幅画留下来，倒是很合适。

他转头看向陪他进洞的两个后辈，忽然笑了一声。在这片刻间，他乌黑的长发变得如雪般莹白，再也见不到怨气冲天的模样。

“走吧。”他弯腰拿起放在地上的玉骨伞，“早就该走了。”

他走出山洞，看着已经放晴的天空，上面挂着灿烂的太阳，整个世界看起来美好极了。他俯视着脚下的山与水，对符离道：“外面的世界，果然比水中美。”

移开遮在头顶的伞，蚣蝮莹白如玉的手露在了阳光之下。

“伞可以还给你了。”蚣蝮笑了笑，“我不再需要它。”就像人们，也不再需要神龙来救赎。

眼看着蚣蝮的身体一点点变得透明，符离急道：“蚣蝮大人！”

“我不是蚣蝮，只是他留下来的怨气而已。如今怨恨的理由没了，我也没有再留在世间的必要。”蚣蝮笑得温润极了，就像是在世时的蚣蝮，和善俊美。

“不是的，那个孩子需要你！”符离撑开玉骨伞遮到蚣蝮头顶，“他以后每一年，每一年都会来祭拜你，你若是消失不见，他一定会难过的。”

“孩子总会有长大的一天，自然也有忘记幼时天真的一日。”蚣蝮道，“我该感谢那个孩子，若不是他，我打不开锁住我的铁链，也看不到外面的太阳与山水，这样消失就好了。”

“可是我们需要你！”符离急道，“我们需要你，庄卿，你说是不是？！”他急切地扭头看庄卿，想要他说点什么。

“符离说得对。”庄卿道，“我们管理处有很多小妖，还有很多有趣的人类，修真界需要妖修们来维护秩序，我希望蚣蝮能来助我们一臂之力。”

“晚了。”蚣蝮摇头，“我只是怨气化形，并没有真正的实体。”

当他移开玉骨伞时，就不可能再活下去。

一声龙啸从云层中传出来，霎时间金光大作，瑞气千丈。

符离、蚣蝮齐齐抬头，云层中有头似龙非龙的神兽破云而出，盘旋在两人头顶。

“那是……”蚣蝮怔怔地看着头顶，几乎不敢相信自己的眼睛。

“那是蚣蝮真身本体，在研究所里突然失踪的石像。”庄卿跃至云中，化为金龙，与蚣蝮盘旋在一起。随后就见蚣蝮真身直直地飞了下来，与蚣蝮即将消散的怨恨之体融合在一起。

符离呆呆地看着金光与怨气相融合，然后一点点凝聚成一头真正的蚣蝮，觉得自己好像看到了一场真正的奇迹。一千五百年前的那些人类做到了，他们真的让蚣蝮起死回生，再次翱翔于九天。

空中化为金龙的庄卿高啸一声，落到地上变为人形，走到符离身边，敲了敲符离的脑袋：“把你的下巴收一收。”

“我想起在哪儿见过你了。”与怨恨之体融合的蚣蝮化为人身，长身玉立，风度翩翩，再完美不过。他缓缓睁开眼睛，看着庄卿道：“一千八百年前，那条小奶龙？”

“前辈。”庄卿恭恭敬敬地朝蚣蝮行了一礼。

“你找的这个小伙伴倒是可爱。”蚣蝮仔仔细细看了好几眼，“走吧。”

“去哪儿？”符离愣愣地问。

“当然是去你口中的管理处，我喜欢可爱的小妖，也喜欢有趣的人修。”蚣蝮变出一根玉笛在手中把玩，“现在的人修，都不抓妖了？”

“不能随便抓，抓了要被罚款。”符离收起玉骨伞，收进自己的乾坤袋，“现在提倡人妖和平共处，共建和谐美好的大家园。”

“那就更有意思了。”蚣蝮轻笑出声，扭头凝视着身后的山洞，看了很久后，才恢复笑脸，“走吧。”

山洞的石墙上，忽然多了一幅壁画，画上神龙盘旋在山顶，山底是安居乐业的人类，山美水清人更美。

清须与朝云还在对付河面的怨气，谁知道眨眼的时间，太阳出来了，怨气没有了，就剩下河对岸幽幽转醒一脸茫然的男人，还有一个抱着搪瓷杯傻乐的孩子。

这是怎么了？

“天上好像有龙气。”朝云抬头望天，今天的云似乎格外怪异，竟然还散发着金色的光芒。

“我们马上去找符哥与老大。”朝云收起发簪，嫌清须飞行速度太慢，她一把拎起人，就飞了出去。

“啊啊啊啊！”清须尖叫道，“朝云道友，你可是女妖，温柔一点好不好。”

“女妖就要温柔一点，我怀疑你有性别偏见。”朝云咧嘴一笑，“道友，这样可不好哦。”

下一刻，她飞得更快了。

清须的“啊啊啊啊”也很快变成了“啊”！

“前面好像来了两位小友。”蚣蝮站在云头上，远远就看到一个漂亮女人拎着一个男人过来，她手一抡，男人便摔到了他们脚下。

“小友，你太客气了，见我无须行如此大礼。”蚣蝮笑眯眯地弯腰看了清须一眼，“你这么热情，我怎么好意思？”

清须从云上爬起来，正打算回一句嘴，但是发现站在自己面前的是一个好看到极致的男人，气势顿时弱了一半：“让道友看笑话了，这只是意外。”

“老大，查清怨气的源头了吗？”朝云落到符离与庄卿面前，见他们身边还有一个修为深不可测的妖修，拱手向他行了一礼，“见过前辈。”

“无须多礼。”在美人面前，蚣蝮向来温柔又体贴。

“事情已经处理好了。”庄卿对朝云道，“回复总部那边，说洪水危机已经解除。”

“好的。”朝云掏出手机，开始发工作邮件给那边。很快安全总部回复，问起石像一事。

“就说石像变成妖怪飞走了。”庄卿看了眼蚣蝮，“在我们的控制范围内。”

“这是何物，为什么你们人手一部，就连阴差都有，难道是修真界最近流行的东西？”蚣蝮对朝云手里的手机很好奇，“看起来挺有意思。”

于是符离开始给蚣蝮讲解什么叫手机，又该怎么用，还把自己的手机交给了蚣蝮操作。没一会儿，这两个都没怎么见过世面的妖，就开始惊叫连连地打俄罗斯方块，仿佛这是什么惊险无比的游戏。

庄卿：……

朝云、清须：为什么这些莫名其妙冒出来的妖，总是跟符哥特别合拍？物以类聚吗？

“哎，前辈，这一局该我了。”

“你刚刚不是才打过？你这后辈怎么不敬老？”

“倚老卖老可不行，刚才说好了我们一人一局！”

庄卿从衣兜里掏出手机递给符离：“拿我的去玩。”堂堂管理处高级人员，竟然为了手机吵架，丢妖不丢妖？

网上关于石像的传闻，很快就淹没在各种各样的花边新闻中。倒是当地的气象局，又被网友拿到网络上骂了。

村口儿王大狗：现在气象局的人还能不能靠谱点了？说什么要闹洪灾，大半夜让我们拖家带口搬出家门，结果等了两三天，洪水没来，太阳出来了。这些大爷又乐颠颠地告诉我，洪灾警报解除，大家可以欢快回家了。谁被这么来回地折腾，都欢快不起来好吗？

好在当地气象局没有官网，网友们骂得再厉害，他们也看不见。就算看见了，也可以装死不回应。

反正是流水的天气，铁打的气象局。

蚣蝮的到来，受到了全部门上下所有女性的欢迎。男性觉得蚣蝮有事没事吹笛子写毛笔字，叫装模作样，而女性就觉得这是文艺的美。男性觉得蚣蝮吃个饭还规矩多多，叫矫情，而女性觉得那是优雅。

三日之内，蚣蝮成功获得男性公敌、女性挚爱称号，暂时还无人能够取代他的地位。

蚣蝮给自己取了一个人类的名字，叫符箜，对外宣称自己是符离的远房堂哥，但是没有一个人信他的话。他还提出要与符离住在一起，被庄卿拒绝，并把他的房间安排到符离楼上。

“符小离，快来陪堂哥玩《魂斗罗》……”蚣蝮推开门，就看到了坐在符离客厅里的鲲鹏，鲲鹏也扭头看到了他。

“鲲鹏？”蚣蝮关上门，满脸惊讶，“你竟然还没死？”

“自恋龟？”鲲鹏比蚣蝮还要惊讶，他以为像蚣蝮这样的神兽，早就该消逝了。

“滚，你这个不鱼不鸟的怪物，我是龙。”蚣蝮一脚把鲲鹏从沙发上踹了下去，“这么沉还好意思坐在沙发上，也不怕把沙发坐坏。”

“你刚才自称什么来着，堂哥？”鲲鹏拿眼睛斜着蚣蝮，“可要点脸吧，活了几万岁，也好意思当只有四千岁的人家的堂哥，你不脸红我听着都尴尬。”

“关键就是看脸。”蚣蝮懒洋洋地靠在沙发上，“帅的妖，当哥哥无所谓。丑的妖，有自知之明就好了。”

鲲鹏：“你说谁丑？”

蚣蝮嗤笑：“谁搭理这句话，谁就丑。”

符离早就猜到这两个妖关系可能不太好，因为蚣蝮生父是神龙，而鲲鹏又喜欢吃龙，这中间怎么也会有些恩怨。但是他没有想到，这两个活了几万年的大妖，吵架……竟然这么幼儿园水平。

他盘腿坐在地毯上，任由两人吵来吵去，顺手拆了一包瓜子，津津有味地嗑了起来。

“坐没坐相，站没站相，现在的小辈儿怎么如此不拘礼节？”与鲲鹏吵得正起劲儿的蚣蝮忽然扭头看向符离，“前辈们在说话，小辈能在旁边这么吃东西吗？”

他一把抢过符离手里的瓜子：“焦糖味，瓜子还能做出糖味？”伸手抓了一把，开始咔嚓咔嚓嗑起来。

符离：……

这是啥意思？

鲲鹏笑嘻嘻地抓走一把瓜子，对蚣蝮道：“你可要点脸，连小辈的瓜子都要抢。”

“有本事你别吃。”蚣蝮冷哼。

“我抢了你的，又不是抢小辈的。”鲲鹏理直气壮地道，“我可是有底线的妖。”

符离见这两妖又吵了起来，干脆拍拍屁股，转身找庄卿去了。三年一代沟，他跟这两位前辈代沟太大，无法理解他们的思想与脑回路。

下楼正好碰到偷偷摸摸出门的宋语，他好笑道：“宋语，你这是干什么？”

“嘘，别让蚣蝮大人听见了。”宋语惊惶地往四周看了看，“蚣蝮大人是上古有名的瑞兽，是我们凶兽的天敌。”

“不是我们，是你。”符离立刻跟宋语撇清关系，“你又没作恶，怕成这样？”

“那你是不知道蚣蝮大人的厉害。”宋语小声嘀咕道，“除了四大神兽以外，我们凶兽最怕的就是神龙的那些儿子。”

谁叫神龙那么能生，人类最喜欢说什么龙生九子各有所好，然而九为虚数，神龙的孩子可不止九个！

第七十章

见酸与吓成这样，符离拍了拍他的肩膀："你就把心放回肚子里，蚣蝮大人是个讲理的瑞兽，就算看到你这只凶兽，也不会上来就打。"

"会说几句话再打？"酸与一脸的委屈巴巴。

"你脑子里除了挨打，就没有别的了？"符离无言以对。

"还有被杀。"酸与最大的缺点是㞞，最大的优点也是㞞，胆子小的妖怪修为不一定高，但命一般会比较长。他生来便是能给人类带来恐惧的凶兽，从没有与人类以及其他妖修真正好好相处过，直到他进了管理处，才终于体会到什么叫群居生活。

"胆子这么小，你也好意思出去说自己是凶兽？"符离叹气，"如果蚣蝮大人要收拾你，我帮你拦着，这样总行了吧？"

"多谢老大！"酸与顿时喜笑颜开，他等的就是这句话。符离老大跟蚣蝮大人的关系肯定不错，不然蚣蝮也不会对外说，他是符离老大的堂哥。连在人间界的姓名代称都取为符箜。

"原来说这么多，就为了我说这句话。"符离恍然大悟，跟管理处这些人在一起混久了，连酸与都变得狡猾起来。

"老大，你今天不是休假？"酸与往楼上望，"把蚣蝮与鲲鹏两位大人单独留在楼上，他们两个会不会打起来，最后连房子都拆了？"

"他们两个现在没心情打架。"

全围在他屋子里吃零食呢，年纪一大把，还要抢小辈的零食吃，真是一点长辈的样子都没有。符离心中高洁伟岸的蚣蝮大人，已经化为了烟云。

距离产生美，这是符离心中最强烈的心声。

"你如果害怕，就跟张柯他们一起去处理校园笔仙事件，别整天就待在管理处里面，你又不是生小孩坐月子。”符离早就发现，酸与平时待在管理处，没有大事是绝对不会出门的，靠着在网上直播吃东西，倒是赚了些钱。

“这些小案子又用不着我，我去干什么呀。”酸与连连摇头，“还是不去了。”

符离盯着他看了几秒，酸与伸手揉着衣角，眼神飘忽躲闪。

“其实你不用担心会给人类带来噩梦或是恐惧，你加入管理处后，给谁带来恐惧了吗？”

酸与认真回想，然后摇头。

“给那些看你直播的网友，带来了恐惧吗？”

酸与想到网友们的留言，大多都是播主吃得好开心，看到播主吃饭就好满足之类。他昨天还收到了一笔很巨大的打赏，因为一位网友有轻微的厌食症，但是看过他的直播后，竟对食物有了兴趣，厌食症不药而愈。

他不仅没有给人类带来恐惧，还因为能吃，给人类带来了欢乐。

不过现在的人类也挺莫名其妙的，看别人吃饭，都能看得津津有味，也不知道是他们无聊，还是自己见识太少。

“当你不想给别人带来恐惧的时候，你的身体就会遵从你的内心。”符离笑眯眯地看着酸与，“你还不明白吗？”

酸与怔怔地看着符离，似乎明白了什么，又仿佛不明白。

以前的他，靠着这份天生的技能，让小妖与人类害怕，借此得到供奉，所以从未想过，不让这些妖或者人产生恐惧心理。现在他来了管理处，虽然嘴上嫌弃这些后辈修为不行，但是平时大家在一起八卦玩乐的时候，他总是会乐颠颠地凑热闹。

这就是典型的嘴上不承认，身体却很诚实。

去楼下让三头人兄弟们给他摘了两个果子，符离才慢条斯理地去了庄卿办公室。

看到他来，庄卿抬了一下头：“有事？”

“无聊，找你聊会儿天。”符离扔给他一个珠玉果，往椅子上一坐，“心里有点事，怎么都想不通，不知道跟谁说。”

伸手接住符离扔过来的珠玉果，单手在工作网络群里敲下一行“我这边有事，这项工作等到会议上再谈”。退出聊天软件，庄卿抬了抬下巴：“什么事？说吧。”

“就是蚣蝮大人的事情。”符离偷偷看了眼庄卿的表情，“我觉得这事有点蹊跷。”

“嗯？”庄卿放下珠玉果，双手交握放在桌上，欣慰地看着符离，“继续说。”

终于知道动脑子了。

“蚣蝮大人救的那些百姓，只是没有见识的普通人，他们怎么会遇到高人，而且高人还特意给他们献计？”符离神情严肃地道，“这是与天道作对的事情，出主意的人，不可能不知道，难道他就不怕受到天道惩罚?”

“所以你的结论是什么？”庄卿问。

“你说这个人，会不会是蚣蝮大人的朋友，故意让新的万灵之首来做这件事？”符离想了很久，都觉得这不是巧合，而是一场有预谋的事。蚣蝮大人是真的活过来了，但是代价却是两百多个人的生命。

这种猜测他只敢藏在心里，不敢在其他人面前提，怕这些后辈藏不住话，传到蚣蝮耳中后，会让他更加难过。

庄卿叹口气：“若是朋友，又怎么可能出这种主意？”

符离还是被养得太天真，不知道这个世间有很多复杂的情况与原因：“若他真是蚣蝮的朋友，就不可能出这么毒的计。蚣蝮身为瑞兽，因为太过强大不被容于世，他身死道消以后，最好的办法确实是把他葬入水中，但却不是河水，而是大海，更不能用石像与铁链把他束缚住。”

“我曾在业朝开皇年间去过皇室密库，看过一切鬼怪记载，其中一本野志上说过，有种召集天下所有怨气，炼成恶鬼的邪门术法。以石塑其身、借大妖之骨，可招天下万恶。”庄卿见符离神情严肃，又把语气软了下来。虽然想让他增加见识，但又不想把他吓傻了，本来就已经够傻了，再吓下去，智商恐怕就没救了。

“这只是野志，是人还是妖写的都不一定，所以没有什么真实性，只是蚣蝮遇到的事情，与野志里描述的有些相似。”

“不，还是有地方不同的。”符离摇头道，“那些百姓是真的想要蚣蝮活过来，而蚣蝮身体本能里，还留着一丝良善，所以最后活过来的是蚣蝮，而不是失去理智的恶鬼。”

他面色十分苍白：“万一醒来的是恶鬼呢？”

集天下怨气而生，当他现世后，是天道容不下他，还是他先祸害苍生？

毁天灭地伤生灵，做这种事有什么好处？

“别想这么多，现在不是还好好的？”庄卿把珠玉果又递给符离，“拿去。”

“干吗，你不吃了？”符离一头雾水地接过果子。

“拿去洗一洗。”庄卿道，“我有心理洁癖，不洗一下吃不下去。”

“我们这里不是有防尘结界？”符离无奈地看着庄卿，提醒自己，这是自己的救命恩人，对自己有大恩，不能抱怨。所以只能在内心翻个白眼，起身去洗手间洗果子。

“等等，我还想喝杯咖啡，谢谢。”

吃果子喝咖啡，什么破毛病？符离心中的白眼，快要翻到天上去了。

庄卿满意地点头，这样就好了，找点事给他做，免得胡思乱想。

走到茶水间门外，符离听到朝云跟徐媛正在里面嘻嘻哈哈地笑，带着某种难以抑制的兴奋情绪，嘴里还说着蚣蝮之类的。

符离瞬间明白，如今这种男色消费时代，女孩有欣赏男人的自由也挺好。他伸手敲了敲门，提醒两人自己的存在后，才从旁边抽屉里拿出一包速溶咖啡倒进杯子里，再扔几颗奶糖，就准备接开水。

徐媛看到他那简单粗暴的冲咖啡方法，忙叫住他：“符哥，你不是不喜欢喝咖啡？”

“嗯，我是帮庄卿泡的。”符离打开水龙头，哗啦啦就把杯子接满水。

可是老大也不爱喝咖啡啊？

徐媛刚想开口的时候，朝云拉了她一把，她又把话咽了回去。

等符离端着咖啡出去以后，朝云才小声道：“男人之间的友谊，有时候充满了谜。”

符离泡的咖啡，庄卿沾了沾唇，就放到一边了，珠玉果倒是啃得干干净净。符离眼睁睁看着他把果子啃得干干净净后，才想起自己刚才光想着去冲咖啡，珠玉果给忘记洗了。

东西都已经进肚子了，他……还是不说了吧。

“你准备一下午就坐在我办公室里？”庄卿擦干净手，见符离赖在办公室不走，“没跟鲲鹏出去玩？”

以往有假期，符离哪次不是带着鲲鹏出去吃吃喝喝？自从那个叫周倡的富二代给了他几百万感谢费以后，符离出门吃饭的频率就高了起来，加上有个贪吃的鲲鹏当同伴，庄卿真担心没过多久符离就会破产，把自己吃穷了。

“鲲鹏跟蚣蝮两个正在吵嘴。”符离趴在沙发上，叹气道，“上了年纪的妖修吵起嘴来，一点道理都不讲，还抢我瓜子吃。”

“他们两个欺负你？”庄卿眉头皱了起来。

这两个老妖怪，吃符离的喝符离的，还欺负他，要不要脸了？！

第七十一章

两个被庄卿嫌弃的老妖怪，正在符离的房间里讨论下一辈妖修的教育问题。鲲鹏嫌现在的妖修没有野性，已经丧失了在危急环境中的生存能力，以前巡山的小妖，都能把他们揍得叽里呱啦乱叫。

蚣蝮嫌弃现在的妖身上没有一点风雅，以前有身份的妖，谁不是修得一身好仪态，哪像现在的妖，弓腰驼背，脖子就没有直起来过。

“妖讲什么风雅，本领大就成。”

“连最基本的仪态都没有，与没有开灵智的动物又有什么差别？”蚣蝮反驳。

“化成人形，又不是真正的人，何必学他们那一套？”鲲鹏最受不了人类那文绉绉的一套，听到蚣蝮这个话，就不耐烦道，“就不能想点别的？”

“谁说是妖跟着人类学？”蚣蝮嗤笑，“我们妖类讲究礼仪尊卑之时，人类还穿着皮草裙打猎呢。我看你是这些年看的人类太多，把自己给看傻了。”

“啧。”鲲鹏抢过蚣蝮手里的瓜子，懒得跟他斗嘴，只能靠抢吃的解气。

见到他这样，蚣蝮反而不气了，懒洋洋地往沙发上一靠：“不过人类确实很聪明，竟然发明出这么多有意思的东西。”

“你不是讲究仪态吗？这么躺着像什么样子？”鲲鹏反唇相讥。

“这里又没人，我优雅给谁看？”蚣蝮摇头，“规矩是死的，人却是活的，死板教条要不得。”

“老子说不过你。”鲲鹏觉得自己这样的妖修，不能跟蚣蝮这样的玩意儿说话，多说几句肯定会被气死。

见鲲鹏真被自己气得说不出话来，蚣蝮坐直身体：“都一大把岁数了，脾气还这么差？”

鲲鹏扭头不理他。

“我们以前的那些妖修，活到现在的还有多少呢？”蚣蝮叹气，起身走到窗户旁，“活着的恐怕也都苟且偷生，不敢光明正大地走出来。现在这个管理处挺好的，至少有个能帮妖修说话的地方。现在这一辈年轻妖，妖力虽然比不上我们，但是心智上却半点不差。”

听到这话，鲲鹏也有些心酸，妖族耀武扬威的时代，早就过去了。若是想不开，这日子也没法过下去了。禺彊在当年，也算是数一数二的妖兽，出门在外也是万妖朝拜。时过这么多年，他还想像当年那样，天道便容不下他了。

“你以后有什么打算？”鲲鹏叹口气，不想再与蚣蝮吵下去了。

“我就准备跟着符离干。”蚣蝮道，“我跟其他妖打听过了，现在妖界最热门的职业，就在管理处这里了。”

“你认真的？”鲲鹏以为自己耳朵出了问题。

“当然啊，难不成我们就一直让符离养着？”蚣蝮啧啧道，“我可丢不起这个人。”

“谁要他养了，我随随便便扔一件东西出去卖，也够我在人类世界吃几十年的。”鲲鹏摇头：“反正我丢不起这个人。”

“你……”蚣蝮迟疑道，“真没觉得符离身上有什么不对劲？”

“没有！”鲲鹏否认得太快，这个态度反而让人怀疑起来。

蚣蝮眯着眼睛看他：“没有就没有吧，反正不是什么大事。”

屋子里安静下来。

一会儿后，鲲鹏才有气无力道：“我是真不知道，只是隐隐觉得他身上有些不对劲，其他的我看不出来。”以他的修为，都看不出符离身上哪里有问题，就说明符离背后的妖，他可能惹不起。

“看不出来很正常，你天生是凶兽，修行的路子跟我们不同。”蚣蝮轻轻点着沙发，“那孩子似乎有自我认知问题，而且还非常严重。”

鲲鹏刚想说什么，忽然语气一变，提高音量道：“我说你行了啊，瓜子儿就这么多，你好歹给小兔子留一点。”

“不是你吃得最多？”蚣蝮把自己面前的瓜子壳往鲲鹏面前一拨，“你看看你的那堆瓜子壳。”

庄卿推开门，就看到这两个活了十万年以上的大妖，把一堆瓜子壳拨来拨去，瓜子壳散了满地，符离房间的沙发与茶几也被弄得乱七八糟。

“两位前辈。”他敲了敲门，沉着脸道，“你们这是在干什么？”

鲲鹏与蚣蝮齐齐松开手，没有说话。

“两位是连人类都知道名气的大妖，爱清洁，讲卫生，爱护后辈这些事，想必不用晚辈来提醒了。”庄卿目光落到地上那些瓜子壳上，“对吗？”

鲲鹏很想说关你什么事，可是面对庄卿那平静的眼神，他不敢说。于是他扭头看蚣蝮，结果蚣蝮这个不要脸的，竟然已经埋头默默捡地上的瓜子壳了。

就知道装好人，这虚伪的瑞兽！

“多谢二位的理解。”庄卿关上门，转头走到楼梯口，对站在那儿的符离道，“走吧。”

“去哪儿？”符离伸出脑袋往自己的房间大门望了望，“你找蚣蝮说什么呢？”

“没什么，就是跟他讲一讲人生哲理。”庄卿面色平静，“我带你去吃饭。”

“去哪儿吃？”

庄卿算了算时间：“不年不节的，随便吃点就成。”

“那还是去那个夜猫子饭店吃饭。”符离道，“经济实惠味道好，你也喜欢吃他的东西。”

“谁跟你说我喜欢吃那里的东西？”庄卿反问。

“还用得着说？”符离道，“看就能看出来。”

庄卿愣了一下，随后低声道：“想太多。”

“什么？”

“没什么。”

傍晚是夜猫子饭店开始开门营业的时间，不过到了饭店以后，符离发现店主表情有些不对劲，见到他们来，才勉强露出笑容。

“老板，你这是怎么了？”符离用面巾纸擦了擦桌子跟凳子，然后指着凳子示意庄卿坐下，自己继续问老板，“如果遇到什么事，我们也可以帮你。”

“也不是什么大事。”店主把做饭的台子收拾得很干净，隔着半旧不新的玻璃门，大家都能看清他做饭的动作，“我这里有个老主顾，自从我开店以后，他几乎天天来吃，这两天突然不来了，我担心他出了什么意外。”

能天天来这里吃饭的，肯定不是什么普通食客，符离看了眼庄卿，把点菜的单子塞进他手里：“可以跟我们说说是哪位食客吗？我的这位朋友人脉比较广，或许可以帮你找找。”

人脉比较广的庄卿：……

店主喜出望外，连忙把那位食客的外貌特征讲了出来，连对方脑门上哪个地方有颗痣都记得。

“他说的是那只猫头鹰吗？”符离传音给庄卿。

庄卿点了点头。

符离皱眉，猫头鹰是国家保护动物，而且还是能够化形的妖，应该不会有什么大的危险。但是，为什么会突然消失几天，以那个猫头鹰的习惯，应该也不可能不来了。

“找不到也没关系。”店主端了一大盘炸黄花鱼放到桌上，“也许他只是有了新的口味，去别家吃饭，也有可能。”

他宁可对方只是换了口味，而不是有了危险。

这一天的麻辣烫不太好吃，因为店主少放了一样调料，不过符离没有说出来，就连庄卿也是默默吃完，没有说其他的。

吃完饭走到门口，符离看到一个左脚有些不利索的中年男人朝这边走来，夜色已暗，男人的脸在逆光下看不清楚。等他走得近了，符离才发现，这人就是那个消失了几天的猫头鹰。

“你来了，今天想吃什么？”店主看到猫头鹰来了，脸上的笑容灿烂了几分，但是却没有问他这几天去了哪儿，猫头鹰化形的中年男人，也没有解释。

两人是最熟悉的陌生人，一个天天做饭，一个天天吃饭，但是连彼此的联系方式都没有一个。

吃完饭付账时，中年男人道：“最近脚受了点伤，所以不太能出门。”

“注意休息，脚坏了可是大事。”店主拿了一个饭盒递到中年男人面前，“你拿去喝，喝完以后记得把饭盒给我拿回来。”

“谢谢。”中年男人接过饭盒，摸着兜道，“多少钱？”

“老顾客了，这是我请你的。”店主笑了。

中年男人的手在衣兜里摸了很久，最终还是接受了店主的好意。他拎着饭盒，走出了这个小小的饭店，路灯把他的身影拉得很长很长。

走到拐角处，他停下脚步，转头看着巷口：“两位等了我这么久，出来吧。”

庄卿与符离从巷子里走了出来。

“两位有何贵干？”中年男人抱紧手里的饭盒，神情十分戒备。他连庄卿都不认识，说明是妖界很不起眼的小妖，修为也好不到哪儿去。

“这条新闻上的，是你吗？”符离举起一份日期为两天前的本地报纸，神情有些微妙。

这则新闻报道上写道，零点过后，有个农民听到家里的狗在叫，以为家里进了小偷，起床一看，狗嘴里咬着一只猫头鹰，猫头鹰嘴里衔着一块晒好的鱼干，像是偷吃东西的时候，被狗发现了。

好在这位农民伯伯很有见识，知道他是保护动物，不仅没有怪猫头鹰偷他的东西吃，还给他包扎伤口，顺便喂了两条鱼干给他。

“我不是真的想去偷东西，只是……只是……”中年男人有些心虚，“包工头把钱卷跑了，我身上实在是没钱了。”

“你们猫头鹰不是会抓老鼠或者青蛙、蛇什么的？”符离问，“干吗去偷别人晒的鱼干？”

“老鼠跟蛇身上的细菌跟寄生虫太多，不卫生，青蛙是益蛙，我们要保护环境与动物，吃了不太好吧。”

哟呵，还挺讲究。

第七十二章

猫头鹰用怀疑的眼光看着符离与庄卿：“你们找我有什么事？那个人类不知道我们这些食客的身份，还请你们不要让他察觉到不对劲。”

“你放心，妖与人类的界限，我们还是很清楚的。”符离沉默片刻，“就是我有件事不太理解，包工头卷了你们的钱跑路，你为什么不报警或者找修真界管理处？”

“我的工友说了，卷款跑路的包工头太多，要找回来难上加难。”猫头鹰停顿了片刻，“人类太狡猾了，想要躲债的时候，真是人影儿都找不着。至于管理处……”猫头鹰疯狂摇头，“我不敢去。”

“为什么？”符离有些不明白。

“听说里面有很多修为高深的厉害大妖。”猫头鹰咽了咽口水，“可吓人了。”

“你怕什么，他们又不吃猫头鹰。”符离觉得这猫头鹰胆子忒小了。

“万一吃呢？”猫头鹰看了看四周，抱紧怀里的饭盒道，“前几天跟我一起干活的田园犬说是去管理处报警，到现在都没有回来，我担心他是得罪了管理处的什么人……”

“等等。”符离打断猫头鹰的话，“你说那个田园犬到现在都没有回来？”

“田园犬性格有些憨，为了省点电话费，他就说要变成原形跑过去。”猫头鹰神情非常焦急，“这两天我一直找他，我怕他是被管理处关起来了，我如果跑去管理处，就等于是把自己给送上门了。”

“等等，你为什么一定坚持认为是管理处把你的朋友抓起来了？”符离觉得这个问题不容忽视。

“不是他们还能有谁？”

“不可能是他们。”

“你凭什么这么肯定？”

“因为我们就是管理处的。”

猫头鹰愣住，一双眼睛瞪得差点跳出眼眶，片刻过后，他转身就准备跑，被符离一把揪住。

“别吃我，猫头鹰身上也有很多寄生虫！”猫头鹰吓得变回了原形，脚爪子还死命抓着饭盒。

“全身都是毛，有什么可吃的。”庄卿在四周布下了结界，免得让人类以为他们虐待国家级保护动物，“带回去。”

猫头鹰绝望地想，这大概是他最后一次照顾老友的后代了，以后再也不能去他那里吃饭了。他死了以后，也不知道会不会有其他人类或是妖欺负这个后辈。

把猫头鹰带回管理处，符离倒了一杯茶放到桌上，猫头鹰垂着脑袋不说话。

“你不想救你朋友？”庄卿打开一个记录本，“还是说，田园犬的失踪与你有关，所以你才不敢来管理处？”

“我们一百多年的好朋友了，我怎么会害他！”猫头鹰有些激动，“他真的不是被你们抓了？”

“既然他是你朋友，当你以为他被我们管理处抓了后，为什么不来这里试图救他？你们的兄弟情是用塑料做的吗？”庄卿嗤笑一声，用手机拍了一张猫头鹰的照片，输入妖界户口系统以后，很快就跳出几个不同的猫头鹰的户籍资料，“籍贯哪儿的？”

“吴越省。”

“吴越省……”庄卿抬头看了眼这只猫头鹰，“原来是只乌雕鸮。”

“你怎么知道是乌雕鸮？”符离好奇。

“因为在我们国内，乌雕鸮大多出现在吴越省。”庄卿忍不住道，“回去多看看书，争取一次考上大学。”

符离：……

“你继续说。”庄卿把符离一把拉到身边坐好，扭头对他小声道，“坐好，别走来走去。”

猫头鹰见自己已经落到了对方手上，只能一五一十道：“我跟田园犬确实不算是好朋友，不过也没有什么过节，他说要来管理处报案后，就变成了原形，跑出了工棚，后面发生了什么，我也不太清楚。真的……不是你们抓的？”

“我们抓他干什么？”庄卿做了一个简单的记录，把寻狗启事发到工作群中，对猫头鹰道，“那个卷款跑走的包工头，我们会尽快处理，你安心回去吧。”

“真让我走？”

“难道你还想让我们请你吃夜宵？”

“那……那倒是不用了。”猫头鹰两只爪子扣住饭盒，头也不回地飞了出去。

“看来我们管理处还是忽略了一项工作。”庄卿合上记录本，对符离道，“加强基层宣传很重要，明天早上开个会，讨论一下这方面的工作。”

符离点头：“哦。”他掏出手机开始跟同事通知这件事。

庄卿满意地点了点头，幸好在工作方面，脑子还不是太蠢。

“那我现在去抓那个包工头。”符离站起身，就准备往外走。

“不用你去。”庄卿接来一杯水，把目光放到水面。身为水族之首，只要他愿意，有水的地方，就有他的眼睛。

王包工头最近几天很风光，腰包鼓鼓地回到老家，在一圈朋友的羡慕嫉妒下，高调地给自己买了一条大金链戴上，只要有人从他身边路过，他都恨不得把自己脖子抡圆了甩。

“王哥，出去发财了？”

“哪里哪里，也就赚个几十万吃碗饭。”王包工头抬了抬下巴，“不算什么。”

“几十万都不算什么，看来王哥最近是真发财了，瞧不上这点小钱。”

看到旁人露出惊骇的眼神，王包工头心里十分满足。他买了几罐啤酒，称了一斤猪头肉，哼着歌晃晃悠悠地往家里走，走了没几步，却不小心崴了一下脚，再抬头时，却看到自己已经站在了都城某派出所门口。

他吓得脑门冒出一头汗，还没喝酒，怎么就开始醉了，连幻觉都产生了。

第七十三章

“彭队，前几天我们接到的那个案子，包工头回来投案自首了。”

“啥？”彭航放下自己的老式干部茶盅，以为自己耳朵出了问题，“早上不是刚接到举报，那个姓王的包工头，在他老家出现吗？”

早上在老家，现在就出现在他们派出所门口，这是坐飞机过来投案自首？

精神可嘉啊。

等他看到那个包工头后，差点没忍住笑，这脚穿拖鞋，手提啤酒猪头肉的架势，是来找他们喝酒唠嗑的？他抬了抬下巴，对王包工头道：“进来交代一下犯罪经过。”

王包工头看到彭航等人出来以后，看他们的眼神像是见到了厉鬼，连连往后退。

“哎，跑什么啊，来都来了，不在这里多坐一会儿，怎么说得过去。”彭航掏出手铐逮住王包工头，“走吧，进去好好坐一坐。”

王包工头喃喃道：“这不可能，我一定是在做噩梦。”

他明明就是回家吃饭，怎么可能走到都城派出所门口，这完全不符合逻辑。难道……他遇到了传说中的外星人事件？

把王包工头带进去，彭航打开记录本：“姓名籍贯年龄，顺便交代一下你的犯罪经过。”

谁知道王包工头突然道：“我遇到外星人了！”

“坐好。”彭航用笔敲了几下桌子，“请嫌疑人情绪不要太过激动，也不要试图装疯卖傻躲过法律的制裁。”

“警察同志，我没有撒谎。”王包工头状若癫狂，“我刚才还好好的，去村口买了几瓶啤酒，一斤卤肉，怎么可能就走到都城了，你说这是不是外星人干的？”

“你说你遇到了外星人？”彭航被逗乐了，好在他知道自己的职业，在嫌疑人面前很好地控制了情绪。

“是真的，我早上还在老家，不信你们可以去调查。”王包工头已经不在乎自己是不是被警察抓住了，他觉得自己经历了一件世间难遇的大事，也许会有记者、科学家、电视台来采访他，从此他就是上过电视的人了。

彭航朝旁边的同事招手：“兄弟，让当地警方帮着调查一下，看看嫌疑人是不是真的在老家出现过。”尽管对方的说法过于荒诞，但是彭航还是觉得应该让人去查问一下，他要对自己的职业负责。

现在天网如此发达，只要确定某个人在何处出现过，到当地调取监控资料，找出他的痕迹就不会太难。

过了一个多小时，王包工头老家那边传来了回复，说监控资料一时半会儿还调取不出，但是他老家的邻居都说，没有见过他回来。

“不可能，我今天还跟好几个邻居打了招呼。”王包工头歇斯底里道，“他们还羡慕我买了大金链子！”

“这事我们会继续查，你还是先交代一下犯罪经过。”彭航打开笔盖，看了眼手表，“前前后后拖了将近两个小时，你不困我都想睡觉了。”

“外星人这种事，难道还没有查案子重要吗？！”王包工头十分激动，“查清了这个，我们国家就是首个发现外星人实例的国家，说出去多有面子。”

“真看不出来，你还挺有爱国情怀，那么爱国，就不要骗工人的钱，大家出来赚点钱不容易，你这么做，让别人怎么活。”彭航道，“外星人入侵地球是天文学家的事，你违法犯罪那就是我们警察的事，我们分工明确，你也别去瞎操这个心了。”

王包工头失望地看着彭航，觉得眼前这个没有脑子的警察，错过了一个天大的好机会！

彭航才不管他有多痛心疾首，开始调查起案子的前因后果来。

管理处那边，庄卿撤回术法，对符离道：“你可真是只兔子，性子急成这样。”

隔空拖人，还把附近那些人的记忆给模糊了，也不嫌浪费灵力。

“我这是节约警力，能给国家省点钱就省点。”符离道，“都是为人民服务嘛。”

庄卿：……

“你们水族的这个术法挺有意思的。”符离道，“我看生物书上说，人体细胞里很大一部分就是水，你们水族对与水有关的术法这么熟悉，在打斗的时候，应该很占便宜。”

庄卿瞬间明白了符离话中的意思，他伸手敲了一下符离的脑袋：“最擅长绘画的，还是人类呢，那是不是每个人都会画画？”

“没大没小。”符离拍开庄卿的手，“知道你们水族有一大堆拖后腿的妖，不用特意强调。”

庄卿轻笑一声，拿起凳子上的外套：“走吧。”

“去哪儿？”符离问。

“去我家休息，明天一早我们去查田园犬的案子。”庄卿的手在裤缝旁摩挲几下，有些僵硬地把手搭在符离肩膀上，“夜宵想出去吃大闸蟹，我一个人吃没意思。”

“好啊好啊。”符离最喜欢吃鱼虾蟹这类食物，只是最近要养鲲鹏、蚣蝮两个胃口很好的大妖，他担心自己手里这几百万不够用，所以都舍不得吃大闸蟹这么贵的东西。现在听到庄卿主动说要请客，当下便眉飞色舞地跟庄卿聊，哪家味道更好。

这都是他从管理处同事那里听来的。

“这么喜欢，最近几天怎么不出去吃？”

“钱要省着花。”符离倒没有想别的，他道，“我怕再来几个前辈，钱会不够花。”

“说你傻，你还不承认，他们花的钱，可以纳入公款消费。”庄卿道，“你帮着大家把他们安抚下来，就是最大的功劳，怎么可能还让你掏钱养他们，哪有工作还倒贴钱的？”

“可是徐媛说，不是什么项目都能报销……”

“她的话权威，还是我的话权威？”庄卿眉心微皱。

“你的。”符离想也不想地做出了选择。

“上面已经批了特殊经费，到时候我会安排财务那边给你发补贴。”庄卿停顿片刻，又补充道，“想吃什么就去吃，怎么能委屈自己的肚子。”

“走。”他僵硬地搿着符离的肩膀，往办公室外走去。

“老大，我……”楚余走到门口，跟庄卿迎面对上，看到庄卿搭在符离肩膀上的手臂，张大嘴安静了两三秒道，“我走错门了。”

楚余把文件往腋窝下一夹，转头跑去了公共办公区。

“活了一千岁，还这么不稳重。”庄卿语气平静，“不用理会他。”

秋季的蟹又肥又嫩，符离美滋滋地吃着蟹肉，旁边堆了满满一大堆的蟹壳。庄卿看着堆积如山的壳，转头又让服务员给他加了十只。

他觉得自己有些问题，明明舍不得花钱，可是看到符离吃得开心，他竟然觉得花钱也有意思。

难道是近墨者黑，他染上了符离花钱大手大脚的毛病？

吃完蟹肉后，符离问：“中秋我们要放假吗？”

“这是全国统一节假日，我们当然要放。”庄卿问，“怎么了？”

“我想到了一个赚钱的好方法。”符离道，“我们可以去抓鱼卖，赚点钱。”

庄卿想说，他丢不起这个妖……

“我活了这么多年，还从没摆过摊卖东西，肯定很有意思。”

“好。”这个字不听使唤般地说出了口，庄卿觉得自己嘴巴有些贱。

“现在哪个海域的鱼比较多？”符离来了精神，兴致勃勃地跟庄卿讨论起怎么钓鱼抓鱼，去海里抓还是去河里抓，抓到以后去哪里卖，卖多少钱。

一路唠叨到庄卿别墅门口，符离已经开始算赚来的钱该怎么花，尽管离中秋假期还有几天，他脑海中的鱼，也还没从水里抓出来。

庄卿也不打击他的积极性，从冰箱里取出一串提子，洗干净放到符离面前，让他边吃边说。

“你以前摆过摊吗？”符离问庄卿。

庄卿愣了一下，缓缓摇头：“没有。”

“没事，等我陪你一块去，你就有经验了。”符离十分兴奋，恨不得马上就扛着鱼桶去卖。

“好。”庄卿看着符离说什么就打算去做的模样，就知道符离以前肯定没怎么受过委屈。因为没有遭受过拒绝的人，才能如此随心所欲，对什么事都抱着美好的想象。

尽管这只兔子总是口口声声说他有四千岁，然而在庄卿看来，符离就是一个性格有些单纯，被其他妖怪宠得有些过，但却不讨人厌的妖孩子。

第二天早上，符离还在睡觉，庄卿已经做好了早饭。等符离坐到饭桌前，庄卿把早餐摆到他面前：“我觉得你确实不是简单的兔子？”

“啊？”符离叼着煎蛋看庄卿。

“说不定你身上有树懒的混血。”庄卿一口气把牛奶喝光，“吃完记得把碗洗干净。”

符离：……

一会儿说他不愧是兔子，一会儿说他不是兔子，能不能统一口径？

他觉得自己越来越没有作为长辈的威严了。

洗完碗，符离与庄卿去了田园犬居住的工棚，好在秋季动物容易换毛，他们在地上捡到了田园犬的毛。

猫头鹰看着庄卿捏着的几根狗毛，心想，这几根毛能有什么用？

“天地两仪，听我号令。”庄卿把几根狗毛抛到空中，狗毛无风自动，忽然化作金光飞了出去。

庄卿与符离交换了下眼神，飞身跟了出去。

猫头鹰傻愣愣地看着空荡荡的门口，觉得自己的翅膀白长了，谁的速度都赶不上。

他拉低了鸟界的速度水平。

第七十四章

都城大学二号食堂，最近两天出现了一只英雄狗。两天前，有两个女生被坏人尾随，在他行凶的时候，一只田园犬突然出现，扑倒了这个坏蛋，让两个女生没有受到任何伤害。

这件事后，这只田园犬就成了都城大学校内论坛上的网红，不仅学校允许他在一间小屋子里搭窝，同学们也都会带着美食去看它。

王怡作为被救的女生之一，因为小时候被狗咬过，所以非常怕狗。但是想到那天晚上勇斗歹徒的田园犬，她心里又是感激又是害怕，所以特意在网上购买了两小时同城达高级狗粮后，将其远远放到了狗窝外，却不敢靠近。

这只看起来十分憨厚的狗，仿佛也看出她很害怕，摇着尾巴把狗粮叼回狗窝旁，却没有靠近她。这样坚持两三天后，王怡似乎已经习惯了每次经过食堂时，给狗带吃的，而狗也永远都用温润的眼睛看她，憨憨的毛脸看起来可爱极了。

晚上把狗粮带过去，王怡站在屋子外，没有立刻走开，站在旁边等狗吃完后，才问："你有名字吗？"

田园犬耳朵抖了抖，摇着尾巴歪头看王怡，看起来傻乎乎的。

被它可爱的模样逗笑，王怡小心翼翼地靠近一小步："我能摸一摸你的脑袋吗？"她觉得自己有些可笑，竟然跟一条狗说起话来，但是她实在太害怕了，只有说着没意义的废话，才能减轻心中的恐惧感。

手一点点朝田园犬脑袋伸去，还剩十厘米左右的距离时，王怡手指轻颤，不敢再继续往前了。

原本趴在狗窝里的田园犬忽然爬起上半身，把脑袋送到了王怡手心。王怡吓得往后缩了一下。

"呜？"田园犬不解地歪头看她，似乎在问，为什么不摸了？

王怡笑出声，把手放在了田园犬头顶。毛茸茸，暖乎乎，摸起来很舒服，在这个瞬间，她心中对宠物的恐惧，竟小了很多。

“谢谢你。”王怡蹲下身，与田园犬平视，“没有你，我就危险了。”

田园犬歪着头看她，乌溜溜的眼睛温润极了。

“再过几天就要放中秋假了，你跟我回家吧。”王怡的家就在本市，所以不用操心怎么把狗带回家，“我爸妈都很喜欢狗，只是这些年一直顾忌我的情绪，所以一直都没有养。你如果去我们家，他们一定很欢迎你这个新成员。”

田园犬甩了甩脑袋，用前爪轻轻碰了几下王怡的掌心。

“没有反对，就是同意了？”王怡露出灿烂的笑，“那就这样说好了啊。”

上课时间快要到了，王怡只好与田园犬分别，匆匆往教学楼跑去。田园犬趴回狗窝，下巴搁在狗窝边缘，看起来莫名有些可怜巴巴。

“田园犬？”突然，两个人出现在田园犬面前，一人冷漠如冰，一人笑眯眯的模样，但是笑着的这个人，并不会让人觉得他软弱好欺。

“你就是几天前被包工头卷走款，出门说要找管理处主持公道，结果半路就失踪的田园犬？”符离掏出资料看了好几眼，人的长相虽然差不多，但他好歹能从人类语言、动作习惯、穿衣风格分辨出来谁是谁，狗又不穿衣服，花色如果相同的话，在片刻间他还真分不出谁是谁。

拿着照片对比了半天，确定这就是猫头鹰口中失踪的田园犬，符离道：“有妖向我们报案，说他的朋友失踪。得知你没有事，我们就放心了，现在要跟我们回去吗？”

田园犬朝女孩子离去的方向望了很久，口吐人言：“必须要回去吗？”

“不是必须，但是我们要对修真界每一位公民负责。”符离掏出手机，对着田园犬拍了几张，上传至结案系统，“这里人来人往，居住环境也不行，留在这里干什么？”

“那也比搬砖好。”田园犬诉苦道，“像我们这种犬类，只有小时候没有长开时讨人类喜欢，长大后就只能被系在屋子外，不论寒暑。”

“以前还好，我们至少能看家护院。现在人类都喜欢养什么金毛犬、哈士奇、袖珍犬，就算金毛犬、哈士奇把他们的房子拆了，他们也舍不得生气。但是这些人再喜欢狗，也是喜欢这些名贵犬种，像我们这种田园犬种，大多是没有这种待遇的。也有一些人觉得我们田园犬小的时候可爱，就把我们带回去养。等我们长大了，不可爱了，便会觉得带我们这种血统不名贵的狗出去很丢人，最后抛弃我们。”

田园犬记得很清楚，以前有只小狗很高兴地跟他说，他很快就会有主人了。但是三个月后，他在小狗新主人家大门外看到了被系在院子后的小狗，整条狗瘦得只剩骨架，皮毛脏得凝结成一团，摆在旁边的碗里长了厚厚一层霉垢，那是小半碗已经发馊的剩饭。

他咬断狗绳，把小狗救了出来，但是没多久小狗便死了。死之前还跟他说，他刚到新主人家的时候，小主人有多喜欢他，会抱他到床上睡觉，还把自己的蒸蛋分给他。

狗的一生，或许只有一个主人，然而主人却可以有很多宠物。

“最可恨的就是那些名贵犬、名贵猫，脾气差、嘴巴挑，把主人当奴隶使！”田园犬说到这儿，又泄气地趴了回去，“可是即便这样，人类也还是喜欢他们。”

大概是觉得自己仇富的嘴脸太难看，田园犬把脸趴回了狗窝里。

“我们田园犬，想有一个永远养着自己不抛弃自己的主人，已经很不容易了，哪敢像那些名贵犬、名贵猫般娇气。”田园犬的尾巴突然摇得十分欢快，“我从来没有体会过被主人宠爱的感觉，刚才有人说要带我回家，我想试试。反正……反正我是妖，如果他们以后不愿意再养我，我还能出来找工作养活自己。”

这只田园犬确实不算可爱，但是身上的毛很干净，尤其是一双眼睛，看着特别纯洁。

符离伸手在他脑袋上摸了两把：“好吧，以后如果有需要，可以来我们管理处找我们。不管人类怎么对待不同的宠物，但是在我们管理处，修真界每一个修真者，都是平等的。”

“谢谢。”田园犬摇了摇尾巴，把脑袋从窝里伸出来，继续看着王怡离开的方向。

见他这样，符离与庄卿离开了学校。

在放中秋假那天，符离又去学校偷偷看了一次，远远看到一个梳着马尾辫的小姑娘带着田园犬上了一辆私家车，田园犬嘴里叼着一个小包，尾巴摇得几乎只能看到残影。

“大圆，等下车子开起来的时候你不要害怕，这是正常的汽车发动。”王怡伸手轻轻揽住田园犬，安抚着他的情绪，“爸，等下我们去给大圆买些日用品跟玩具。”

“好嘞。”开车的中年男人伸手摸了摸田园犬的脑袋，乐滋滋地开车。

他们家终于有狗啦！

“呜嗷。”田园犬小声叫了一声，引来主人爱怜的抚摸。

“大圆不怕不怕，等会儿就给你买玩具。”

符离站在街边，看着载着一家三口的车慢慢行远，把手背在身后，心情很好地哼着歌，缩地成寸，眨眼便来到庄卿家门外。

“庄小龙，起床了。”符离把脸贴在庄卿房间外的窗户上，“快点快点，我们该去抓鱼了。”

“不是说好十点才去？”庄卿打开窗户，符离变成兔子，蹦了进来。

“这不是快到十点了？”

庄卿看了眼时间，九点过五分也是快到十点？

低头看着桌子上的兔子，从左边蹦到右边，再从右边蹦到左边，他从衣柜里找出一套衣服：“我去换了衣服就走。”

“快点！快点！”白兔子又原地蹦了好几下，就像是即将要出门旅游的小学生，激动得根本坐不住。

庄卿忍不住伸手在他屁股上戳了几下，然后拎着他的脖颈，把他放到床上：“别跳，跳得我眼花。”

等庄卿换好衣服出来，符离蹦到他肩膀上，后腿直立，右前爪一挥：“走吧，龙骑士！”

“你又跟蚣蝮看什么电影了？”庄卿揉了揉额头，觉得脑门有些疼。蚣蝮来了管理处没几天，坏习惯倒是教给了符离不少。

“见笑见笑。”符离用爪子摸了摸庄卿的脸，“跟你开玩笑呢。”

“你跟蚣蝮也是这么玩的？”

“那哪能，他是长辈嘛。”符离甩了甩尾巴，“还是跟你在一起更好玩。”

庄卿哼了一声，伸手把符离从肩膀上拿下来，捧到自己的掌心：“准备出门了。”

龙的速度，很快，非常快。

虽然庄卿钓鱼的技术很一般，但是抓鱼的技术符离却比不上，一个小时后，符离手里就提了一大桶正宗的江河鱼来到经常卖菜的巷子里，把鱼摆了上去。

长得好看的人，在哪里都受欢迎，在卖菜的地方也一样。

两个从没有摆摊经验的男妖，很快就有第一个顾客上门。

“少年仔，这鱼我要拿回去做酸菜鱼片的，你可要帮我把鱼片弄好一点。”

符离傻眼，原来卖鱼还要杀鱼啊？

他摸了摸脸上被鱼尾拍起来的水，扭头看旁边沉默的庄卿。

庄卿拿过符离手里的鱼，唰唰几刀剃干净鱼鳞，砍断鱼头，又利落地把鱼片弄好，用塑料袋子装好递给买鱼的大妈。

“这刀工可真漂亮，真有大厨风范。”大妈心满意足地给完钱离开。

龙族剑术最好的庄小龙，默默擦去刀背上的血与鳞片，深藏功与名。

“城管来啦！”

速度很快的龙族大佬抬起头时，四周的菜农与摊贩已经消失得无影无踪，只剩下他与符离还留在原地。

第七十五章

“你们两个还不快跑？”一个拎着菜的大妈指了指巷子口，“当心城管来抓住你们。”

符离这才知道，原来这里是不允许摆摊的。他见这里人多，以为是自由贸易市场，原来不是吗？

他单手拎起两个桶，另一只手拽住庄卿，撒丫子狂奔。众目睽睽之下，还真不能使用什么障眼法，不然跟闹鬼可能也不差什么了。

“哦哟，年轻人体力真好。”大妈看着两人疯狂奔逃的背影，转头对陪自己上街买菜的女儿道，“看见没有，不好好读书，长大了就只能摆摊卖菜，为了省那么几块市场管理费，还要躲城管。”

“可是，他们身上的衣服是名牌。”女儿觉得自己应该为两位帅哥辩解两句，“说不定他们是为了体验生活，才跑来摆摊呢？”

“可拉倒吧，谁知道那是真货还是冒牌货。”大妈看着城管们朝两个帅哥跑走的方向追了过去，“你少看一些无聊的电视剧，这个世界上哪有闲得无聊的有钱人，来杀鱼卖钱，不嫌鱼脏？”

“前面的两个，站住！”

城管使出吃奶的劲儿，都没有追上符离与庄卿，喘着气扶着墙根抱怨道：“有这么好的体力，不去参加田径队，跑到这里摆摊，脑子有病啊。”

奔跑的速度太快，桶里的水洒了一地，符离扭头见城管已经被远远甩在后面，拉着庄卿躲到墙后，低头看桶里的鱼都还在，而且还没死，顿时松了一口气：“太好了。”

庄卿沉着脸没有说话，因为他已经说不出话了。这么多年，他走南闯北上天入海，什么没见识过，什么危机没有经历过，但还是第一次这么狼狈地被城管追着跑。

“原来那里不能摆摊，我们换个地方。”符离变出几片树叶，扔到装鱼的桶里，“这次绝对不会出问题了。走吧。”

“去哪儿？”

“带你去找能够摆摊的地方。”

自由农贸市场的某个偏僻角落里，时不时传来一阵叫好声。

在银光闪烁中，肥嫩的鱼眨眼间变成鱼片，自动飞进装鱼的食品塑料袋中。鱼鳞与鱼内脏在角落里堆积成一座小山，可见生意的火爆。

“你的鱼。”庄卿放下刀，手往布上一擦，把鱼递给买菜的大哥。

“帅哥，就凭你这刀工都能去当专业大厨了，在市场里杀鱼太屈才了。”大哥接过袋子，看了眼旁边笨手笨脚给鱼称重的符离，“这种事，你一个人干就成，哪还需要合伙人。”

“承惠，一共八十九块五。”庄卿面无表情。

“后面那五毛就算了呗。”

称完重的符离正准备点头，就被庄卿打断：“小本生意，赚点钱不容易。”

“哎，哪有你这样做生意的，下次不来你这儿买了。”买鱼大哥不情不愿地掏出一百块，庄卿找回十块零五毛。

等这个男人走了，符离把称好的鱼递给庄卿：“不是说好，五毛钱可以不收的？”

“别人可以，他不行。”庄卿破肚去鳞，干净整洁的指缝里，沾上了脏污的鱼血与鱼鳞碎片。

“他不合你眼缘？”

庄卿低头片鱼不说话。

“那确实得收。”符离点头，“咱不惯着他。”

两人相貌出众，卖的鱼又肥又嫩，价格公道，加上庄卿出神入化的刀法吸引了太多路人的注意，鱼很快卖完。符离蹲在地上数了好几遍钱，喜滋滋地对庄卿道："我们赚了好多钱。"

庄卿刚洗完手回来，见符离笑得连眼睛都眯了起来："这么高兴？"

"当然，走，我们去吃小龙虾。"符离抽了几张大票子出来，"这个我们捐出去。"

"捐给谁？"

"现在有那个贫困山区儿童营养餐爱心活动，我们就捐那儿。"符离把钱卷巴卷巴塞进外套口袋，"你觉得怎样？"

庄卿点头。

到了救助站，庄卿看着墙上那些孩子的照片。很多孩子有着大大的眼睛，瘦弱的脸庞，还有灿烂笑容。

趁符离上厕所的时间，庄卿找到相关负责人，给了对方一张两百万的支票。几个负责人这才认出，这位竟然是长隆生物科技公司的老板，对方满身鱼腥味儿，穿着休闲，他们一时半会儿竟然无法把他与平时西装革履的精英老板联系到一起。

从厕所出来，符离发现庄卿不见了，在大厅里转了一圈，才看到几个人笑容满面地陪着庄卿从一个小屋子走出来。

庄卿对这几个负责人做了一个不用再送的手势，大步走到符离面前："傻站着干什么，不是要吃龙虾？"

"你跟他们认识？"符离与庄卿并肩前行，"我们部门生意这一块儿，真的赚钱吗？"

"如果不赚钱，修真界哪来这么多的福利帮扶政策？"庄卿把手插到裤兜里，"修真界与人间界现在有这种平衡，除了大家都想要和平以外，还有一点就是我们修真界能够做到人类做不到的某些事情。"

符离想起在缘月酒店上班时，好多女孩子都很喜欢长隆生产的护肤品、化妆品，但是因为产品比较贵，所以很多时候都只是念叨几句过嘴瘾，偶尔买上一两件。

难怪那么受推崇，这可是从无数妖修鬼修无数年的保养心得而来，产品效果当然让人满意。

两人还在店里吃龙虾时，网上就有一段视频流了出来，视频的名字被取为《最帅杀鱼哥》。

视频中，杀鱼的男人器宇轩昂，五官俊美，杀鱼的动作干脆利落，片出来的鱼肉，厚度相等，简直就如尺子量过的一般。在当下这种男色消费的时代，视频很快在网上得到大量转发。

管理处的信息管理处看到这段视频后，第一反应是，世界上竟有长得跟老大如此相似的人。但是当他们看到旁边的男人跟符离长得一模一样时，他们就知道，这不是巧合，这本来就是老大。

真没想到老大竟然爱钱到了这个地步，节假日还要卖鱼赚钱。不过自己卖鱼赚钱就算了，为什么还要把符哥带去当苦力，总不能因为符哥好说话，就把人家当免费劳动力吧？

他们不知道这段视频该如何处理，只好打报告到上级，报告转到张柯手里，张柯在心里暗暗骂庄卿是葛朗台以后，把这份报告推给楚余。

楚余看完整段视频，整条鱼的三观都碎裂了。老大现在为了钱，真是什么事都做得出来，节假日跑去卖鱼，这下好了，丢妖丢到整个网络了，也不知道其他修真者看见没有。

他想了一下，对外宣称说，老大跟符哥是为了抓住一个小偷团队，才装成卖鱼的潜伏在自由贸易市场。这个理由他们管理处内部不相信，但是外界还是很吃这一套。

谁会想到，堂堂管理处老大，会跑出去卖鱼赚外快呢。

修真界这边刚订好解决方案，人间界的网络上倒先炸了，因为有网友发现，那个刀法快如闪电的卖鱼哥，就是全世界都很有名的长隆公司大老板。

一开始有网友觉得这是胡扯，但是经过网友专业的脸型对比发现，那个蹲在菜市场杀鱼的，还真是长隆公司的老板，跟他在一起卖鱼的，好像是他公司的员工。

网友甲：老板比员工的杀鱼动作还要熟练，不会杀鱼的员工，不是好员工。

网友乙：我以为有钱人与鱼有关的爱好是钓鱼，没想到我还是见识太少，原来真正的有钱人爱好是杀鱼卖鱼。

网友丙：在现场的网友表示，有顾客跟庄老板商量，能不能把零头抹去，庄老板还说什么小本生意，不能少。堂堂长隆大老板，竟然如此接地气，我觉得他就算不当长隆公司的老总，光靠卖鱼都能赚不少钱。

网友丁：只有我觉得，旁边那个称鱼还笨手笨脚的哥们，更像老板吗？杀鱼是最脏最累的活儿，结果让老板给做了。

网友乙：没准人家庄老板就喜欢杀鱼卖鱼呢，一看那刀法，就是练过的。

“人家是用剑的，当然练过。”张柯把手机往桌上一扔，看着在院子外面练拳的师弟，趴在窗户上道，“师弟，是不是每个虎妖都会虎啸山林这一招？”

“当然。”魏仓收起拳势，擦去额头上的汗，“比如说狐族的魅、虎族的啸、龙族的威等，这些都是与生俱来的。”

“有没有不会虎啸山林的虎妖？”

“不可能。”魏仓斩钉截铁地道，“除非他根本不是虎族。”

北方某密林中，一只巨大的花斑虎从山洞中跳了出来，他抖了抖身上的皮毛，威风凛凛地长啸一声，他修行近三百年，终于道成。

待他去了人间，一定会有吃不尽的乳猪牛羊！

可是当他好不容易跑出密林，就被公路上飞驰的铁盒子吓住了，这是什么东西？

有些开车的司机似乎也看到了他，很快就有人报警，说在某某地发现了老虎。

三个小时后，自认修为高强，能够去人间界吃牛吃羊甚至吃童男童女的老虎，被麻醉剂成功放倒。

第七十六章

虎妖醒过来的时候，躺在一个笼子里，笼子做得很宽，下面还铺了很舒适的毛毯，毛毯上放着最好的野猪肉。

他又被人类抓住了？

三百年前，他被几个人类围着痛揍了一顿，那几个人类还说要扒了他的皮做毯子，他好不容易逃走躲回山里修炼，准备等修为大成就一雪前耻，没想到出师未捷身先死，人类竟然使出阴狠小手段，不跟他近身搏斗了。

“傻子！”

“谁？”虎妖身体还在发软，他抬头看了一圈，发现在这个稍微有些摇晃的空间里，还放着一个很漂亮的透明箱子，里面盘着一条很大的黑蛇。

见他终于注意到自己，黑蛇冷笑一声。

“你也是被人类抓来的？”虎妖同情地看着黑蛇，“人类用这么漂亮的容器装着你，是打算把你进献给贵人吗？”他听说有些人类特别喜欢吃蛇，把蛇与山鸡肉放在一块儿炖，美其名曰龙凤汤。

“你是被人类抓住的？”黑蛇吐了吐信子，“我可没你这么蠢，放心吧，这些人类不仅不会杀你，还会把你当宝贝供着。”

如果他没有看错，这应该是一只华南虎，这个品种都快濒临灭绝了，人类这么郑重其事地用飞机把他送往都城，用意可能就在这里。

“难道他们会给我进贡童男童女？”虎妖差点没忍住掉口水，听说童男童女的肉格外鲜嫩，吃了还能增长修为。

黑蛇怜悯地看了虎妖一眼，都什么时代了，还想着吃童男童女呢。想当初他也是差点就能化龙的黑蟒，如果不是他讨封的时候眼睛太瞎，遇到一个有些神经病的妖修，说不定他现在已经是龙蟒一员了。

哪会像现在，跟宠物一样，被人类关在玻璃罩子里，供人参观。有时候还要被动物园以学习交流的名义，送到外地走穴。堂堂黑蟒沦落到现在这个地步，还要靠着这头华南虎的面子，才能搭上一架专机，他还能说什么？

“蛇哥，你跟我说说呗，人类会怎么对我？”

“叫什么哥，我没被收拾之前，修为已经近千年了，叫我前辈！”黑蛇不太高兴地甩了甩尾巴，“年轻人真是沉不住气，芝麻大的事情都要问来问去，到了地方自然便清楚了！”

虎妖不敢再说话，懒洋洋地摇了一下尾巴，趴回毛毯上，很快又迷迷糊糊睡着了。

半梦半醒间，他听到有人在鼓掌，还有人在他身上摸来摸去，他有气无力地甩尾巴，摸什么摸，不知道老虎的屁股摸不得吗？

等到后半夜，虎妖终于恢复了全身的力气，迫不及待逃出了野生动物保护基地。

三百年的时间过去，人类世界发生了很大的变化，他来到光怪陆离的人类世界，觉得眼前一幕幕实在太过荒诞了，这不是天上才能有的盛景吗？

扯了扯身上有些别扭的衣服，虎妖躲到角落里，把衣服的样式跟着变了，从小巷子里偷偷溜出来。

透明巨大的门，闪着明亮光辉的珠子，还有高悬在柱子上，发着巨大光芒的圆珠子，东西就摆在外面，不怕被人偷走？

一路看一路走，虎妖不小心就撞到了某个人类身上，他皱眉道：“走路不长眼睛？”说完这句话，他转身就准备走，却被对方一把抓住。

“你想干什么？”虎妖眼中露出凶意，这个人类如此弱小，身上的肉闻起来很香甜，若不是顾忌此处人太多，吃掉这个人类会引来其他人，他恐怕已经忍不住一口咬下去了。

“从野生动物保护基地逃出来的那只老虎？”年轻人类的手腕力气很大，大得虎妖挣脱不开，他心中暗暗吃惊，这个人难道是捉妖师，不然怎么能扣住他的手腕，还看出了他的原形？

“你是谁？”虎妖已经开始害怕了。

“你非法进入人间界，又无故从野生动物保护基地逃走，造成了巨大的社会负面影响。按照管理处的处罚条例，本该对你施行罚款与拘留，但是念在你是刚化形不久的妖修，可以免除你的惩罚，现在我送你去妖盟，让你接受人间界常识培训。”年轻人掏出一个小本儿递到虎妖面前，“我是管理处的员工，负责掌管修真界的事务。”

“啥玩意儿管理处，连字都写得缺胳膊短腿儿，这种骗人的手段，三百年前都不流行了。”虎妖想要推开年轻人，但对方手劲儿实在太大，他推开失败。

“你们虎妖两百岁就成年了，你再挣扎，我就揍虎了。”符离施术把虎妖控制住，让虎妖老老实实跟在他后面，把虎妖带往了妖盟。

到了妖盟，还有几个麻友没有散场，围在麻将桌旁，把麻将拍得啪啪作响。

那个坐在左边的是个狼妖，坐在右边的是个人类吧，现在狼跟人类这么亲密无间了吗？

“不用这么拘束，我对你们虎类有好感。”符离带虎妖去妖盟做了登记，见他有气无力地跟在身后，以为他是被自己吓着了，“我有一位长辈，就是白虎化形。不过他原形比你英武，身上的毛也不是黄色，而是白色。”

“别吹牛，我们这个地界上，就没有白色的老虎。”虎妖反驳道，“你不用跟我说废话拉近关系，反正我又打不过你。”

“你说，我们这里没有白色的老虎？”符离停下脚步，“也许是你不知道呢？”

“那不可能。”虎妖肯定道，“其他种族和其他地界的老虎我不清楚，但是当我踏上修道路以后，就有了我们虎族的传承记忆。在我们这里，就算偶尔有白毛老虎出现，他们的资质也都很差，不可能开灵智走上修行一道。唯一的例外，便是传说中的神兽白虎，传言他镇守大地一方，也是我们兽类之王。”

符离有些恍惚，他记忆中的白虎长老十分高大，威风凛凛，在他面前，就像一座高山一样。现在有老虎告诉他，白虎长老可能是资质有问题的虎族，他心里有些不高兴。

可是妖族的传承不会骗人，以前在山中的时候，白虎长老也不爱出门，难道……是因为他自身有缺陷，感到自卑才躲到山里？

又或者……白虎长老就是传说中的神兽？不……不对，白猿长老早就说过，神兽早已经失踪，若白虎长老就是神兽，又何来失踪一说？

白猿长老从不说谎，所以这个猜测完全不成立。

仔细一想，山里的妖修们好像都不爱出山，偶尔出山也是为了寻找食物或是带一些小玩意儿回来。刚鬣大王与白猿长老有时候会带他去海边玩一玩，但是每当这个时候，他们都会在四周立结界。

那时候他只以为是在保护他，现在仔细想起来，才发现山上的妖修，长相与普通妖修确实有些微差别。

刚鬣大王的獠牙比其他野猪的獠牙尖利，白猿长老比其他白猿更高更瘦，白羊长老的角几乎弯曲成了螺旋状，白虎长老的毛格外白，雉鸡姐姐的翅膀更宽大，小麻雀一直化不了形，乌龟伯伯的脖子特别长……

动物的排外性有多强，符离是知道的，想到这些叔叔伯伯姐姐小时候可能受到很多来自同类的委屈，最后集聚在一块，还把他给养大，符离的心里便酸涩得难受。

其实他们也看出，他跟普通兔子长得不太一样吧？所以那么用心地养着他，宠着他，用尽力气给了他最好的。尽管刚鬣大王做的东西难吃，白羊长老总是偷懒睡觉，白猿长老跟乌龟伯伯啰嗦唠叨，雉鸡姐姐脾气暴躁，白虎长老沉默寡言，小麻雀老喜欢在他洞口唱难听的歌，但他们其实是世界上最好的妖。

符离从未像现在这一刻如此后悔，如果那时候他懂事一点，贴心一点，是不是就注意到长辈们的不一样。他会好好吃刚鬣大王做的东西，会跟着雉鸡姐姐好好学武，不会嫌白猿长老、乌龟伯伯啰嗦，不会因为白虎长老性格闷，就不爱跟他单独待一块儿，只知道跑去跟小麻雀胡闹，至少……至少能够对他们好一点，不让他们操那么多的心。

白猿长老说过，世间万物都讲究因果循环，没有如果。

小时候不懂，现在懂了，却又宁可不懂。

“你……怎么了？”虎妖发现身旁的人忽然没了动静，转头见符离竟然面色惨白，一双眼睛红通通的，吓了一大跳，“喂，不是吧，我不就是说我们这里不可能有白虎修成妖而已，用不着难过成这样吧？”

“和你没关系。”符离给虎妖指了一个方向，“往那边一直走，会有工作人员来接待你。”

虎妖想要多问两句，但是见符离难看的脸色，又把话咽了回去。

这么小气的妖，他随便说几句就受不了，还是少问几句吧。

符离仔细回想着山中的妖修，发现他们每一个都与同类有些微的差别。也许他们的山不叫雾影，而是叫雾隐，那是所有身带缺陷的妖修的隐居之地，避世俗之地，所以取名为雾隐。

浑浑噩噩走了不知多久，符离发现自己不知不觉竟然到了庄卿别墅所在的小区外。或许是因为最近常来这边，所以身体有了习惯性的选择。

门卫们已经认识符离，见到他进行了简单的登记后，就让他进了门。

站在小区里惨白的路灯下，符离低头看着自己在地上的影子，忽然不想去找庄卿了。长辈们隐居，就是不想让其他妖知道他们的不同，他又怎么能告诉别人？

他颓然地蹲下身，抱着膝盖，愣愣地发呆。

两千年前，不管他躲在哪里发小脾气，山上的长辈们都能拿着小玩意儿找到他哄他回去。

现在，不会有了。

“符离，你蹲在这里干什么？”

庄卿走到他身边，弯腰看着他。

第七十七章

“我……”

抬起头，符离看到沐浴在路灯下的男人，挺拔、俊美，还有妖界很多妖都不及的沉稳。

庄卿蹲到他面前：“大晚上，蹲在这里数蚂蚁？”

“大晚上哪有什么蚂蚁。”符离抱紧膝盖，“你在这里干什么？”

“这个问题应该由我来问你。”庄卿站起身，伸手把符离从地上拽起来，“这是我家门外。”

别墅里灯光明亮，光透过窗户映照到屋外。符离把手插在裤兜里，在秋风中缩肩笑：“我就是随便走走。”

“随便走走，就到了我这里？”庄卿在身上摸了摸，“你在这里等我一下。”

符离看着庄卿快速回屋，又很快走了出来，眨眼的时间便到了他面前：“怎么了？”

“我送你回去。”庄卿又强调了一句，“记住别乱跑。”说完，又跑回车库开车。符离看着他匆忙的背影，忽然觉得眼前这一幕有些好笑，忍不住便笑出声来。

庄卿把车停到符离面前，打开车窗：“上车。”

符离乖乖上车，系好安全带以后，忽然对庄卿道：“谢谢你。”

“以前也不见你有这么客气。”庄卿开车出小区，出门转弯时，见一对老夫妻从对面路口经过，他停下车调低灯光亮度，直到夫妻二人完全走出街道，才再度前行。

路灯时不时透过斑驳的树荫映照在庄卿脸上，符离突然意识到，坐在他旁边的这个妖，不是一头未成年龙，而是一个支撑着整个修真界生存空间的沉稳男人。他不该拿着几千年前的妖界水平，来衡量当下的情况。

很多他自以为的事情，不过是他还没从雾影山走出来，固步自封而已。

时移世易，沧海桑田，莫过如此。

霎时间，风雨突来，天地灵气涌动，汇聚成巨大的灵力旋涡，朝庄卿这辆汽车袭来。

注意到天地的异象，庄卿看了眼身边已经入定的符离，拉了拉领带，方向盘一打，车子开进僻静小巷，停了下来。

狂风刮起地上的枯叶，庄卿脱下西装外套，拉开车门走了下去。黑暗中，有无数个闪着奇怪光芒的妖兽出现。庄卿看着巷子四周的各种动物，本命剑出现在手中。

“今日有我庄卿在此，谁敢上前一步。”他半眯起双眼，凌厉的目光扫视一圈，眨眼间便有大半的妖兽离开。

一头豹妖站在墙头，三条尾巴微微卷曲，上半身前倾，似乎不甘心离开。妖界灵气稀薄，突破中的妖修，就是世界上最大的灵气储藏瓶，若是把“储藏瓶”吃掉，便可得到无法估量的修为。本本分分的妖修，不敢有这样的想法，然而对于邪妖来说，这就是无法拒绝的诱惑。

“唰——”银光闪烁，庄卿飞身回到原位，那头试图上前的豹妖，三尾已去两尾，血流不止。

“下一次若是再有妖试图上前，断的便不是尾，而是首级。”庄卿伸手轻弹剑刃，一滴血顺着剑尖滴落在地。

“喵！”一只猫厉啸一声，四周的妖大都识趣离开，只余隐没在黑暗处的三妖。

“都出来吧。”庄卿盯着黑暗处，“既然三位已经决定做这种违背管理处条例的事情，又何必再躲躲藏藏。”

“庄卿龙君好魄力，一手剑法使得出神入化。”巷子深处走出一个须发皆白的男人，此妖庄卿见过，不久前青霄派掌门赵修摆寿宴时，这个男人与他们同桌。

这个妖修的原形是鬣狗，修为将近三千五百年，在修真界已经算是见识比较多的长辈。虽然性格阴晴不定，但还不曾伤过人。

看来不是他不伤人，而是他善于伪装，在利益不够大的时候，他会把本性掩饰得很好。

与鬣狗一起出现的两个妖，也是那天在寿宴上出现过的贵客。有庄卿护法，还敢留下来的，恐怕也只有这些修为高深的老妖怪了。

“庄卿龙君，我等敬你身负国运，又是修行奇才。但是今晚的灵肉，我们志在必得，你还是快快让开，免得我们失手伤了你。”鬣狗目光落到庄卿身后的汽车里，眼神里满是贪婪。

“修真管理守则明文规定，不可伤害其他妖，三位是修真界德高望重之辈，难道要违抗管理处的条例？”庄卿想也不想，往前走了几步，遮住了鬣狗贪婪的双眼。

“无知小儿！”鬣狗早就受惯了后辈的尊重，对庄卿这种冷漠的年轻妖早就心有不满，但是顾忌对方的身份，不敢在外表露。现在他急着吃下符离的肉，又见庄卿多事，哪还忍得住。

“滚开。”

庄卿冷笑，也不跟鬣狗斗嘴，直接召借天地运道，汇聚于剑上，朝三妖袭去。

鬣狗等妖修为再高，在运道面前也是害怕的，三妖狼狈躲闪，鬣狗骂道：“庄卿小儿，有本事你不借运道，与我公平决斗。”

“我用本就属于自己的东西一打三，何来的不公平。”庄卿挽起一道剑花，肃杀的剑意直袭鬣狗面门，鬣狗狼狈躲开，耳朵被削去一大半，鲜血染红了他半边脸。

“三位还要继续吗？”庄卿右手持剑，表情清冷，“我给三位两个选择，一、今夜被我斩于剑下。二、马上离开这里，去管理处自首，按规矩办事。”

鬣狗抹了一把脸上的血，不甘心地看着天地汇聚过来的灵气，能引起这么大的灵气动荡，车里一定有个很厉害的妖修突破心境，若是此妖修为精进，知道他们今夜所作所为，会放过他们吗？

可若是坚持与庄卿过不去，他们又有几成把握，能在庄卿手中把灵肉抢走？现在这个境地，可谓进退两难。横是死，竖的活路也不长，不如拼一把。

“废话少说，今夜就手底下见真章。”

踏过重重迷雾，符离抬起自己毛茸茸的爪子，看到的是被鲜血染红的渭水，还有河面上漂浮着的尸首。

虎、羊、猪、牛、猿……

几条青龙肆意啃噬着他们的身体，享受着狂欢的盛宴。

愤怒、杀意、仇恨齐聚在胸，符离想要撕碎这些青龙，恨不能一口咬断他们的脖子，剔其骨，食其肉，吸其血。

“世间万物总是离不得怨憎恨痴贪爱悔。”

“活着，自然就离不得这些呀。”

“小离说得对。可你要记住，若想成为了不起的大妖，就不能受七情六欲的影响，唯有静下心去思考，才能拨开迷雾见真相。”

符离停住脚，然后一步步从血红的渭水边退了出来。

漂浮在水面的尸首，睁大双眼看着他，每一双眼睛都在问他，为什么不帮他们报仇，为什么不杀了青龙，为什么要任由他们的遗体被青龙吞噬。

河面上的血腥味，飘进符离的鼻子，他闭上眼深吸一口气，再睁开眼时，眼前的渭水已经不见，出现在他面前的，是雾影山，还没有被毁去的雾影山。

“小离。”小麻雀落在他的肩头，“你不是要看百鸟朝凤吗，我把山林里的鸟儿都叫过来了。”

符离这才发现，四周的树上停满了各种鸟，这些鸟儿全都羽色鲜艳，双眼清亮，它们看着小麻雀，也看着他。

“啾。”小麻雀扇了扇翅膀，飞到空中对符离道，“看好了啊。”

无数的鸟腾空而起，跟在小麻雀身后，引吭高歌，美丽的羽毛在阳光下散发着绚烂的光芒。凤凰一舞，天地失色。

符离趴在草丛里，静静地看着尽情舞蹈鸣叫的小麻雀，眼中露出怀念。

“小离。”刚鬣大王端着玉碗过来，里面装着香味扑鼻的灵粥，“怎么又只顾着玩，连饭食都不用？”

看着面前这碗冒着热气的灵米粥，符离化为人形，接过了碗。

“大王。”符离捧着玉碗，眼眶发红，“我以前有没有夸过小麻雀的舞蹈很漂亮？”

刚鬣大王茫然不解地看着他。

“我想你们了。”他眨了眨眼，眼眶微微发红，“谢谢你。”

身边的雾影山、百鸟朝凤、憨厚的刚鬣大王，一点点变得模糊起来。符离把玉碗放在地上，化为白兔趴回原地，怔怔地看着四周所有景色化为黑暗。

咚。

玉碗里的灵米粥轻轻颤动，似乎还想勉力维持着幻境中的一切。

“刚鬣大王做不出这么好吃的粥。”符离猛地睁大眼，眉宇间出现一道红线，仰天长啸一声。

“吼！”

咔嚓。

玉碗化为碎片，消失在无尽的黑暗中。无数灵气涌入符离的身体，天上的浓云滚滚，劫云即将来临。

电闪雷鸣，暴雨倾盆。雨水把庄卿剑刃上的鲜血冲刷得干干净净，他抹了一把脸上的雨水，转身走回汽车边。抬头看了眼天空中的劫云，他拉开车门，把符离抱进怀中，缩地千里成寸，来到了一望无际的海面上。

妖修修为精进，必历劫雷，这是对身体与神魂的淬炼，谁也不能帮忙。

把符离放在海面，庄卿化为金龙，为符离护法。

一道。

两道。

三道。

……

九道。

“吼！”巨大的兽鸣声自海底传出。

天空中降下无数灵气，笼罩了整片海域与大地，海底的游鱼欢快地跃出水面，接受着上天赐予他们的礼物。

庄卿化为人形，走到了符离面前。

趴在海面上的，是一只三四十厘米，眉间带着一撮红毛的白兔子，只是它四爪尖利，双瞳灿烂如金，煞气外漏。

四目相对，庄卿在对方金色的眼瞳中，看到了几缕红光。他沉默片刻，把兔子揪起来放进自己臂弯：“折腾大半天，就是身体变大了点？”

他轻轻抚摸着兔毛，食指上渗出一滴龙血，浸入兔身，煞气顿时消失得无影无踪。

忽然，海底激流暗涌，仿佛有什么即将破水而出。

庄卿面色一变，抱起还没有恢复元气的符离朝空中飞去。就在这眨眼间，海中冒出一只巨大的怪兽，这个怪兽长相十分奇怪，獠牙从下往上长，长相丑陋无比。

它一声长啸，整个海面都开始晃动起来，就像是海中的水，要被他赶去陆地上，海浪滚滚。

“梼杌？”庄卿面色大变，“它怎么会被封印在海中？”

传说中，梼杌与几只凶兽相斗，已经亡于三危山，为何会在此刻出现？

看着海面上的气流与不断往四周奔涌的海水，庄卿脸色一点点沉下来，照这样下去，海岸上一定会爆发巨大的海啸，就算现在紧急调离，也无法保证所有沿海地带的人，都来得及逃跑。

上古的大妖，光是本体，都已经强大得造成天地异象。

海岸边，蚣蝮低头看拍打着脚面的海水，神情有些凝重。

“东海有兽，以天地万物灵气为形，五彩神石为体，得天道机缘化而为妖。身体小如鼠兔，若食灵物则为瑞，若食龙则为凶。”蚣蝮伸手，感受着天地降下来的灵气，面色并不好看。

“是为犼也。”

“你在说什么？”跟着他一块儿过来的鲲鹏舒服地哼了哼，“这股灵气太舒服太浓郁了，也不知道是谁历劫成功，竟然能够得到天地如此巨大的回馈。”

蚣蝮道：“如果你遇到一个孩子，他以后有可能变成拯救很多人的好人，也有可能变成毁灭世界的坏人，你是选择留下他的性命，还是杀了他？”

“咱们别拿孩子这个生物体打比方好吗？”鲲鹏揉了揉手臂，只觉得浑身发麻，“从四千二百年前开始，我最怕的就是小孩这种生物。”

“那就换成年轻人。”蚣蝮把手背在身后，“你会怎么选？”

第七十八章

天降灵气，是天道对修为大成妖修的一种奖励，也是天地的一种回馈。回馈的灵气越多，就代表着这个妖修越强。

鲲鹏嗑着瓜子，满不在乎地道："我生来就是凶兽，不懂你们瑞兽忧国忧民的心思。反正在我看来，在妖兽什么坏事都没有干之前，谁都没有资格决定他的生死。知道我最看不惯你们瑞兽哪一点吗？"

蚣蝮看到鲲鹏脸上有几分嘲讽，以及对天道的蔑视。

"打着忧国忧民担心万物的旗号，做着自以为是的事情。"鲲鹏冷笑，"既然他能出生于天地，就说明他有存在的意义。他若是瑞兽，是万物之福；他若变为凶兽，才是你们瑞兽该操心的时候。"

灵气降落在掌心，一点点渗入皮肤，滋养着皮肤下的血肉。蚣蝮把手背到身后，看着海面不说话。

"再说了，你既然把这个问题问出口，说明你内心已经有了选择。"鲲鹏拍了拍身上的瓜子壳，"心生犹豫才会有疑问，你若是真有杀意，何必拿这种问题来问我这个凶兽？"

下不了手就老实承认得了，非要在他这只凶兽面前找个台阶，可真够矫情的。

"你说得对，就算他要毁天灭地，我大不了毁了这身龙骨，也要护住脚下这方土地。"蚣蝮正准备离开，看着脚下突然暴涨的浪潮，面色不太好看。

"这股味儿……"鲲鹏喃喃道，"是梼杌。"

梼杌凶残成性，食人食妖，行事十分嚣张。若是上古的凶兽有个凶残度排名榜，梼杌绝对能进前十名。鲲鹏跟梼杌、禺彊这些不是一路妖，因为鲲鹏自认坏得有原则，而梼杌之辈，是坏得十分随性，毫无道理可言。

暗黑的海水不断翻涌，庄卿看着脚下从海面冒出来的巨大怪兽，抹了一把符离身上滑溜溜的毛："符离，你刚进阶修为不稳，先从这里离开。"

符离从他怀里跳出来化为人形，除了面色有些苍白以外，看起来与往日没有什么差别。他摇了摇头："不行，我们都不是他的对手，你一个人留在这里没有用。"

看着狂风大作的海面，庄卿握紧手中的剑："曾有传言，梼杌神力非凡，唯独惧怕朱雀。"他转头看符离，俊美的侧脸在雷光的映照下，白得有些过分："我记得你有把朱色扇，或许能阻挡一下。"

朱色扇终究只是扇子，而不是朱雀。

更何况以他与符离的修为，也不可能比得过梼杌。这个时候，能拖一会儿时间就拖一会儿，多一分一秒，陆地上的生灵就多一分安全。

在这个不算寒冷的秋夜，不仅人间界安全部门接到了紧急通知，修真界的妖盟以及各大门派，都接到了管理处的紧急通知。

上古凶兽梼杌出现，请沿海地区所有生灵撤退。

梼杌？

过了一百多年安稳日子的修真者无法想象这是何等可怕的大妖，才会让管理处发出这样的紧急通知。有胆子小的妖修看到通知后，想也不想便变成原形往外逃窜。

与人类身体相比，在逃难的时候，反而是真身更有优势。

到临海城追击犯人的彭航加班到半夜，好不容易有时间能够回宾馆洗澡换件衣服，开着借来的破旧奥拓车，没行出多远，就看到大街上时不时有猫狗跑过，鸟儿也唰啦啦四处乱飞。

哐。

一只很大的乌鸦撞到他的车上，他的风挡玻璃瞬间出现裂缝。彭航盯着风挡玻璃有些傻眼，这是一只鸟撞上来，还是谁扔了颗铅球过来？

最奇葩的是，他发现这只撞坏他车的肇事鸟竟然啥事都没有，爬起来扇了扇翅膀，飞走了。

把车停到路边，彭航看到了一只背着蛇的狗跑过，看到了一匹狼与狐狸结伴跑过，他还是第一次知道，原来临海地区有这么多神奇的保护动物。

“哎，年轻人。”驾驶座旁边的车窗被人敲响，彭航看到外面站了一个头发花白的老人。

这大半夜的，怎么突然就冒出一个老头子？

彭航拉了拉身上的警服外套，打开车窗：“大爷，这么晚了，您怎么还在外面？”国内的治安虽然好，但是这大半夜的，摔一跤也不是闹着玩的。

“年轻仔，我看你一身正气，威仪不凡，是个积了几世功德的人，听大爷一句劝，今晚就离开这儿。”老头笑眯眯道，“今晚会有大事发生呢。”

“大爷，您是遇到什么事了吗？”彭航整理好身上的外套，“遇到麻烦，第一时间要去找警察。”

老人摇了摇头：“傻乎乎的。”

彭航一头雾水，他可是警界精英，破案无数，怎么就傻了？

老人似乎打算再说些什么，可是天上突然有惊雷响起，老人吓得面色大变，转身就快步跑进了小巷，速度快得让彭航怀疑自己的眼睛。

这跑步的速度，比他都还要快。

天空中雷光闪烁，彭航莫名觉得今晚有些邪门儿。点燃一支烟叼在嘴上，彭航看到下水道里有几只老鼠窜出来，头也不回地往高速公路方向跑。

他来临海城的次数不多，不知道今晚是特殊状况，还是临海城的动物就是这么有个性。他心里隐隐觉得不对劲，掏出手机拍了一段视频，发给自己一个搞自然现象研究的朋友。

然而他等了很久，视频也没有发出去，可能是受天气影响，手机信号不太稳定。

骂了一句脏话，彭航脱下身上的外套，有些心神不定地回到宾馆。临海城是个不算特别发达的城市，但是由于自然风光不错，所以即使现在中秋节还没有到，也有不少游客在这边玩耍。

彭航刚走到宾馆大门，就看到一家三口提着行李，匆匆忙忙从宾馆里出来，坐上一辆停在旁边的家用型代步车。不知道是不是他眼花看错，这辆车里似乎挤着很多小动物，但是他来不及仔细查看，这辆车已经开出了宾馆的大门。

也许是刚才看多了奔逃的动物，所以这一家三口给彭航的感觉，像是仓皇逃命。

这一家三口他之前在门口遇到过，女人温柔，小孩礼貌可爱，男人稳重可靠，是很温馨的一家人。这样的家庭，怎么会不顾及孩子，大半夜开车离开宾馆？

抬头看了眼雷电不断的天空，彭航皱起了眉。

海上，梼杌看着天上不断翻涌的云层，张开嘴大笑起来。

“天道，你想要灭了我没那么容易！”他张开大嘴，尖利的牙齿闪烁着寒光，就像是一道道锋利的刀锋。他身上苍白的皮肤带着几股诡异的红，身上有很多疤痕，像被什么破开又愈合了。

海浪翻涌，梼杌的真身终于全部冒出水面。

“据传梼杌是天地怨气所化，性格凶恶又顽固，而且他有很神奇的能力，只要时间不停止，天地怨气没有断绝，他就能够死而复生。”符离看着天上闪烁的雷光，咽了咽口水。

“梼杌不仅凶狠，还具有无穷的战斗能力，在上古时期，具有战无不胜攻无不克的悍名。”蚣蝮出现在二人身后，目光落到符离身上，笑道，“恭喜修为大进。”

“蚣蝮大人你怎么来了？”符离注意到蚣蝮身后还有个鲲鹏，有些惊讶，“鲲鹏大人？”

“干吗？”鲲鹏板着脸道，“我不能来看个热闹？”

上次禺彊现世，鲲鹏都等到打完了才来，这次竟然主动现身，可以说是非常难得了。

“都这个份上了，我觉得你不仅可以看热闹，还可以凑个热闹。”符离指了指海面上的梼杌，“比如跟他打一架？”

鲲鹏瞪着符离不说话。

“蚣蝮？”梼杌发现了蚣蝮，他肋下张开两翼，飞到空中与蚣蝮等人平视，嘲讽笑道，“没想到瑞兽竟与凶兽待在一块，可笑。”

忽然，他脸上的笑容一收：“像你们这种没有用处的兽，不如让我吃了，也算是有了点用处。”

蚣蝮面色难看到极点，他发现梼杌身上的气息十分杂乱，就像是……吞噬了其他大妖的妖力，才有了今日的梼杌。

“你把其他大妖融合了？”蚣蝮不敢置信地道，“你疯了？！”

“那些没用的废物，身为凶兽竟然想着避世或是沉睡海底，既然他们已经没有了用处，不如变为我身体的一部分，倒不算是浪费。”梼杌理所当然地道，“这有什么不对？”

上古大妖在短短一段时期内，消失无数，那时候蚣蝮只以为他们躲藏起来了。现在看到梼杌，他忍不住想，究竟有多少是自己藏起来，多少是被吞噬了。

“鲲鹏，你身为凶兽竟然与蚣蝮混迹在一起，真是丢尽了凶兽的颜面。”梼杌邪笑道，“我早就看出你心思不正，你果然背叛了。”

“背叛你个鬼，我什么时候跟你是一伙的？”鲲鹏叉腰骂道，“老子爱跟谁玩就跟谁玩，你算个什么东西，对我鲲鹏大人指手画脚？不要以为吞了几个小杂毛妖，就自认天下无敌，你如果真那么厉害，又何必在海底躲这么多年？当初在三危山，你不是挺得意风光吗，跑海里躲着干什么，不嫌丢妖？”

“闭嘴！”想起五千年前他被凤凰与朱雀逼得诈死脱身，四处躲藏不敢现身的日子，梼杌便觉得这是他妖生中的奇耻大辱，“鲲鹏，几千年不见，你这张嘴还是这么不讨喜。”

“那可真是巧，我觉得你的长相也越来越恶心。”鲲鹏看了眼海面上的动静，“今天是我们大妖之间的事情，你们这些不上台面的小妖都滚一边去。”

鲲鹏这是想让符离与庄卿先逃了。

“今天谁都别想走。”梼杌一眼便看出鲲鹏的用意，“能被你鲲鹏护着的小妖，肯定有特别之处。”他目光落到符离的手上，忽然大怒道，“朱雀扇！”

符离低头看着手中这把朱红色的扇子，神情中出现一抹深思。

这把扇子是雉鸡姐姐送给他的，因为扇面是红色，所以取名为朱色扇。据说扇中有五行中的火灵，能退邪祟。以前他没有机会用这把扇子，能用的时候，每个认识这把扇子的人，都称之为朱雀扇。

朱雀，天地四神兽之一，掌南方七星宿，掌管天地五行之火，镇守大地的南方，在人类历史上也有很多相关记载，甚至在人类皇室很多用具上，也有朱雀的图腾出现。

符离听白猿长老讲过很多有关朱雀的故事，那时候他问白猿，朱雀后来去了哪儿，白猿没有回答他，只让他去找雉鸡姐姐学习术法。

那时候他不懂，上次禺彊提到朱雀时，他忙着逼退禺彊养的青蟒，也没有多想。

现在忽然有了疑惑，雉鸡姐姐送他的这把朱色扇，究竟是从哪儿得来的？那时候他问雉鸡姐姐，是不是她做的，她没有否认，但也没有承认。

现在仔细想想，雉鸡姐姐身上的羽毛，有这么红亮吗？

“你身上有我讨厌的味道，我要先吃了你！”

梼杌忽然发难，双翼张开，海水化为冰刃，把鲲鹏与蚣蝮逼开，他直接朝符离冲了过去。刚进阶的符离，根本躲不开梼杌这一击。

“符离！”庄卿化为金龙，硬生生挨了冰刃一击，背上的皮肉被划出一道长长的血痕。

他的速度很快，快得像是一道光，在鲲鹏与蚣蝮还没反应过来时，已经毫不犹豫地甩龙尾拍到梼杌张开的血盆大口上。

龙血溅了符离一脸，他睁大眼睛看着拦在自己面前的金龙，黑瞳染上了金色。

第七十九章

符离听过很多次龙的痛嚎声，但是却从未见过一条龙的尾巴被咬得血肉模糊，鲜血四溅，却连一点声音都没发出。

他伸出颤抖的手，轻轻擦去脸上的血。龙血香甜充满灵气，符离低头看着掌心的血，金龙眼瞳中的血纹越来越多，最后染红了整双眼睛。

“符离……”庄卿张开龙嘴，发出的声音有些虚弱无力。龙尾对于龙而言，十分重要，一旦失去尾巴，变为龙形后，便再也无法翱翔于九天之上了。

符离反手扔出朱色扇，扇子如利刃般划破梼杌的脸，梼杌吃痛地松开嘴，口中的金龙也坠入海中，鲜红的血瞬间染红大片海水，血腥味弥漫到半空，符离伸出手接住飞回来的朱色扇，额间出现一道红色竖纹。

“好浓的煞气。”梼杌伸出舌头，舔干净嘴角的血，“真美味。”

天上一道惊雷响起，劈在了梼杌的身上。梼杌晃了晃身体，被雷劈断的角，竟又慢慢长了出来。

“只要这个世界上有生命，有怨气，有恨，天道又能奈我何？”梼杌抬头对着天空狂笑，白色的皮肤渐渐变为血红，他狂吼道，“我今日便吃了这条带着无数功德的龙！”

天道又算什么东西，他梼杌不用受制于任何存在。

察觉到天道对那条金龙的偏爱，梼杌反而放下符离，转头就要扎进海里，吞掉那条被他咬伤尾巴的金龙。然而就在他即将靠近水面时，忽然身后传来一声兽吼，他被撞出十几米远。

“吼！”

海水翻涌得更加厉害，海风呼啸，白色的兔子在雷电中仰天长啸，额间红色的毛，突然发出刺眼的红光，九条水柱冲天而起，兔子一点点长大，白毛像是染上了鲜血，变得亮丽如火。

“这是什么？”梼杌没想到自己被一只兔子撞飞，可是看到这只渺小的兔子竟然变成一只血红的怪兽，眼中露出了警惕之色。

然而鲲鹏与蚣蝮的脸色并不比梼杌好看，他们看着符离身上不断四散的煞气，快速布下结界，意图控制煞气传开的范围。

这种煞气，可以引起生物心底最邪恶的思想，让他们变得残暴、嗜血、疯狂。这是凶兽生来的本领，就像瑞兽生来就能带来丰收、好运、吉祥一样。

失去理智的符离站在海面上，血红的双眼死死盯着梼杌，张嘴咆哮。

“他想吃了梼杌。”蚣蝮看着符离红色的獠牙，掏出自己的随身法器，“若是让他真的吃下梼杌，他就会变成真正的怪兽，没有思想，没有情绪，只懂破坏与怨恨。”

蚣蝮知道，此时的符离比梼杌还要危险，他若是理智，就该选择趁符离此刻修为还不稳定，把他斩杀了。

但是看着血红的凶兽死死护着漂浮在海面上的金龙，不让梼杌靠近半分，蚣蝮化为原身，挡在了符离面前。察觉到身边有其他生物靠近，符离冲蚣蝮吼了一声，但是却没有做出攻击的动作。

“有意思，有意思。”梼杌哈哈大笑，“蚣蝮竟然护着这样的怪物，不知那些上古瑞兽知道你的行为后，会不会嘲笑你？”

“我辈修身修心，讲究的就是一个问心无愧。”蚣蝮并没有被梼杌这种言论激怒，反而优雅地摇了摇尾巴，“梼杌，我劝你还是放弃作乱的心思，回到你的深海里去。”

“可笑。”梼杌轻蔑地看了他们一眼，“就凭你们这些废物。”

很快蚣蝮与梼杌缠斗在一起，瑞兽与凶兽相斗，说是天地变色也不为过，天空中时不时有惊雷劈下，每一道雷都劈在了梼杌身上，然而被劈断烧焦的地方，很快就有新的血肉长出。

再强大的能力，在不死面前，都显得有些无力。

彭航站在宾馆窗户前，看着天空中闪烁不停的雷电，觉得自己似乎是在看一部灾难片的前奏，更可怕的是，除了他没有人知道灾难片已经开场。

今夜宾馆里的人似乎睡得格外沉，整层楼一点动静都没有。

“说你是废物，你就是废物。”梼杌看着被自己揍得口吐鲜血的蚣蝮，头上冒出两角，“若是五千年前，你尚可与我一战。可惜神兽青龙已死，你们这些子嗣没有祖龙祝福加持，又失去了人类的信仰，靠什么来压制我？”

“天道，除非你灭了天下所有生灵，不然就杀不了我。”梼杌看也不看受了重伤的蚣蝮，傲慢地俯视符离，“不过是只活了几千年的幼崽子，还想与我相斗？”

话虽这么说，他却发现这只怪异的妖兽身上的灵气怪异至极，与他接触的地方，竟被腐蚀了。

符离可不管梼杌说了什么，他脑子混沌一片，只想着杀了眼前这个东西，再护着什么。

可是要护着什么呢？

在他的眼里，天是红的，海是红的，就连他想要吞噬的怪兽，也是红的。见怪兽露出了破绽，他想也不想便冲了上去。

撕咬、煞气的侵蚀、与生俱来的腐蚀技能，符离的大脑，接受着身体本能的操控。这是妖兽们最原始的战斗方式，抛去了化为人形后的文明与虚伪，剩下的只有兽性。

与梼杌相比，即使是本体变大的符离也显得十分娇小。两兽缠斗在一起时，乍一看，还以为梼杌自己在蹦跶着玩。

鲲鹏一边护着受伤严重的庄卿与蚣蝮，一边还要注意符离与梼杌的争斗，巨大的鱼背驮着金龙与蚣蝮，望着天空的雷电，他有些绝望地想，这事搁到五千年前，谁会相信威风凛凛的鲲鹏大人，竟然会背着两只瑞兽呢？

这事放到以前，连他自己也不相信。

“咳咳。”庄卿从极度的痛苦中渐渐清醒过来，龙尾因为疼痛而轻轻颤抖，他看着天空中浑身血红的符离，化为人形，用手撑着鲲鹏的背慢慢爬起来。

“你想干什么？”鲲鹏注意到庄卿的动作，“混血龙，你不要命了。”

“符离不能再继续这样下去了。”庄卿扶着后腰上的伤口，掏出一件飞行法宝，嘴唇白中带着青。妖兽失去理智太久，就会彻底兽化，再也找不回本我了。

“符离只是你的手下，你至于这么拼吗？”鲲鹏不解，虽然他也挺喜欢符离的，但是这种情况下还愿意为对方搏命，他就不太懂了。他以前也收过小弟，帮他们出气揍一揍不长眼的对手倒还行，让他去送命，那就万万不可能了。

做妖嘛，当然有所为有所不为。

庄卿愣了一下，抬头见符离被梼杌的角撞飞，他再也无暇多想，催动法器上前接住符离，划破食指试图封印住符离身上的煞气，然而失去理智的符离根本不让他的手靠近，撞开他又与梼杌斗在了一起。

当初刚认识的时候，他以为符离只是修为不高的小妖，所以曾在他身上种下三片龙鳞。那时候他想感谢符离借赠打妖鞭，所以才做出这种事，怎么都没有料到，当初的无心之举，竟然可以帮着符离掩饰煞气。

庄卿觉得自己大概是疯了，遇到这种情况不是想着怎么处理符离，而是想办法帮他恢复正常，甚至帮他逃过天道的眼睛。

与符离缠斗这么久，梼杌已是伤痕累累，直到符离咬断了他的尾巴，终于惹怒了他。他再也不掩饰自己身上的凶煞之气，宁可天雷不断劈在身上，也要杀了符离。

“滚开！”梼杌用角顶开一道天雷，把符离死死按在脚下，他的脚不断被符离身上渗出的煞气腐蚀，又不断长出新的皮肉，鲜血流满了符离全身。

“吼！”尽管全身弱点已经暴露于梼杌眼中，符离血红的双瞳中，却没有半分惧怕。

梼杌讨厌这种渺小的生物，对自己露出如此无畏的姿态，张嘴就要把符离吞入腹中。鲲鹏再也坐不住，一个鱼摆尾，就扇偏了梼杌的嘴，梼杌一口咬在了符离的前爪上，而不是脖子上。

“鲲鹏，不要多管闲事！”梼杌冷冰冰地看了鲲鹏一眼，发现自己的唇舌竟也被腐蚀受伤，前爪前移，掐住了符离的脖子。

本以为找到个有意思的小玩意儿，没想到竟然不能吃。不能吃又碍眼的玩意儿，只能杀了。

一柄剑插进他的前爪，这柄剑含着无数功德，所以梼杌这只爪子瞬间化为灰烬。趁着梼杌断肢再生的瞬间，庄卿抱着符离躲到了一边。

“找死！”

梼杌张嘴吐出无数冰刃，朝庄卿与符离追去。在这瞬间，庄卿再度化龙，蜷缩在一起，把符离包裹在了身体中间。

预想中的疼痛并没有传来，庄卿看到一只红色的小鸟从云层中飞出，直接撞在了梼杌的眼睛上。梼杌哀嚎一声，失去的一双眼睛，竟没有快速地长回来。

红色小鸟在半空中变为一个穿着红袍的漂亮女人，她手持红鞭，眼中带着怒火：“竟然敢欺负我家的小崽子，老娘今天活劈了你！”手里的鞭子变为利剑，直接朝梼杌刺去。

正在哀嚎的梼杌，还没来得及躲闪，便被削去了双耳、尖鼻。不知这女人用了何种术法，梼杌身上只要被她伤过的地方，都没有长出新的出来。

然而这样并不能让红衣女人解气，她挥舞神剑，刀刀带肉，硬是把梼杌身上的肉，一块一块削了下来，更可怕的是，每一块大小相同，薄如蝉翼。

鲲鹏在旁边吓得瑟瑟发抖，他身体里有一半是鸟类血统，本能地对这只不明来历的鸟，有种畏惧感。他背着蚣蝮往旁边退了退，小声道：“蚣蝮，你见多识广，跟我说说，这位是什么来历。”

受了重伤的蚣蝮苦笑：“这位前辈修为高深，又有意遮掩真身，我看不出来。不过，能够把梼杌伤到这个地步的，应该是……”

“你们没事吧？”红衣女人忽然出现在他们两人面前，她笑容温柔如水，青丝柔顺地披散在身后，美如谪仙。

“没……没事。”鲲鹏快速地摇头，鱼形的他做这个动作有些艰难，差点把蚣蝮从他背上给摇下来。

“没事就好。”红衣女人目光落到蚣蝮身上，笑容更加温柔。

蚣蝮闭上嘴，默默摇头。

红衣女人满意地收起剑，扔给他一瓶丹药，转身踩在水面上，走到了庄卿面前。

庄卿蜷缩着龙身没有动，警惕地盯着红衣女人，不让她靠近。

红衣女人看着他戒备的神情，还有浑身不停滴入海中的鲜血，试图透过他的身体，看一眼被他护着的符离，然而庄卿把身体蜷缩得更紧。

“我是……”

红衣女人脸上露出愧色，张开嘴停顿了半晌，竟说不出接下来的话。尤其是看到这条尚未完全成年的金龙，拼命护着符离的样子，她更是难以启齿。

她转身走到伤痕累累的梼杌身边，掏出一只口袋，把梼杌给收了进去，然后再打了一个死结。她从怀里掏出丹药递到庄卿面前：“多谢你照顾我们家的孩子，我是符离的长辈，你可以叫我逐月。”

庄卿没有接这个自称逐月的女人递来的丹药，而是强撑着精神，声音冷淡：“符离跟我说过，他所有的亲友已死于渭水。”

红衣女人愣住，面上愧色更浓。

趁着她愣神的工夫，看起来受伤严重的庄卿竟然用血肉模糊的龙尾，卷着符离一头扎进了海底。

看着被鲜血染红的海面，红衣女人愣了半晌，摸了摸自己的脸。

“瞎了他的龙眼，我看起来像是坏人？”

她盯着海面看了几秒，又看了眼天上还未散开的天雷，咬牙跳进海里追了过去。

鲲鹏愣愣地看着漂浮着血沫的海面：“这女人认识符离？”

蚣蝮把丹药倒进自己嘴里，一脸麻木：“我不知道。”

知道也不敢说。

反正在这个女人跳进海里后，天上的天雷尽数散开了。

第八十章

有人说，海底是最奇妙的世界。

各种各样不曾见过的鱼，还有奇异的海底植物。

符离清醒过来时，眼前是一片金黄，四处弥漫着血腥与龙的味道。他动了动身体，发现这片金黄是庄卿身上的龙鳞，他被庄卿卷在了身体里面。

记忆有些混乱，他晃了晃脑袋，小声叫道：“庄小龙，庄小龙？”

庄卿没有任何反应，他蹬着后腿跳出来，落到地面化为人形，看到的是庄卿身上被海水泡得泛白的伤口，最可怕的是尾巴上的伤，深可见骨，血流了一地，身子不太自然地蜷缩着。

他想起来了，在梼杌准备一口咬死他时，庄卿化为龙挡在了他的面前……

无暇顾及自己身在何处，后面又发生了什么，符离掏出丹药，掰开龙嘴把药塞了进去。被他这么折腾，庄卿都没有醒过来，可见受的伤有多重。找到外伤药，符离先用灵力化开伤口四周的淤血，再把药敷了上去。

不管平时的庄卿有多沉稳，现在昏迷过去的金龙，还不是成年的模样。龙身上斑驳的龙鳞，无法愈合的旧伤，讲述了岁月在他身上留下的痕迹。

符离从小被娇惯着长大，无法想象没有长辈护着的幼龙是如何活下来的。把所有伤口都上好药，符离走到龙首处盘腿坐下，看着仍旧毫无动静的庄卿，伸手摸了摸他的角。

庄卿救过他两次了，每一次救他，都伤得极重。这条龙平日总说他脑子蠢，没有生活经验，实际上真正蠢的妖是他。若他真的聪明，又怎么会舍命相救，梼杌有多厉害，他难道不知道吗？

“我虽然讨厌光溜溜没毛的生物，不过……”符离看着蜷缩在一起的庄卿，在昏迷前的一刻，这条龙还不忘布下了一个结界，并且把他护在了身体里。

“傻不傻？”符离戳了戳龙头，“傻不傻？”

抬头打量了一眼四周，这是座豪华的宫殿，里面的摆设非常讲究，就是冷冰冰的没有半点活气，应该很久没有生物居住在里面了。宫殿的模样与青龙宫有几分相似，只是更奢华更讲究，符离大概猜到了这里是什么地方。

金龙一族的龙宫。

作为金龙族唯一的血脉，也只有庄卿打得开宫殿的禁制。只是这里没有龙卫，没有奴仆，再豪华都显得冷清。显赫几千年的金龙族，最终也不过落得如此凄凉的结局。

他叹口气，把手抵在庄卿的额际，灵气从他的掌心传入了龙体，打通经络，滋养着璀璨的龙珠。

输完灵气，符离发现自己修为精进不少，他靠着龙首懒洋洋地躺坐着，回想着之前发生的事情。他突破心劫，在庄卿的车上入定，后来经历天雷劫，修为大成，后来……

他皱了皱眉，记忆只停留在庄卿为他挡住梼杌，后面便什么都没有了。可是看庄卿身上的伤，明显不止尾部一处。不过一千九百多年的修为，就算合了国运，与梼杌缠斗这么久，也算得上是妖界奇才。若是因为他，害得庄卿陨落，他肯定无法接受。

“你还要在我身上靠多久？”

听着这冷冰冰的声音，符离忙转过身看庄卿：“你醒了？”

“嗯。”庄卿不想让别人看见自己伤痕累累的身体，化为人形从地上站起身，“跟我去内殿。”

符离伸手扶住了他的手臂，他看了符离一眼，沉默着没有推开他的手。

金龙宫很大，也很美。光是看到如此巍峨的建筑，就足以让符离想象出当年的金龙族是何等辉煌。他侧头看庄卿的脸，对方神情平静，对这座宫殿似乎没有任何感情。

“看我做什么？”庄卿忽然扭头，对上他的双眼。

这双眼睛长得真俊。

符离干笑一声：“我对这里不熟悉，你可不可以给我介绍一下。”

“不可以。”庄卿拒绝得很干脆。

符离：……

“这是我第二次来这里。”庄卿看着宫殿外的牌匾，上面写着“晨芳殿”三字，“上次来这里，是一千九百年前，那时候我才十多岁。”

“那么小？”符离扶着庄卿踏上台阶，“这些年就一直没有再过来吗？”

在庄卿看来，这里的一草一木都十分陌生，全是冷冰冰的味道：“有什么可来的？”

进入晨芳殿，里面是寝殿，床上的锦被仍旧干净绵软，仿佛主人只是暂时离开，天黑前就会回来。符离把床上的被子撤走，在乾坤袋里找出新的被褥换上，担心庄卿睡得不舒服，还特意多铺了几层被褥：“你先躺上来休息一会儿。”

“这是鲛人纱？”庄卿躺到床上，舒适的触感让他不自觉就放松了全身。

“可能是吧。”符离对这些身外之物并不在乎，在他的乾坤袋里，有着堆积如山的东西，他自己都说不清来历，自然也就不在乎。

“符离……”庄卿想到了那个自称符离长辈的奇怪女人，那个女人似乎是梼杌的克星，她一出现，梼杌便没有了还手之力，“你们那时候的妖，都有这些东西吗？”

“我不知道。”符离又塞了一颗丹药在庄卿嘴里，“我见过的妖并不多，出山的时间更少，我对整个妖界的了解，都来源于山中长辈们的口述。不过山里的妖修都拿这些东西当作寻常物，可能在以前，这些东西并不稀罕。”

庄卿摸着鲛人纱制成的被面，心情有些复杂，鲛人纱在所有相关资料记载中，都是十分稀罕的东西，即使是两千年前的相关古籍里。

所以是记载古籍的人见识太少，还是雾影山中的妖修深藏不露？

“符离，方才有一女修自称是你长……”

有人闯金龙宫外的结界！

作为金龙宫现在仅有的主人，庄卿对这座宫殿的感知能力最强，他面色一肃，从床上坐起身，沉声道：“来者何人，为何擅闯我龙宫？”

符离见庄卿神情并不轻松，起身拦在他的床前，把红鞭握在了手上。

外面无人应答，但是符离却听到了脚步声。

脚步声很轻，走得很慢，最后却在晨芳殿前停了下来。他们隔着一道殿门，符离没有动，殿外来者也没有动，庄卿看着挡在自己身前的符离，脸上露出深思。

“来者是客，我等本该以礼相待，只是在下的朋友身上有伤，暂时不能接待贵人。”符离不知道来人是谁，但如果是他们的朋友，不可能到现在还不出声，所以他很谨慎，“还请贵人见谅。”

逐月听着这个熟悉的声音，脸上露出似哭还笑的情绪，她拾级而上，手碰触到了殿门。

只要推开这扇门，就可以看到那个他们养了两千多年的孩子。

“贵人擅闯龙宫，连名讳都不愿留下吗？”

两千多年不见，这个孩子还是长大了。不再撒娇，不再懵懂无知，知道了怎么摆架子。

逐月咧嘴露出笑，笑着笑着，却红了眼眶。

她深吸一口气，用有些颤抖的声音道：“在下乃渭水小妖，雾影山逐月。”

殿内忽然安静下来，逐月忍不住有些担忧地想，那个孩子会不会怪她，会不会生她的气，又或是……结交了新的朋友，早已经忘了他们这些长辈。

雾影山……逐月？

符离以为自己耳朵出了问题，雾影山被毁，山上所有妖都葬于龙腹，又怎么可能……

“庄卿，她刚才说什么？”符离茫然回头看庄卿，想要知道是不是自己听错了。

“她说……”庄卿看着神思不定的符离，垂下眼睑，“她说她是雾影山逐月。”

那是个美得让天下雄性都无法移开视线的女人。

庄卿捂着胸口，那里难受得厉害，大概……是受了内伤还未痊愈吧。

符离猛地冲到门前，在打开门前的瞬间停下了动作。他转身看床上的庄卿，庄卿已经从床上坐起身，苍白着一张脸，看着他的眼瞳又黑又亮。

“你要小心。”符离走回床边，连下几道结界，“我担心这是陷阱。”

“我没你这么笨。”庄卿低咳一声，“你去看看吧，万一是真的呢。”

如果是真的，符离就有亲人了，从此再也不是孤家寡人。

安顿好庄卿，符离才再度走回门边，准备拉开房门时，门从外面推开了。

吱呀。

年久未用的大门，发出沉重的响声，在门打开的那一刻，时光仿佛已经静止。

看清外面站着的身影，符离眼睑微颤，没有逐月想象的愤怒与惊喜。他只是静静地看着她，好看的双瞳水汪汪的，一如当年可爱。

“小离。”逐月想让自己笑得更好看一些，可是声音一直发着颤，“这些年，你还好吗？”

符离歪头看门外的人，良久后问：“你是真的吗？”

逐月再也维持不住脸上的笑，红着眼眶点头，捂住嘴说不出话来。

符离走向她，伸手把她抱进了怀里。

“好久不见，雉鸡姐姐。”

“没大没小，叫我逐月姐。”

“大王说过，看到漂亮姑娘要叫姐姐。”

“叫你不要听那头死猪的话，都这么多年了，怎么还记得他的话。”

“你们的话，”符离笑弯了眼，“我都记着。”

庄卿看着殿门处相拥在一起的男女，胸口越来越闷，甚至还有些发酸，翻腾得难受。他伸手捂着胸，面上没有显露半分。

只是这么一点疼，他能够忍受。

符离与亲友多年未见，不能因为他这点小事，坏了氛围。

“小离，我……”

“雉鸡姐姐，大王他们呢，你跟他们在一起吗？”符离没有问他们当年为什么没有死，也没有问他们这些年去了哪儿，却问了其他妖的下落。

逐月默默摇头：“我不知道。”

她沉睡了两千年，再醒过来时，世间已无雾影山，好不容易找到符离，却不敢与他相认。直到梼杌作乱，眼见符离与庄卿熬不住，她才不得不现身。

“当年，究竟发生了什么？”符离道，“所有的妖都说，你们被青龙吃了。我不相信，点燃了很多迷穀枝，却找不到你们的身影。”

迷穀枝都找不到，只能说明一件事，他们已经死了，或是去了符离无法到达的地方。

“当年……”逐月刚开口，殿外就响起一声惊雷，她笑了笑，“当年发生了一些大事，现在暂且不提。刚才我看你的朋友为了护住你，受了很重的伤，我帮他看看伤。”

“好。”符离忙点头，“雉鸡姐，庄小龙身上有很多旧疾，我身上的药没法完全治好他，你有办法吗？”

“他这条龙性子闷，有什么事都爱藏在心里，受了伤也不说。”符离叹口气道，“简直让人操心。”

“你以前不是讨厌这种无毛又滑溜溜的妖吗？”逐月看着所有心思都已经放到朋友身上的符离，心中有着淡淡的失落，幼鸟终于飞出巢穴，找到他的同伴了。

“我们要用辩证的眼光看待问题嘛。”符离撤开结界，“他跟其他讨厌的龙不一样。”

逐月看到结界后的男人，长相俊美，气度不凡，身带无上功德。这是一个十分强大的妖修，假以时日，或许能有强大的成就。

小离跟这样的妖做朋友，也不知道是好是坏。

庄卿抬起苍白的脸，对逐月礼貌一笑，拱手道：“晚辈庄卿，之前不知前辈果真与符离有旧，有得罪的地方，请前辈见谅。”

“无碍，你也是为了保护小离。”

是个有礼貌的孩子，知道恭敬地称她为长辈。

第八十一章

“他的伤势很严重，我去外面给他配药。”逐月给庄卿做了一个粗略的检查，“旧疾未愈，影响了他的心脉。龙族五百岁跟一千岁时要经历两次大进化。他虽然挺了过去，但是伤了内里一直没有补起来。”

说得难听一点，就是天资卓越却营养不良，若是金龙族没有没落，这条金龙的修为，应该能再上一层楼。

“你好好照顾他。”逐月站起身，走出了内殿。

“符离？”等逐月离开以后，庄卿从床上坐起身，“你怎么了？”

他发现符离的情绪有些不对劲，在逐月出现后，符离的表现有些怪异，不仅精神有些恍惚，似乎还在逃避着什么。

“没什么。”符离摇头，把盖在庄卿身上的被子往上拉了拉，“你伤得这么重，要注意休息。”

“是什么给了你自信，让你觉得自己撒谎技术很高明？”庄卿咳嗽两声，转身背对着符离，“你不愿意说也没关系，就当我是多管闲事了。只是有些事不要憋在心里，你刚突破修为，不要影响了心境。”

看着庄卿的后脑勺，符离忽然有了倾诉的欲望。或许是不用看到别人的脸，让他感觉自在了很多。

“知道雉鸡姐姐没有死的那一刻，我是高兴的。”符离低头看着白净的手掌，“这两千年来，我无数次梦到他们站在雾影山上对我说，其实他们在逗我玩，他们没有死。可是当我醒来时，看到的只有破旧的山洞，洞外的荒草地。我一次次醒来，一次次沉睡，直到三年前几个迷路的人类，彻底地吵醒了我。”

“他们穿着奇怪的衣服，背着奇怪的包，最后被能够飞起来却没有灵气的铁盒子救走。”符离回忆着三年前刚醒来时发生的事情，“那天的阳光很暖和，我突然就有了下山的想法。”

“人类世界已经变了，他们不再相信神鬼，不再颠沛流离，我想起了宠物曾跟我说过的话。”

“他说什么？”庄卿看着帷幔上的龙纹，想要回头但却忍住了。

“他说，若是天下百姓能够安居乐业，吃饱喝足，那一定是个很美好的世界。”符离脑子里回忆着人类宠物温柔的嗓音，还有那充满期待的双眸，“时隔两千年，他的愿望实现了，所以我想替他出来看一看，再踏踏实实体验人类的生活，帮他实现没有完成的愿望。”

“你很喜欢那个人？”

“你说我的宠物？”符离点头，“他是个很有意思的人类，博学多才，给我讲了很多有趣的故事，就是命不太好，我只养了他几年，他就病逝了。可能我不适合养宠物，所以他才会死。从那以后，我就再也没有养过宠物。”

语气里有遗憾，有怅惘，还有怀念，但是悲痛却并不明显。

为了那个人类，符离愿意走出山洞去接触人间界。可是提到这个人类，却又不见多少哀痛，他看不明白符离的感情。他没有打断符离的话，想要知道得更多。

“我被雾影山上的长辈娇宠着长大，他们给了我他们所能拥有的。”符离白皙的指尖微微颤抖，“从小他们就教育我，身为妖者，有所为有所不为。若我出山后捣乱，他们可以替我兜着，但有件事一定不能做。”

“若食开灵智者，逐出雾影山，以后只为陌路。”符离声音颤抖，“我……”

吃了龙。

“我盼着他们全都好好活着，又盼着能与他们重逢，但又害怕与他们重逢。”符离无意识地摩挲着鲛人纱被，“我怎么能让他们知道，他们当作宝贝养大的兔妖，其实是一个对龙肉有着企图的不明妖兽？”

“想到我日后可能会变成他们讨厌的样子，我宁可他们好好活着，永远找不到我。而在他们心中的我，永远是那只容易满足，踹断一棵树都能让他们高兴的兔子。”

近乡情怯，故人所在的地方，就是故乡。

“说你脑子不好，你还不承认。”庄卿翻身坐起来，对符离道，“你什么时候吃过龙肉了？”

“那条青龙……”

“当年我跟白龙族打架的时候，也咬过他们，难道这就算吃龙了？打架还讲什么风度，能咬一口解气当然要咬一口，这不是很正常？”庄卿一本正经地道，“而且青衍还活得好好的，你这算什么违规？”

符离眨了眨眼，看着庄卿有些反应不过来。

“你如果真喜欢吃龙肉，私下里跟我来往时，怎么没见你把我给吃了？”庄卿咳嗽几声，嫌弃地在符离脑袋上敲了一把，“我看你是许久没有见到长辈，想要撒娇矫情了。想想自己的年纪，都四千多岁了，还像个小孩子一样，合适吗？”

“我……”

符离话还没说完，就看庄卿吐出一口鲜血，吓得他后面的话也不敢说了，忙输送灵力到他体内。

奇怪，体内经脉都已经打通了，怎么还会吐血？难道是他修为不够，没有检查出来？让灵气在庄卿身体里转了一圈后，符离不太放心地塞了几颗丹药到庄卿嘴里。

“你给我吃的什么？”

“没什么，就是普通的无极丹。”

庄卿喉头有些发哽，无极丹五百万一颗，现在他嘴里有五颗……

两千五百万。

这一次，庄卿不仅胸闷，心口也开始痛了。

符离见庄卿吃了丹药后，脸色比刚才还要惨白，低头闻了闻丹药瓶，是这个味儿，药没有坏。

逐月推门进来，把手里冒着热气的碗端给庄卿：“这药是温养你经脉的东西，你先喝了，后面的药方子我再给你配。”

“姐，你在里面放了什么，味道怎么这么恶心？”符离见到逐月进来，脸上已经自动挂上了笑。

“没什么，就是以玉髓为水，太岁与建木叶为主药，喝了毒不死他。”逐月伸手拉了拉符离的耳朵，“你身上那些丹药，哪样不是我配的，难道还怀疑我的医术？”

符离这才放心地点头，对庄卿道：“喝吧，不会有问题的。”

玉髓。

太岁。

建木。

庄卿抬头，符离与逐月正笑眯眯地看他，仿佛他手里端着的只是一碗再普通不过的药。

可是这三样东西哪种普通了？玉髓与太岁还好，或许费尽心力能够找出一二，建木早已经绝种，建木叶是从哪儿来的？

与这碗药相比，刚才那五颗无极丹实在太微不足道了。庄卿终于明白，符离大手大脚的毛病从哪儿来，原来是上梁不正下梁歪。

“怎么了，怕苦？”符离从乾坤袋掏出两枚珠玉果，“喝完药就吃这个。”

逐月偷偷看庄卿，不是吧，看他刚才护住小离的模样，全身都是伤都没有惧怕半分，竟然还怕喝药？

庄卿很想解释自己不是怕苦，但是看着逐月与符离的表情，忽然觉得自己的价值观与他们可能有点不一样。默默低头喝完药，还没来得及啃珠玉果，他就觉得整个世界天旋地转，意识也渐渐模糊起来。

他被暗算了？！

极力睁大眼睛，庄卿想抽出自己的剑，可是看到符离带笑的脸，手上的动作顿住，随即闭上眼晕了过去。

“这条龙有点特别，竟然能喝完整碗药挣扎一会儿再晕过去。”逐月上前仔细看了几眼，“不像你小时候，一碗药还没喝完，倒地便睡。”

“他小时候吃了很多苦。”符离捡起落在一旁的药碗，给庄卿调整好舒服的睡姿，盖好被子，“所以有很强大的意志力。”

殿内安静下来，逐月盯着符离看了一会儿，叹口气道：“让他先睡一会儿，我们出去说说话。”

符离握了握拳，没有看逐月的眼睛，只是点了点头。

两人走出殿门，在八仙石桌旁坐下，逐月从乾坤袋里掏出点心瓜果等物，都是符离曾经喜欢吃的东西，符离看着一一摆到桌上的食物，指尖轻颤。

“这么多年不见，也不知道你还会不会喜欢这些东西。”逐月笑起来的样子很美，比那些所谓的蛇妖狐妖好看几百倍。

“喜欢的。”符离从盘子里拿出一块点心塞进嘴里，“一直都喜欢着。”

“喜欢就好。”逐月又拿出一瓶灵髓，“慢慢吃，不要噎着。”

符离想起，以前在雾影山时，山上的妖修们最喜欢喂他喝灵髓，吃饭的时候喂，玩耍的时候喂，他学会了一套术法也要喂。直到雾影山被毁，他才改了喜欢喝灵髓的习惯。

喝了口灵髓，符离低头笑道：“没有以前的好喝。”

“这也没办法，现在的灵气不纯，灵髓也比不上了。”逐月见符离嘴上说着没有以前好喝，却把整瓶灵髓喝得干干净净，脸上的笑容更加灿烂。

“看到你交到了好朋友，我很高兴。”逐月伸手摸了摸符离的发顶，“咱们的小离，终于长大了。”

符离眼眶有些发红，不好意思地扭开头：“我以为你们都……”

“对不起，我们以为能够陪伴你长大，看着你成为了不起的大妖。然而天机难改，能得一丝机缘，已是我们图谋多年的结果。”逐月欲言又止，“不过我们的小离很了不起，即使我们不在，也能变得如此优秀。”

“他们都还活着，对吗？”符离也顾不得自己神情有些狼狈，“对不对？”

“小离……”逐月面上露出无奈，“我不清楚。”

符离颓然地耷拉下肩膀，随后很快便双目灼灼地看着逐月：“一定还在的，当年我赶过去的时候，没有看到你们的……其他妖修都说你们葬身于青龙腹中，但是青龙族的修为那么低，连我都打不过，又怎么可能是你们的对手。”

“我不知道当年发生了什么，但是我今天很高兴。”符离揉了一下眼睛，露出灿烂的笑脸，“你们还活着，真好。”

“小离……”逐月笑中带泪，起身把这个自己看着长大的孩子拥入怀中。

这个被他们当作宝贝宠着，天真得犹如白纸一样的孩子，还是在他们看不见的地方长大了。他学会了思考，学会了怀疑，也学会了控制情绪，是真正地长大了。

明明应该是很高兴的事情，她却难过得想哭。若是可以，她宁可能够宠他一辈子，不用面对厮杀，不用面对外面的复杂，只需要开开心心、没心没肺地活着。他们可以给他最好的法宝，最美味的灵物，最珍贵的宝物，给他所有最好的。

“对不起。”

我们给了你最美好的生活环境，却又半途让你独自面对外面的生活。

“雉……雉鸡姐姐，你能不能放开我。”符离小声道，“外面来人了。”

“你从小到大，我什么地方没看过，有什么好害羞的。”雉鸡松开符离，转头看着门外，对外面的众人笑了笑。

林归、楚余、朝云、宁轩呆呆地看着与符离拥抱在一起的美丽女人，半天回不过神来。方才鲲鹏告诉他们，老大受了重伤，他们火急火燎赶到这里，老大没看到，却看到符哥与陌生女人深情相拥，这是不是有些不太合适？

“符哥。”楚余最先反应过来，“老大还好吗？”

“他吃了药，已经睡下了。”符离摸了摸自己的脸，“你们站在外面干什么，都进来。”

“不知这位前辈是？”楚余发现自己看不透眼前这个女人的修为，甚至察觉不到她身上半分妖气，但是能够站在金龙宫里的，又怎么可能不是妖。他恭敬地行了一个礼，神情有些戒备。

“我是符离的姑姑。”逐月仿佛没有看出这些后辈的心思，笑着道，“你们可以和符离一样，叫我逐月姑姑。”

姑姑？

楚余看着这个人形外貌不过二十多岁的女人，心中震惊更甚。符哥修为有四千多年，这个女人能让符哥叫姑姑，说明她修为更为高深，也更可怕。

符离知道雉鸡姐姐又想占小辈们的便宜，他没打算在同事面前说出逐月的真身，所以没有说话。

“原来前辈竟是符哥的长辈，失敬。”楚余见符离没有反驳，上前给逐月行了一礼，“晚辈见过逐月姑姑。”没有想到符哥还有姑姑，这一点真让妖意外。

“不必多礼。”逐月在乾坤袋里掏出几个小瓶，“来来来，见面礼。”

拿到见面礼的四妖又惊呆了，这是……无极丹？这位逐月姑姑是土豪吗，见面礼竟然是一人一瓶无极丹？

“都是些不值钱的小玩意儿，大家不要嫌弃。”逐月不好意思地笑，觉得自己拿这些东西给后辈当见面礼，确实寒酸了些。但是当年出事的时候，她还没来得及收拾太多细软，就被雷劈得半死不活，身上的好东西确实不多了。

不值钱？

楚余想到了当初符离拿出一大把灵草，还不当回事的模样。

所以说，符哥其实是富妖二代吧？

或许是逐月的行事作风与符离十分相近，大家虽然还很好奇她的身份，但是渐渐地在她面前放开了手脚，跟她说了不少符离在管理处的事情。

符离受不了他们话里话外的吹捧，干脆让逐月跟楚余等妖闲聊，他进去照顾昏迷的庄卿。

听到大家都很喜欢并且敬重符离时，逐月脸上的笑容更加慈爱，从乾坤袋里捧出一把灵果，兴致勃勃地道：“继续说。”

楚余看着那堆灵果，咽了咽口水：“符哥还很爱学习，打定主意要去考大学与公务员。”

弄清公务员是什么意思后，逐月脸上露出无奈的笑，那孩子还是如此念旧，把那个人类宠物的话，也放在了心里。

“多谢诸位这些日子照顾符离，这孩子从小被我们娇惯着长大，若是有什么做得不好的地方，还请大家多多包涵。”

“逐月姑姑，您这话太客气了，是符哥照顾我们才对。”楚余提起符离把他从画皮鬼手里救出来的事情，“若不是符哥，我今日就不能站在这里了。”

要讨好长辈，夸她家孩子是最好的办法，尤其是稀罕自家孩子的长辈，这是楚余在人间界总结出来的经验。

“差不多到时辰熬第二道药了。”逐月看了眼天色，“你们可以进去探望伤员，不过不要吵着他，那个孩子伤得有些重，需要好好睡一觉。”

那个孩子……是指老大？

楚余等人思绪有些凌乱。

“不知有什么地方需要我们帮忙的？”楚余跟着站起来，他们一直没有机会去看老大，心里早就担心得不行，只是碍于逐月的情面，不好直接开口。万一让对方觉得他们不信任她，那就不好了。

“不用了。”逐月满不在乎地道，“治这点小毛病，暂时用不上帮手。”

楚余识趣地没有跟上去。四妖对望一眼，转身往庄卿所在的房间走去。

这座金龙宫，他们也是第一次来。当年楚余刚跟在庄卿身边做事时，曾因为好奇问过龙宫的事，可是老大听到“龙宫”这个词脸色很不好，从那以后他便再也没有提起过这件事。

今天鲲鹏与蚣蝮过来跟他们说，老大可能带着符离进了金龙宫疗伤，他们都很意外，甚至怀疑鲲鹏在骗他们。可是当他们来到金龙宫外，毫无障碍地通过了金龙宫结界，就知道鲲鹏没有说谎。

金龙宫比他们想象中还要奢华精致，仅看到宫殿一角，他们就能想到当年金龙族的盛况。

进入内殿，他们看到躺在床上安睡的庄卿，还有安静坐在旁边的符离。

“你们来了？”符离注意到他们，“坐吧。”

楚余见庄卿身上的被子盖得严严实实，面色也还算好看，小声问道：“老大的伤，怎么样了？”

“服了药已经没有大碍，现在我们打算治好他身上的旧疾。”符离垂下眼睑，“这次若不是因为我，他也不会受伤，我欠了他……”

“符哥，这话虽然不该我来说，但是我觉得以老大的性格，大概是不想听你这样说的。”楚余道，“你与老大是同僚，在战场上同生共死，互相帮助不是应该的吗？更何况你也曾在危急关头保护老大，有什么欠不欠的，这不是伤感情吗？”

符离笑了笑，似乎接受了楚余这种说法。

没过多久，逐月端了新熬好的药进来：“小离，唤醒这条小龙。”

符离伸手在庄卿身上点了几下，庄卿开始慢慢恢复了意识。

庄卿很讨厌身体失去控制的感觉，当年有个所谓的好友，曾为了利益，在他的食物中下毒，若不是他那时强撑着一口气逃出，早已经没有了性命。

睁开眼，第一眼看到的便是符离明亮的双眼。

“你感觉怎么样？”

庄卿这才发觉，自己的身体似乎轻盈了很多，刚才还疼得钻心刺骨的后腰，也没有了痛感：“感觉好了很多，谢谢你。”

“既然药有疗效，那把这碗药也喝了。”符离扶着他坐起身，把碗端到他嘴边，“这药喝了以后，你会睡上一个时辰。你不用担心，我会在旁边守着你。”

庄卿看着这碗药，握住符离的手把药碗拉得离自己近了些，然后低头喝下了这碗会让他昏迷的药。

在他意识陷入昏迷时，脑子里浮现了一千多年以前的画面。

“庄卿，我是心思阴毒，可你呢？”

“你这辈子都没有相信过谁，也不敢相信谁。若我可恶可鄙，你就是可悲可怜。”

第八十二章

人在未出生时，是什么样的感觉呢？

温暖、安全、懵懂？

庄卿睁不开眼睛，他觉得自己仿如还未出生的胎儿，被包裹在一片温暖中。遥远处，有人在唱一首听不懂的歌谣，曲调怪异又带着几分熟悉。

“天地有万物，天大，地大，万物亦大。天地初为混沌，天为天，地为地，万物苏。”

“天道无情亦有情，万千生物有生机，死者亦生，生者亦死。”

“世间无永生，有永恒……”

庄卿睁开眼，发现自己的神魂站在一条暗红的河流之上，河岸两边开满了红色花朵，艳丽无比。他站在一艘乌篷船上，摆渡人戴着斗笠，身上穿着鸦青色袍衣，空荡荡的袍角在空中飞舞着。

“你要带我去哪儿？”庄卿低头，看到自己穿着锦袍，上面绣着华丽的暗纹。

“自然送你去该去的地方。”摆渡人头也不回，“公子改变了凶兽为祸天下的命格，功德无量，来生为帝，定会名留青史。”

庄卿这才意识到，他是在做梦。

修真者轻易不会做梦，但凡做梦，就是某种预兆。

摆渡人又唱起了那首怪异的歌，庄卿站在船边，看着河流两边的景色慢慢后移，在河面上看到了自己的倒影。这张脸，不是他。

或者说，这不是他的长相。

河面上的倒影很模糊，看不太清他的容貌，但是庄卿一眼就可以看出，自己的身材不是这样的，也不会穿这种冥衣。

飞龙白玉冠，金纹玄云袍，但是样式却是逝去之人的衣服。

“这里是忘川河上？”

他觉得脸颊上有些痒，伸手一抹，掌心多了暗红的血印。

“公子见识非凡……”摆渡人回身看他，苍老的脸变得有些怪异，随后停下摇桨的手，“公子来错了地方。”

庄卿看着他不说话。

这是冥界的摆渡人，据说就是他们从阴差的手里，接新亡的鬼魂渡过忘川河，来到十八阎罗殿，接受判官的命批。

庄卿记得冥界早已经进行了现代化管理，忘川河上面架起了高桥，开设了定点班车，摆渡人早已经失业，有些开始做旅游船生意，听说日子过得还不错。

“我送您回去。”摆渡人给庄卿行了一个大礼，把船调头往回划。

潺潺水流声，徐徐微风，若不是河水的颜色有异，很容易让人想到江南的三月，美好又安静。摆渡人又唱起了那首怪异的歌谣，庄卿闭上眼，抓住空气中的异样，从梦境中挣脱了出来。

再度睁开眼，看到的便是床柱上漂亮的符纹，庄卿发现体内的龙珠又强大了不少，身上的旧疾已经全消，整个人舒适无比。

“你醒了？”

庄卿回头，看到了坐在床边的符离，一双带笑的眼睛好看极了。

“我睡了多久？”庄卿从床上坐起身，他觉得自己浑身都充满了力量，修为精进了不少。

“没多久，就一晚上。”符离掏出一个玉瓶，“啊，张嘴。”

这是在哄孩子吗？庄卿看了符离两秒，认命地张开嘴巴。

药丸入嘴即化，庄卿感到一股灵气冲向四肢百骸，每一个毛孔都舒适至极：“这是什么？”

“从逐月姐那里拿来的好东西。”符离从乾坤袋里取出一套衣服给庄卿，“整座雾影山，逐月姐最擅长炼药，从她那儿拿到的药，肯定是好东西。”

“你也会炼药？”庄卿一点符离手中的衣服，这些衣服就自动套在了他身上。

“我那时候喜欢偷懒，学东西又没耐性，在炼丹炉前坐不住，所以虽然知道炼丹的步骤，但没怎么亲自炼过丹。”符离看了看庄卿身上的衣服，对自己的眼光很满意，庄小龙穿这套果然好看。

想起逐月可疑的身份，还有强大的能力，庄卿几乎能够想象得到，符离从小过着什么样的舒适日子。想要的东西，只需要说一句就会有人送到他手上，只要有一点不高兴，自然会有大堆的妖哄着他开心。

“理论上的巨人，实践上的矮子？”庄卿挑眉。

“也不能那么说，我就是贪玩了那么一点点。”符离用手比了一段小小的距离，极力挽留着自己身为前辈的尊严。

庄卿正欲开口，听到门外传来脚步声，脸上的笑意收敛起来，看向门口。

“你醒了？”逐月推门进来，看到庄卿身上的衣服，笑着道，“难怪小离早上匆忙出海，原来是为了买这套衣服。”

“多谢前辈相救。”庄卿上前，给逐月恭恭敬敬行了一个大礼。

“不必如此多礼。”逐月避开半礼，伸手虚扶，“小离是我看着长大的孩子，你为了救他才伤成这样，要说谢，也应该我来说。”

“前辈误会了。”庄卿后退一步，作揖到底，还是把这个礼行完，“与同事风雨与共，是我自己的意愿，这是为了我自己，所以无须谁来道谢。前辈救了晚辈，还治好了晚辈的旧疾，是晚辈欠了前辈的人情。”

逐月愣了片刻，才明白庄卿这话里的意思。救符离出于他本心，所以谈谢是对于这份心意的亵渎。然而她救他是人情，所以他要说谢。

想明白这一点，逐月不怒反喜，为符离找到这样的好友而喜悦。

“在我心里，小离就是我的孩子，你与小离是好友，也就等于是我的子侄，救自己的子侄是应该的，又何须谢？”逐月脸上的笑容更加温和，“你说对不对？”

“逐月姐……”

“符小离，跟你说了多少次，要叫姑姑！”

“不行，刚鬣大王说了，看到漂亮的女孩子，就要叫姐姐，不能叫姑姑。”符离坚持摇头，“大王才是一山之主，我们要听他的。”

“那头蠢猪，就不知道教点好的。”逐月暗暗骂了一句，抬头对符离笑道，“你这么会哄女孩子，现在可有找到喜欢的女妖？”

庄卿目光在符离身上流连，没有说话。

符离茫然摇头：“为什么一定要找到喜欢的女妖？”

“唉。”逐月摇头，“还是太小，不懂这些，等你再大点就明白了。”

“逐月姑姑，晚辈在人间界有住所，您与符离多年不见，不如先到晚辈那里与符离好好叙旧？”庄卿没让找女妖的话题继续下去，反而邀请逐月到自己家里做客。

热情好客的态度，与平时的高冷完全不符。

符离想，不管庄小龙平时多么别扭冷淡，内里还是个尊重前辈的好孩子嘛。

“不用了。”逐月笑了笑，“我还有些事，就不跟你们去人间界了。”

“逐月姐！”符离有些焦急，也很不解，“为什么不跟我一起生活？”就像两千年前那样，不好吗？

“我还有些事没有办，平时有空我会来找你们的。”逐月伸手帮符离理了理身上的衣服，“你都这么大了，难道还要姑姑我一直陪着你，不怕朋友笑话你？”

“庄小龙不会那么无聊。”符离下意识把“朋友”转换到庄卿身上，“逐月姐，你跟我们一起走吧，一起走吧。”

“都四千两百岁了，怎么还像个小孩儿似的。”逐月笑，伸手在符离头顶敲了敲，“犹记得四千两百年前，蠢猪跟白猿把你带回来的时候，我伸手想要抱一抱你，结果你哭得天地变色，日月无光。眨眼你就长得这么大了，还交到了不错的朋友。”

放在符离头顶的手没有用什么力，柔软温暖，就像是她对符离的那份爱。

“乖了，等姑姑办完事就来找你。”逐月见符离还是不太高兴的样子，从乾坤袋里掏出一大堆东西，倒进符离的乾坤袋，“有事就给姑姑传音，不要让自己受委屈。这些零嘴你拿去吃着玩，吃完了姑姑这里还有。”

“逐月姐，我不是小孩子了。”符离摸着乾坤袋里的那些灵果，想起了小时候山里长辈们要出山，又不带他去时，就爱给他塞东西。

没想到都过去这么多年了，他们还只会这一招。

“不是小孩子，就要学着离开家长独立生活。”逐月点了点符离的额头，“你放心，只要你需要我的时候，一定能够找到我。”

两千年的分别，尽管符离有意淡化这两千年的事，但是逐月心里很清楚，符离是不想再与她分开的。

若是可以，她也想一直陪着亲手养大的孩子，像以前那样宠着他，护着他。

然而不能。

当年他们窥得一线天机，好不容易活下来，还想长长久久地活着，还想多陪符离一些时光。

符离知道，只要雉鸡姐姐下定了决心，谁也不能改变。他勉强笑了笑，从乾坤袋掏出很多为鲲鹏与蚣蝮准备的零食，一股脑儿全都塞给了逐月。

“这是人间界的零食，有些味道还挺不错，虽然没有灵气，但是吃着打发时间还不错。”符离在逐月耳边小声道，“里面还有两袋珠玉果，上古时期只有凤凰才能吃得着，你先拿去吃着，我回去再多摘点给你。”

凤凰是鸟，雉鸡姐姐也是鸟，凤凰都喜欢吃的东西，对雉鸡肯定有好处。早知道会与雉鸡姐姐重逢，他就该多摘点。

“珠玉果？”逐月脸上的笑容微凝，很快又恢复了正常，“那可是好东西。”

站在符离身后的庄卿多看了几眼逐月，逐月抬头对上他漂亮的眼睛。

庄卿对逐月微微一笑，俊美的容颜如春风化雪，好看得不能言说。

第八十三章

这孩子长得可真俊俏。

逐月收回视线，对符离道：“我去收拾一下厨房，你跟你的朋友收拾好以后，就回去吧。”

符离动了动唇，没有说出反对的话。

金龙宫的膳房很干净，架子上还摆着一些食材，角落里有玉碗被摔碎，经过了两千年的时光，也没有谁来收拾。逐月一拂袖，碎玉碗便躺进了废料篓中。

逐月在膳房里走了一圈，发现了很多奇怪的地方，金龙宫的样子不像是渐渐没落，更像是居住在里面的龙，忽然遭受重创，所以整座宫殿还维持着最辉煌时期的摆设。

“逐月姑姑。”庄卿站在门口，神情平静地看着逐月，“不知这座宫殿，您可还满意？”

“你伤势刚好，怎么到这里来了？”逐月扭头看庄卿时，脸上带着笑，“不愧是金龙族居住的地方，果然讲究。”

“若是姑姑不嫌弃，可以暂居此处。”庄卿观察着逐月脸上的表情，“不知姑姑意下如何。”

“身为长辈，我还不至于占你们小辈的便宜，你的好意我心领了。”逐月随手收起自己放在厨房里的药材。

“既然如此，姑姑身为长辈，为什么要骗符离？”

逐月诧异地看着庄卿，对方面无表情，竟让她想起了还未消逝的瑞兽苍龙。那时候苍龙镇守大地东方，受无数生灵崇拜，这些生灵也常以苍龙的形象做图腾，每年都会祭祀苍龙。

后来随着苍龙在人间现身的次数越来越少，渐渐人类便把镇守天地四方的神兽传为青龙、白虎、玄武、朱雀，苍龙这种叫法也被人类遗忘，以至于现在住在青龙宫的那几条龙，也好意思自封神兽青龙的后裔。

“你这话是何意？”逐月脸上的笑容敛去，柳眉倒竖。

“在符离心中，你们是他最敬重最亲近的长辈，你们说什么他都相信。”庄卿跨过门槛，走到离逐月五步远的地方站定，“但是你们真的没有骗他吗？”

逐月看得出这条金龙不是冲动的性格，她对他又有救命之恩，以对方的性格，不应该做出跑来膳房追问她这种行为。对方看透一切的眼神，让逐月有些不太自在，她移开了自己的目光。

“你还太年轻，有些事，不知道比知道幸福。”

“符离不是孩子，他有选择知道真相的权利。”庄卿想着符离刚接触人间界时傻乎乎的性子，无端替他委屈起来，“你们给了他最单纯的生活环境，又让他毫无预兆地接受与你们的分别。你们有没有想过，若是这两千年来他没有躲在山洞沉睡，而是遇到心思歹毒的人类，他又该怎么办？”

身怀异宝，性格又单纯，被人骗去珍宝还是轻的，若是走上歪路，最后被天道灭去……

想到这些可能，庄卿心中的怒意怎么都掩饰不住，他冷笑：“前辈修为高深，晚辈不敢无端猜测您的真身，但是您真的是雉鸡？”

逐月沉着脸道：“小辈，你太无礼了些。”

强大的威压让庄卿额头上冒出了冷汗，身上仿佛压了大山一般，差点跪了下去。

“大人的事情，小孩子知道得太多不好。”逐月脸上带着笑，“你很聪明，也很讲朋友义气，小离能交到你这样的好友，我为他感到高兴。但是我们自家的事情，还是不需要外人来插手。”

她叹口气，看着眼前这个脸色煞白，却没有后退一步，甚至连畏惧之色都不曾显露的后辈，倒是对他高看了几分，几千年前，她若是使出这一招，不知有多少妖修跪下叫她大王。

"有些真相，不让他知道，是为了他好。"逐月收起了威压，把手背在身后，"看到小离现在生活得很好，我已经放心了。"

"传说驻守天地一方的朱雀大人，身带五行真火，她能祛除天地一切怨气，给天下带来祥瑞。"庄卿反问，"敢问逐月姑姑，这个传闻是真是假？"

膳房变得死一般寂静。

"五千年前为真，现在为假。"逐月沉默良久，看着窗外的小花园，"天地早已经不需要朱雀的镇守了，所以这个世界也不需要有朱雀的存在。"

"晚辈明白了。"庄卿退后一步，对逐月深深一揖，"晚辈告退。"

他一步步后退，直到出了膳房，才转过身朝外面走去。

逐月站在门槛边，看着这个年轻妖大步走出院子，突然笑了一声，符小离能跟这个小朋友做朋友，倒是好运气。明明猜到了她的真身，还敢跑来质问她，为符小离鸣不平，这份心意难得了。

"你找到想要的东西了？"符离看到庄卿回来，见他两手空空，以为他已经把东西放进了乾坤袋里，便道，"还有其他想要带走的东西吗？"

庄卿看着符离脸上开心的笑，沉默着摇头。

唰啦啦。

一只朱色的小鸟过来，嘴里还衔着一封书信。符离伸手，小鸟落在他的掌心，化为一根红色的羽毛。符离拆开信，看完以后，脸上露出几分失落。

"怎么了？"庄卿见他捏着信封与羽毛不说话，整个人也蔫巴巴的，皱起了眉。

"没事。"符离摇头，垂着脑袋道："逐月姐留信说，她已经离开了。"

"你不要……"

"我没有难过。"符离猜到庄卿要说什么，"知道他们还活着，我已经很高兴了。"

"人间界有种说法，叫作做好事有善报。"符离把羽毛与信收好，"回去后我就好好念书，争取尽快考上公务员，为人民服务，多做好事，多攒功德，说不定很快就能与其他长辈见面了。”

庄卿觉得自己刚才想的那些劝人的话丝毫用处都没有，因为心怀考公务员梦想的符离，有着崇高又远大的目标。他愣了愣，点头道：“你说得有道理，好好加油。”

“不过我们叫逐月前辈为姑姑，你叫前辈为姐姐，是不是有些不太对？”庄卿觉得符离在占他们的便宜。

“挺对的啊。”符离理直气壮地道，“我比你大两千两百岁还有零头，你都可以叫我叔叔了。”

庄卿皮笑肉不笑地道：“是吗？”

看到庄卿的表情，符离立马改口：“当然，我们俩关系这么好，就不用讲究那些不知变通的规矩了，平辈相交就好。”

“谁跟你关系好？”庄卿目光落到符离细白的脖子上，忙收回自己的视线，脸颊发烧道，“你说再多好听的话，今年扣掉的工资，我也不会给你发回来。”

“我是那种为了金钱折腰的人？”符离伸手揽住庄卿的肩膀，一副哥俩好的模样，“知道你们年轻妖性格别扭，我就不跟你开玩笑了。不过，这次的事情，谢谢你。”

“你不要想太多，只要是管理处的员工，我都会好好护着。”被符离揽着肩的庄卿全身僵硬，腰间像是绑了大石头，迈起步子有些同手同脚。

符离只是笑，庄卿不经意转头，恍然间觉得，符离的眼中就像是有星光，闪耀极了，也好看极了。

梼杌被逐月抓走，但是他造成的海浪，还是影响到了临海城。靠海比较近的低楼层住户半夜接到相关部门通知，全都避到了高地。不过也幸好当地相关部门反应快，突然的涨潮虽然造成部分财产损失，但并没有人员伤亡。

对于安全部门而言，这已经是他们预想中最好的结果，哪次自然灾害没有造成财产损失，更何况这次发生的事情十分严重，差点就要让整个临海城陷落了。

临海城气象局接到上级通知时，还觉得上级无理取闹，他们天天在临海城检测气象，根本就没有任何海啸征兆。偏偏上级还强制要求他们发紧急撤离通知，他们心里既委屈又无奈，双方扯皮了很久他们才把这个通知发了下去。想到之前其他几个地区被网友骂得狗血淋头的同行，他们已经能够想象，明天早上他们挨骂的惨状。

没有想到后半夜海啸就发生了，幸好各部门早已经做好了紧急救援准备，不然以海啸突然而至的势头，老百姓不知要受多大的罪。

网上已经有临海城的市民夸奖当地相关部门救灾及时，气象局如何神预测了。军人们半夜蹚水背市民到安全地带，居委会工作人员半夜一家一户敲门通知，市民自发用皮划艇救邻居等各种感人照片，也都发到了网上，引起了赞誉一片。

有网友称，他晚上下班时，看到很多动物四散奔逃，说这些动物一定是察觉到天灾，才提前逃走。有人说这是伪科学，有人说动物对大自然的感应能力比人类强，这个问题网友们争论了很久，最后还是有人觉得，临海城遭了自然灾害，大家却还在网上争论这些问题，实在有些不道德，大家才偃旗息鼓。

彭航看着网上一些有关临海城动物四散奔跑的照片，摸着下巴沉思，看来不是他一个人发现了这种异状。他之前看过一篇文章，说动物奔逃不一定是自然灾害的预兆，所以用动物异常行为来预测天气，是不准确不科学的做法。

他昨晚给当地气象局打过电话，当时他们说天气没有任何异常，到了半夜才突然通知撤离。还有那些救援的军人，好像早就有准备，所以在灾害发生时，才会有这么快的反应。

走出宾馆，他帮着附近的居民把垃圾抬到一边，就听到一个熟悉的声音。

“幸好没有出现人员伤亡，这次真是太危险了。”

第八十四章

看到符离那一瞬间，彭航脑子里只有一句话：怎么又是他？

现在潮汐刚退，街面上脏兮兮的，为了避免有疫病传染，临海城所有工厂都停止上工，学校也停止上课，由专业人员进行城市消毒与卫生清洁，所以街道上行人很少。

现在符离一行人穿着干干净净走在街道上，口罩手套都不戴，就连鞋面上也没有沾上泥点，彭航莫名觉得这行人就像是误入了这个地方，与四周的环境格格不入。

符离一行人出海后，本来打算马上离开，可是想到遭了海啸的临海城，他们决定到城里看看。大致看了一圈后，他们放心了不少，此地没有怨气，也没有出现人员伤亡。

人类在灾难来临时的救援机制很完善，对普通百姓的生命安全也看得很重，也算得上是人类社会的一种进步。

涨了海潮，第二天又出大太阳，街道上又闷又热，穿着迷彩装的军人们推着大箱大箱的垃圾往垃圾车走，时不时有普通市民揣着水果、瓶装水过来，想要塞给这些军人，但都被拒绝了。

朝云看着这些被太阳晒得满头大汗的年轻人，眼中露出敬佩。她在女皇身边待过，对这些纯粹的军人，向来抱着尊敬的态度。

“女士，这边的泥水比较多，你可不能往里面走。”一个推着小推车的小伙子笑着露出一口白牙，他指了指前面的小巷，“路面还没有清理干净，大家暂时少出门。”

“谢谢。”朝云看了看身上的长袖束腰裙，再低头看了眼脚上干净漂亮的红色高跟鞋，对小伙子感激一笑。

“不客气。”小伙子没有再多看一眼朝云，推着车匆匆走了，脚上的绿胶鞋沾满了泥水。

楚余有些动容："每次看到这种场面，就会让我觉得，费这么多神，做这么多事，都是值得的。"

"这些人真可爱。"符离看着在街道上面忙碌的这些军人，转头看到一位老爷爷指使自己不到五岁的孙女给军人送水，如果军人不要，小孙女就张嘴哭号，哭得让军人只得暂时停下来，拧开瓶子喝上几口水。

在某些时候，小熊孩子也有大作用。

正常的人类果然拿幼崽没有办法。

大概是这位老爷爷的"馊主意"开了一个坏头，很快就有好些不到十岁的"熊孩子"捧着饮用水或是水果出来了，死活扭着让这些军人喝点水，休息一会儿。

还有一些青壮年也扛着铲子或是扫把出来帮忙了，一时间街道上热闹非凡。

虽然总有各种讨厌的人类出现，但还是可爱的多。

"符离先生。"

符离扭头，看到一个穿着夹克，胡子拉碴的男人朝他走过来，男人的神情有些憔悴，一副没有睡好的模样。他想起了来人的身份，脸上露出惊讶的神情："彭警官，你怎么在这儿？"

彭航是都城的警察，怎么会在临海城？

"出公差。"彭航没有跟符离说自己的工作内容，幸好符离识趣，也没有继续问下去，不然气氛会尴尬。彭航从衣兜里拿出烟，给符离身后的众人散发，见这些人都没有抽烟的习惯，他摸了摸烟盒，还是控制了想抽烟的欲望，"几位这是打哪儿来？"

"他们都是我的同事，来……这边游玩的。"符离顺口撒了一个谎，"没有想到刚来没两天，就遇到这种事。我们老板就让我们出来，看看有什么需要帮忙的地方。"

彭航在符离一行人脸上扫视了一遍，最后把目光落到庄卿身上，对他微笑：

“你好。”

“你好。”庄卿对彭航礼貌颔首。

彭航视线落到朝云干净的高跟鞋上，把玩着手里的烟盒：“相关部门安排了专业的救援队伍，各位有这份心意是好的，不过外面的空气质量不太好，诸位还是回去休息吧。”

“警察先生说得对，专业的事情，还是交给专业人员来解决合适。”庄卿点了点头，对符离等人道，“我们回去。”

符离笑眯眯地向彭航道别，彭航点燃一根烟，看着他们的背影在街道尽头消失，总觉得这个长隆公司在招收员工的时候，不仅要看才华，还要看长相。男的俊，女的美，一点都不接地气。

吐出一口烟，他掏出手机让同事查符离的出行记录，以及酒店入住记录。不知道为什么，他总觉得这个叫符离的人有些邪门，做的事情更加邪门。

记录很快查了出来，符离在两天前购买了某航空公司的头等舱机票，从都城飞临海城，入住的酒店也有相关登记，没有任何不对劲的地方。

彭航挠了挠头，难道他是职业病犯了，看到稍微有些特别的人，都会觉得不对劲？这个符离的工作经历虽然很离奇，但是品性却不错，做了不少好人好事。想到这点，彭航觉得有些不好意思，自己不该这么揣测没有违法乱纪的市民。

要不然……这两人还真是安全部门的人，来临海城为了办案？

“符哥，我觉得那个警察看你的眼神有点不对劲。”楚余道，“你是不是在他面前露馅儿了？”

“应该不会。”符离摇头，“那个人类，一看就是坚定的唯物主义者，就算在他眼皮子底下闹鬼，他也会自动想出各种科学的理由来解释。”

庄卿听着符离与楚余讨论了一路唯物主义与闹鬼，淡淡开口道：“就算他发现了也没关系，一个失忆咒就可以解决。”而且当初他带着符离去派出所时，打着安全部门的旗号，那个警察也知道。以那个警察的性格，可能会自动帮他们想出完美的理由。

“你说得对！”符离当即点头，表示坚决拥护庄卿的意见。忽然，他脸上的笑容收敛起来，抬头看着远处某栋被淹了整整一层楼的民居：“那栋楼里好像有人。”

楚余吸了吸鼻子，肯定道：“是人类的气味，还有……福寿膏的味道。”

“福寿膏？”庄卿面色沉了下来，“你确定？”

楚余点头：“就是这个味儿。”作为道家第一鱼，他能对自己的感应能力负责。

某个民居房里，几个男人蹲在床上或是桌上，看着屋子里漂浮着的家具，表情有些茫然。他们只是绑了两个孩子来临海城，没想到没待几天就遇到这种事。

老大慢慢吐出一口烟，整个屋子弥漫着福寿膏的气味。他看了眼被捆在一起，坐在柜子上不敢哭不敢闹的孩子，磕了磕烟管上的烟灰：“海潮已经开始退了，等外面恢复正常秩序，我们就要想办法把这两个孩子处理了。”

早知道这次会引得都城的警察追到这边来，他就不接这票生意了，现在惹出这么多麻烦，一不小心他跟一帮兄弟也要被套进去。

“老大，那些从都城过来的警察盯得正紧，我怕这事不太好办。”旁边一个胖子死命吸了吸鼻子，光是闻到这种烟的味道，他就觉得有些陶醉。揉着鼻子让自己变得清醒一点，“这海潮就算退了，外面也还有那么多军人在清理城市，帮着市民整理房屋，我们一直躲在这里，恐怕也不是事儿。”

老大猛吸几口烟，看着地面上浑浊的水，忽然眼神变得狠厉起来：“既然涨了潮，淹死一两个孩子也是意外，告诉那边。”与其让这批货砸在自己手里，还不如早点处理了。

“老大，你的意思是……”

“告诉合作方，就说货洒了，下次给他带好的。”老大把烟杆放下，指着两个孩子，“处理了。”

趁着他们这边地势低，还没有人经过，不如把这两个孩子扔下去，让潮水把他们冲走，造成意外死亡。老大心一狠，就吩咐手下去做这件事。

胖子找来两块胶布，把两个孩子的嘴给粘了起来，一手拎起一个，踩着水准备把这两个孩子从二楼窗户扔下去。然而诡异的事情发生了，这两个孩子被扔下去后，并没有沉到水里，一只巨大的乌龟背起两个小孩子，眨眼便游到了路边。

他以为自己眼睛出了问题，用力揉了揉，就发现两个孩子与大乌龟不见了，窗沿边多了一只皮毛白净的肥兔子。

“胖子，你在发什么呆？”老大见胖子站在窗户边动也不动，有些不耐烦地道，“你还要眼睁睁看着他们被淹死不成？”

一点人性都没有，扔都扔了，还要看着他们被淹死。不像他，天生心软，看不得这种残忍画面。

“老……老大，兔子，有只兔子。”胖子说得结结巴巴，话音中还带着几分恐惧。

任哪个人看到巨大无比的乌龟后，又看到一只干净得过分的兔子出现在面前，都会觉得这个画面诡异。

“兔子怎么了，你他妈这辈子没见过兔子？”老大指了指身边一个小弟，“把兔子抓来加餐。”这句话刚说完，就听到“砰”的一声，胖子重重摔倒在地，溅起一地的脏水。

“怎么回事？”老大擦去脸上的泥水，看到胖子脸上站着一只毛茸茸的小白兔，胖子在水里挣扎着，可是怎么都爬不起来。

屋子里的几个人觉得这个场面有些毛骨悚然，有个人甚至吓得咽了咽口水，在安静的屋子里，吞咽声格外明显。

然后他们就看到，兔子……咧嘴笑了。

咧嘴笑了！

啊啊啊啊啊，兔子怎么会笑？！

两个小时后，彭航接到了临海城派出所的电话，说几个男人在某栋民居里又叫又闹，引起了救援人员的注意。这些男人自称是都城绑架案的嫌疑人，要警察马上把他们抓走，临海城这边不太清楚案件的经过，所以请彭航去确认。

彭航：？

这是不是有哪里不对？

第八十五章

彭航赶到派出所，看到几个嫌疑人神神道道的模样，莫名想起不久前拎着啤酒卤肉跑来自首的包工头。

“真的有妖怪，那只兔子会吃人！”

“有只几百斤重的乌龟，孩子被乌龟带走了。”

“有妖怪，他们要吃掉我们，警察同志，你们一定要保护我们。”

几百斤重的乌龟有多大，兔子才多大，还能吃人？有人怀疑他们是故意装精神出了问题，好逃避法律责任，但是带去做精神测试，一切正常。

最神奇的是，有人在某条街道上发现了那两个被绑架的孩子，他们安安静静坐在屋檐下，手里还捧着面包与牛奶，就像是出门玩累了，坐在路边休息一下。

彭航觉得自己的脑子有问题，在这些离奇事情发生后，第一个想到的竟然是符离。思来想去，他最后只能接受一个结果，那就是符离的身份与安全部门有关，所以就算有一些怪异的行为，那也是与工作有关。

想通了这点，他没有再特意去查机场出入监控镜头，来判定符离究竟有没有乘坐登记中的航班。

中秋节，阖家团圆的日子。

包御做了很多宫廷月饼，摆满一桌，把桌子抬到了天台上。

吹着寒冷的夜风，楚余抬头看天上的月亮，好奇地问：“符哥，拜月有什么讲究？”

“月华能够提高修为。”符离抬头看着天空中的皎月，对天台上的妖修们道，“你们都有自己的修炼术法，我没有什么可以指导的。拜月增加的修为，就像是你上班时偷偷兼职赚的钱，对大家的正统修为方法没有任何不好的影响。”

符离这么一说，大家更加正经，理好衣服的折角，下定决心等会儿一定好好拜月。

见大家如此郑重，符离走到庄卿身边，小声问："你要去拜吗？"

庄卿不答反问："你呢？"

"当然要拜，我以前每年都拜的。"符离抓住庄卿的手腕，在天台上找了一个好位置，"等下我们站在这儿拜。"

庄卿看着他亮闪闪的眼睛，扭头望着空中的月亮："好。"

正在整理衣服的张柯看到符离站在另一边，正准备跟过去时，被楚余一把抓住："你干什么呢？"

"我去跟符哥站一块儿。"张柯不明白楚余为什么要抓住自己，"你拉我干吗？"

"站什么站，你的眼珠子怎么长的？"楚余压低声音道，"没看见今晚老大都跟着过来了，人家两个大帅哥站在一起，那是养眼，你戳过去，就跟人参里面冒出一根老萝卜似的，好看吗？"

张柯：……

这个形容词有点狠，不过看到站在符离身边的庄卿，他确实歇了凑过去的心思。

月上中天，符离道："不拘礼仪，抱着虔诚之心拜一拜就行。"

月亮又不是人，不讲究繁文缛节。诚心者，作揖就会受到月华回馈，若是不诚心，就算是三拜九叩也没有用。他转头看庄卿，对方也看着他。符离双手合十，闭眼躬身对月亮一拜，下一刻化为白色兔子，前爪合拢，完完整整行了一个礼。

华光投在他的身上，仿佛有无数光芒笼罩在他身上，每一根毛发都在发光。庄卿静静看了符离一会儿，对着月亮拜了下去。

月华带来的力量十分温和，拜下去后，他整个人仿佛包裹在一个温暖的盒子里，暖融融地让人想要沉睡过去。时间像是只过去了瞬间，又像是过去了很久，等他睁开眼时，天已经快要亮了。

"你醒了？"一块月饼递到他面前，拿月饼的手白嫩精致，衬得月饼也仿佛变得可口起来。

庄卿拿起月饼，转头看旁边，其他同事已经抱着月饼盘腿坐在地上吃起来了，案桌上摆着的月饼，一块都不剩。

“这些后辈吃东西太凶残了。”符离从乾坤袋里摸出两盘月饼，“幸好我眼疾手快提前抢了两盘，不然我们就没得吃了。”他一边说，一边塞了一盘递给庄卿，又掏出两个软垫，盘腿坐在了地上。

庄卿捧着一盘月饼，看着符离豪迈的坐姿不说话。

“坐啊。”符离拍了拍身边的软垫，扔了一块月饼到嘴里。他的嘴巴看起来并不大，但是月饼掉进他嘴里后，就像是掉进了无底洞，一点影子都不见了。

庄卿学着符离的样子坐下，咬了口手里的月饼，味道确实还不错，最难得的是，上面充满了灵气。这股气十分纯粹，没有沾染上凡尘中的污秽。

难怪他们会为了几个月饼抢成这样，原来不是为了月饼，而是为了上面的灵气。

“以前在雾影山的时候，我们也喜欢摆祭品拜月，拜完以后大家就坐在一块儿分吃祭品，很热闹。”符离掏出一瓶灵髓递给庄卿，“吃饼的时候喝点水，别噎着。”

庄卿打开瓶塞喝了一口，整个身体都跟着舒适起来。

“山上的妖修有些擅长乐器，有些擅长歌舞，大家又唱又跳，常常玩得忘记了年月。”符离脸上露出笑，这是他在庄卿面前提起雾影山时，笑得最洒脱的一次，“虽然现在雾影山不在了，但是大家可能还好好活着。只要他们还在，随处都能是雾影山。等以后找到他们，我就带你去参加雾影山的聚会，请你泡灵泉，喝灵酒，看最美的歌舞。”

看着他脸上的笑，庄卿没有提有关逐月真身的事情，他擦了擦自己的嘴角：“好。”

他也想看看养大符离的那些妖修，想要了解一下，符离曾经生活的方式。

虽然他自己也不明白，为什么会有这样的想法。但是身为修行者，他不想太过压抑自己的真实想法，很多不知道缘由的事情，只有做了才明白是为什么。

“你在梼杌嘴里救了我，我想跟你说谢谢，但是这两个字太轻，我说不出口。”符离亮亮的双眼看着庄卿，“救命之恩无以为报，我会对你很好很好，才不算折辱这份情谊。”

他说的不是恩情，而是情谊。

“什么情谊，你不要给自己脸上贴金。”庄卿低头接连吃了两三块月饼，喝了口灵髓，抬头还是那副面无表情的模样，“我又不是小孩子，不需要你对我好。”

“我知道你很了不起，但是好歹给我个面子呗。”符离又掏出一瓶灵髓给庄卿，“我想对你好，你就勉为其难接受一下，看在大家是同僚的分上，行不行？”

庄卿撇头：“随你的便，无聊。”

“太阳要出来了。”符离突然拍了一下他的肩膀，指着东边的天空，“你快看。”

庄卿顺着符离指着的方向望去，那边的天空已经亮起了一条线，在黯淡的天幕上格外刺眼。这条线是开启光明的钥匙，很快东边的天空越来越红，鸭蛋黄似的太阳慢吞吞地从天际爬了出来。

白日来临。

“早饭我们吃煎蛋吧。”符离盯着朝阳看了很久，转头对庄卿道，“去你家做饭。”

庄卿把最后一块月饼吃进肚子，把盘子塞给符离，站起身拍了拍裤子：“走吧。”

“去哪儿？”

“去我家做饭。”

楚余等人抢完所有月饼，看完朝阳升起，扭头往身后一看，符离与庄卿早已经不在天台上了。

“老大跟符哥什么时候溜了？”

“在你们抢最后一块月饼的时候。”黄灿摸了摸自己的胡子，“今天不用上班，我回去休息了。”更重要的是昨晚吸收了很多灵气，他需要回去消化一下。

“又溜了一个。”林归性格好，做事也有些慢吞吞，他跟黄侯收拾好乱七八糟的天台，两人原身都是龟类，所以做事的时候，都有慢节奏的毛病。

“符哥知道的真多。”黄侯擦干净桌子，“拜了一次月，感觉比我修炼好几年都有用。”

林归笑着点了点头。

“每次有大妖作乱，也是符哥出力最多，只可惜符哥这么厉害，还被老大扣了那么多工资。”黄侯小声道，“他们都说老大私底下很抠门，这是真的吗？”

“你觉得呢？”林归笑着反问。

黄侯摇头：“我不敢觉得。”

“没关系，以后慢慢就知道了。”林归眼神里满是对后辈的包容，“我相信你，加油。”

黄侯：……

这种信任，并不能让他觉得骄傲。

符离跑到庄卿家里，成功地吃到了煎蛋，然后变回原形在沙发上睡了过去。这两天也不知道为什么，他总是感觉到困，躺着就能睡着。

收拾好厨房出来，庄卿就看到了沙发上露出肚皮，睡得四仰八叉的兔子，他找了块浴巾盖在兔子身上，到楼上书房取了一本书下楼。

这本书已经发黄，装订书脊的线也有些摇摇欲坠，稍微用些力，书就有可能变成碎片。书上记载了一些有关上古大妖的内容，但是这些大妖皆是身体强大相貌怪异的妖，像符离这种长相乖巧的妖修，大都没什么名气，最多就是成为其他妖修的食物。

翻了一页泛黄的纸，庄卿看到一幅抽象的图画，依稀看得出上面画着一头野猪。

当康，身形似豕。当康若出，天下兆丰年。

短短的十五字，以及一张线条扭曲的图画，再没有更多的记载。

庄卿看着呼呼大睡的兔子，忽然有了个荒唐的猜想。

符离做了一个很奇怪的梦，梦到自己是一团不会说话的光，然后被风吹进某块石头里。他不想变成石头，挣扎了一番，就变成了兔子的模样。

天空很红，地上很黑，他很害怕，大声叫嚷了起来。

直到一只温暖的手掌放在了他的背上，他睁开眼，看到了庄卿那张板板正正的脸。

庄卿绷着脸道："你把浴巾踢到地上了，我准备给你盖上。"

符离爬起来，果然看到一块浴巾掉在了地上。他抖了抖尾巴，爬到靠垫上趴好："谢谢哦。"

看到符离乖乖躺好，就等着盖被子的模样，庄卿捡起浴巾给他盖上："中午想吃什么？"

"我不挑食，就是不喜欢吃胡萝卜、白菜、苦瓜、鱼腥草……"

听他念了好多道菜的名字，庄卿忍无可忍地揉了一把兔子脑袋："你还真是一点都不挑食。"嘴上虽然嫌弃，但是他打开冰箱后，还是避开了符离说的那几样菜。

符离打了个哈欠，想起有个人类大爷曾跟他说过，要想抓住一个人的心，就要先抓住他的胃。以庄卿的厨艺，以后若是有了喜欢的女妖，肯定很容易获得她的芳心。

茶几上有削好的水果丁，符离打开电视，跳到茶几上慢慢吃起来。

等庄卿做好饭，整整一盆水果丁已经被符离吃光，肥墩墩的兔子瘫在沙发上，浑身上下都写满了懒字。

"吃饭了。"

纹丝不动的兔子听到这句话，瞬间蹦到了餐桌旁，化为人形拿起了筷子。

"去洗手。"庄卿嫌弃地看他的手，变成兔子在地上、沙发上、茶几上都爬过，手能干净到哪儿去？

被庄卿这么一吼，符离乖乖去洗手，顺手还把厨房里的汤给端出来了。

“包御的厨艺不如你。”符离吃着鱼腹上的肉，给予了庄卿极高的评价。

“就算你这么夸我，也别想我常给你做饭吃。”庄卿把空碗放下，见符离脸上还带着困意，忍不住皱了皱眉，“还想睡？”

符离有些不好意思。

“算了，也不指望你能干什么，去睡吧。”收起桌上的脏碗，庄卿走向厨房，走到门口的时候他往身后望了一眼，符离又变成了一只兔子，正往沙发上蹦。

收回自己的目光，庄卿心里有些不踏实，总觉得符离这两天的模样有些不正常。

符离跳上沙发，脚下仿佛踩到了什么纸，发出沙沙的声响。用脑袋拱开靠垫，一本破旧泛黄的书露了出来。他本来不是爱看书的妖，但是由于近期最大的理想就是考公务员，所以就用爪子翻了两页。

上面是一些妖兽的简短介绍，内容还没有白猿讲得多，他顿时没有了兴致，准备合上书时，兔爪没有控制好，翻到了后面某页。

“当康”两个字引起了他的注意。

因为鲲鹏跟他聊天时，提起过这个妖兽，然而他几乎对这种妖兽一无所知，因为白猿长老没有跟他提过。

短短十多个字，看不出有什么内容，倒是那幅幼儿园大班水平的绘画，让他有些意外，这头猪长得跟刚鬣大王挺像的，只是刚鬣大王的原形比这个好看很多，看起来也没这么狰狞。

当康是瑞兽，还能给人间界带来丰收吗？

山里要种东西，向来是白羊长老与白虎长老在操心，刚鬣大王就知道琢磨吃饭、做饭、设宴，跟瑞兽当康除了长得像以外，还真没半点相似的地方。

“还没睡？”庄卿走过来，见符离在看有关当康的这一页，顺口道，“传说中当康是上古的瑞兽，他一出现就能带来丰收，并且能歌善舞，他唱歌的地方，会草木茂盛，果实累累。他跳舞的地方，会生机勃勃，产量加倍。”

刚鬣大王唱歌沙哑难听，跳舞也只知道扭屁屁跺脚，好像离当康的标准又远了一段距离。更何况以刚鬣大王爱吹牛的性格，若他是当康，早就拉着他吹上一百年了，怎么可能提都不提？

“我修为刚晋升，神魂还没有完全巩固下来。”符离打了个哈欠，“我先去打会儿坐，也许就能好了。”

庄卿神情凝重地点了点头。

他以前修为刚晋升时，虽然也有些精神不济，但也没有像符离这样困得厉害。

符离变成人，拿开身边的书，一页纸散落下来，掉在他另一只手掌心。

狌狌，形似猿猴，白耳健足，通晓世间万物，却不可预知未来。若食其肉，可健步如飞。

这段话的下面，配的是一张直立行走的猿猴图画，画技仍旧浮夸扭曲。

符离捏着这张纸看了很久才把纸夹进书里，然后把书放到了茶几上。

“你怎么了？”庄卿见符离神情没有任何变化，但是潜意识告诉他，符离此刻似乎并不是太开心。他把书扔到一边，对符离道，“这都是一些乱七八糟的记载，当不得真。”

“不，你不懂。”符离抱着膝盖坐在沙发上，神情幽怨，“我以为整座山的妖修，都像我一样，身体天生带着些缺陷。然而事实却告诉我，这一切可能是我想多了，真正有缺陷的，只有我。”

至今他都还记得，当初刚到雾影山时，白猿长老画了很多的图片给他看。

“小孩儿，你看我画的麻雀，像谁？”

“像今天早上在树上跳舞的小鸟。”

“对。”

“你看我画的这只雉鸡，像谁？”

“昨天想抱我的漂亮姐姐。”

“真聪明。”

“你看我画的这只白猿，又像谁？”

“像你。”

“没错。”

“那这只野猪呢？”

“像昨天跟你一起带我回来的胖叔叔。”

“你眼神真好。”

“我跟刚鬣大王商量了几天，决定要给你取个名字。”

“什么是名字？”

“就是叫你的代号。”

“你们给我取了什么名字？”

“符离。”

“那是什么意思？”

“符乃祥瑞的征兆，离是要提醒你，若遇到了祥瑞，就万不可让祥瑞离开你。”

第八十六章

趴在沙发上的兔子，用手机玩着消消乐，只是那蔫答答的尾巴，泄露了他此刻心情不太好的真相。不过即使是这样，他还是坚持着玩了一下午的手机游戏，直到庄卿做好晚饭。

闻到菜香味，符离抖了抖耳朵，把手机踢到一边，从沙发上跳下来。

庄卿见符离已经乖乖坐在椅子上，把碗筷摆上，没好气地想，不是心情低落吗，怎么到了吃饭的时候，精神头这么好？想起自己刚才竟然还用手机，躲在厨房里查吃什么食物会让心情变好，庄卿就觉得自己脑子被符离的蠢传染了。

什么吃辣吃甜，纯粹就是吃饱了撑着。

符离在凳子上趴了半天，见庄卿一直盯着自己，好奇地问："饭还没好？"

"好了。"庄卿想要嘲讽几句，话到了嘴边却变成，"有几道菜很辣，你能吃吗？"

"我们都一起去吃过好多盆麻辣小龙虾了，还有什么不能吃的，我又不挑食。"符离甩着短尾巴，尾巴像是刷子般，在椅背上擦来擦去。

"是啊，你是一点都不挑食，只是不喜欢吃的东西有些多。"庄卿被他的话气笑，从厨房里端出菜，摆了满满一桌子。几道以鱼虾为主要食材的菜，还摆在了离符离最近的地方。

看着这满桌子的菜，符离惊呆了，他变成人身："庄小龙，你发奖金了？"

庄卿摆好最后一盘水果，刚坐下就听到符离这种话，面无表情地道："自从跟你们一起共事，我已经很久没有拿过奖金了。"

听出庄卿在嘲讽他们，符离也不生气，反而露出一个笑容："谢谢你。"

虽然嘴比什么都硬，但是心比棉花糖还要软。

"你不要想太多，就算你不在，我也是这么吃饭。"庄卿拿起筷子夹菜，故意从符离面前挑走一只巨大无比的肥虾。

然而这一次符离没有跟他抢，甚至还主动分了好几只给他，庄卿突然有些不习惯。剥好的虾，连酱料都没有蘸，就直接放进了嘴里。

符离没有注意到他这点失态，喝了一杯果汁，对庄卿道：“庄卿，谢谢你。”

庄卿嘴唇动了动，没有说话。

“虽然我不知道山里的长辈为什么要骗我，但是他们对我很好。”符离没有动筷，他看着窗外的月亮，思绪飘回了四千多年以前。

他似乎生来就懂得天地万物的语言，也开了灵智，算得上是生而知之。以前不知道白猿长老是有意误导他，让他误会山上妖修们的真实身份，并且在他误会以后，大家就按照他所想象的模式活下来了。

就像是……他们希望他误会他们的身份。

符离不明白他们为什么会这么做，但是他只要明白，长辈们对他的那份关爱是真的，就足够了。事事都要追求一个答案，结果有时候并不能让他开心。

雾影山的毁去，是他心上的结。或许这段时间认识了很多有趣的妖修，让他渐渐走出了雾影山的悲伤，所以当这个结解开，看到里面的真相后，他竟然没有太过愤怒或是失望，甚至庆幸大家并不是天生拥有缺陷的妖修，而是让万物都尊崇的瑞兽。

白羊长老曾说过，当他不再执迷过往，变得学会思考时，就是真正长大了。

又或许是发现这个真相时，身边有个可靠的朋友陪着，他心理承受能力也变强了。这桌比以往还要丰盛的菜，就是对方的心意。

他用筷子夹起麻辣鸡丁，鸡肉很辣，辣得他喘不过气，甚至眼眶有些发热。他默默地夹了好几块鸡肉吃进嘴，舌头像是被火烧般。

“好了。”庄卿放下筷子，板着一张凶神恶煞的脸，半晌才说出一句有气无力的话，“吃点别的。”

他伸手把几道非常辣的菜，撤到了一边。

符离愣愣地看着他，举起的筷子悬在空中动也不动。

“你以前不是跟我说过，难受就别死撑着。”庄卿倒了一杯果汁，递到符离嘴边，“喝一口。”

符离乖乖喝了一口果汁。

“被最亲的人骗了，心情不好很正常。”庄卿眼看着符离喝了好几口果汁后，才继续道，“生气的样子，也比强撑着大度的模样好看。”

符离抿了抿唇：“白羊长老说过，长大的妖，要学会很好地控制情绪，也要学会理智。”

“理智个屁！”穿着衬衫与马甲的庄卿，说起脏话依旧带着高贵范儿，“遇到难过的事还不难过，那不叫长大，那叫傻！”

“真……真的？”符离已经不知不觉喝下半杯果汁。

“我从小就跟人类、妖修打交道，虽然年龄没有你大，但是论人生阅历，十个你都比不上。”庄卿放下果汁杯，低着头看符离，“反正这里除了我，也没有其他生物能够看到，你想高兴就高兴，想生气就生气，我也没兴趣把你的事情，说给其他妖听。”

符离脸上的笑垮下来，他就像是泄气的气球，整个人都无精打采的：“我就是不明白，他们为什么要骗我。”

对于他来说，那是他最信任的长辈们，自从他有意识开始，就是他们陪伴在他身边。是他们教会他术法、炼丹，是他们教会他做妖的道理，是他们养着他长大。就算他们跟他说，太阳是从西边出来，只是他们山里的气场不对，所以才会觉得太阳是从东边升起，他也会深信不疑。

他所拥有的一切，见识、修为、成长都是他们赋予的，没有他们，就没有现在的符离。

所以他无论如何都没有想到，他们会骗他，而且这个谎言，在他刚到雾影山时，就种下了。不，不对，他们没有骗他，只是刻意地误导他而已，让他以为他们的真身，就是很普通的动物，世间随处可见的动物。

“庄小龙，如果整座山的妖修，都不是我想象中的样子，那么他们真实的身份，究竟是什么呢？”符离咬了咬下唇，“也许他们是没有办法，才故意误导我，对不对？”

“他们对你好吗？”庄卿反问。

符离点头：“再也没有妖比他们更好了。”

“既然如此，等以后找到他们时，你可以直接问他们，现在一个妖在这儿胡思乱想有什么用。”庄卿看着窗外，神情凝重道，“更何况我觉得你说得对，也许他们自己也没有办法。”

“你这么一说，我心里就舒服了很多。”符离打了个哈欠，缩成了一只兔子，趴在餐椅上直接睡了过去。

看着符离无知无觉睡了过去，庄卿蹲下身，平视着这只胖乎乎的兔子，心中的担忧更重。符离现在的状态十分不对劲，妖修怎么能说睡就睡？

若是遇到有坏心的妖，趁着这个机会挖掉他的妖丹，他又该怎么办？

雾影山的妖修真是把他给宠坏了。

伸手把兔子抱进臂弯里，庄卿起身走到沙发边，犹豫了一下，转身上了楼。他的卧室很大，也很华丽，最重要的是里面摆下了安全大阵，若是有不懂的妖闯入阵中，便有可能丧命在阵中。

手机在这个时候响了起来，他看了眼睡得死沉的符离，走出房间：“什么事？”

手机那头说话的是楚余，他声音有些焦急：“老大，出事了。”

“什么事？”庄卿捏了捏鼻梁，今年大概是风水不好，怎么接连出事。

“有两名妖修被不明邪妖袭击，全身的血液都被吸干，全身就只剩下一层皮与骨架。”楚余想到那两个妖修死后的惨状，都忍不住打了个寒战，“现在论坛上妖心惶惶，很多妖都不敢出门了，还有些胆子小的，已经跑到我们管理处大厅打地铺躲着了。”

近些年来，几乎没有这类事情发生，就连之前朱厌闹事，吃的也是人类，而不是向妖修下手。大家过了这么久的太平日子，突然发生这种事，有妖害怕也是正常。

“死者是什么身份？”

“一个是化形不久的花妖，一个是修为上百年的半妖。”

这两个妖的修为都不高，所以论坛上，惶恐不安的大多也是低修为妖修。

“嫌疑者应该不是高修为的大妖，如果他们想要吃妖，绝对不会选这种小妖。”庄卿道，“去妖盟资料库调取一下资料，看哪些妖有吸血的本能，再查一下近期境外妖的出入记录，不要放过任何一个可疑的妖。最重要的是，向每个修真者发送安全提醒，我担心这个嫌疑者的吸血对象，不仅仅是妖修，还有人修。”

“好的老大，我马上去办。”楚余也知道这件事不能拖，更不能瞒，不如加大保护力度，妖盟那边每年都拿补贴，这次怎么也不能光拿钱不办事。

挂断手机，庄卿回到房间里，看着睡得像猪一样的兔子，写了一张便条贴在兔子脑门上，才大步离开别墅。

床上的兔子踢了踢后腿，摊开四肢，睡得香甜极了。

符离做了一个很美好的梦，梦里他被暖烘烘的东西包裹着，身边有人在哭、在笑、在愤怒，所有的情绪都聚拢到他身上。

这种情绪并没有给他带来烦恼，反而让他的身体变得更加强大。

有穿着兽皮裙的人类说，希望他们的部落能够避开冬天冰雪的侵袭。

有穿着破麻布衣服的干瘦妇女跪在土坯房边，祈求上天不要带走她的孩子。

还有蓬头垢面的小孩站在贫瘠的土地上，祈求上天赐予他食物。

然而穿着兽皮裙的人类的部落并没有逃脱风雪的侵袭，无数老人小孩被冻死，就连穿着兽皮裙的男人最后也被掩埋在了雪地里。临死前他睁着大大的眼睛，似乎在问苍天，为什么要夺去这么多人的生命。

干瘦妇女的孩子还是死了，她抱着襁褓，哭骂苍天为什么不长眼，为什么要带走她唯一的孩子。

蓬头垢面的小孩最后饿死在冬天最后一场雪里，死的时候他脚上没有穿鞋，又脏又干的脸上，带着对生命的不舍。他还没有看到这个世界繁华美好的一面，便在饥饿与寒冷中痛苦地死去。

上天并没有因为穿着兽皮裙的人类的虔诚、干瘦妇女的可怜、小孩的无辜，就变得仁慈，每天都有无数的人类痛苦死去，每天又有很多人类嚎哭着出生。很多人骂着苍天无情，也有很多人说着多谢老天保佑，人间百态，最后也逃脱不了生死。

“生死皆是缘，万不可强求。求者苦，顺者福。”

一个幽怨缥缈，甚至分不清男女老幼的声音在符离耳边响起，他好奇地问：“你是谁？”

这个声音没有回答他，只是一次次念叨不可强求。

符离睁开眼，看到的是镶满宝石的天花板，他甩了甩脑袋，脑门上掉下一张纸条。

“管理处有事处理，我先赶过去。庄卿。”

符离跳下床，变为人身，给自己下了一个净身咒，就赶往了管理处。

管理处结界后的大厅里搭满了帐篷，这边狗妖与猫妖为了争地盘差点打了起来，那边鹦鹉妖与八哥妖舌绽莲花互相对骂着。

两条鱼妖因为讨论谁带来的水盆更好看，变成原形后，互相甩着尾巴。

一只白鼠妖因为来得太晚，不得已与一只猫妖的帐篷搭在了一块儿，他吓得全身都哆嗦，当他身边又来了一只狗妖后，他彻底被吓回了原形。

两只花妖互相吹捧着，却又绵里藏针贬低对方，妖艳的脸上，风姿无限。

鲲鹏与蚣蝮站在楼上，看着下面密密麻麻的帐篷，各种各样的妖挤在一块儿，而且还能和平共处，这放在几千年前，是根本不可能发生的事情。

猫妖居然不吃鼠妖，蛇妖竟然不吃蛙妖，狼妖竟然能与猪妖称兄道弟凑在一块儿打扑克，这简直就是奇迹。

“现在修真界的时髦，我是看不懂了。”鲲鹏指着角落里甜甜蜜蜜的小情侣，“那不是黄鼠狼跟鸡？这两个玩意儿，竟然也能凑到一起？”

蚣蝮看得津津有味，他对鲲鹏翻个白眼：“不是说，时代在发展，妖界在进步吗，这样和谐友爱地在一起，多好啊。”

他这句话刚说完，楼下就传来吵闹声。

原来是朱鹮与一只蜘蛛妖在吵架，吵得还挺厉害。旁边的妖看到了，露出了果然如此的表情。

朱鹮与蜘蛛妖的恩怨，要牵扯到好几年前，那年朱鹮与蜘蛛妖发生矛盾后，就故意陷害蜘蛛妖，说他非法抓捕野生保护动物，害得蜘蛛妖被人类警察抓进去关了好几年。

蜘蛛妖在人类监狱里表现良好，好不容易在这个月成功出狱，现在遇到朱鹮这个可耻的仇人，没有动手打起来，已经算他克制了。

朱鹮的极品行为，早已经引起不少妖的厌恶，所以发生争吵后，所有妖都站在蜘蛛妖这一边，朱鹮被这么多妖针对，气呼呼地走出了大厅。

“保护动物了不起吗，要不是老子找不到你陷害我的证据，早就让管理处把你抓起来了。”蜘蛛妖心头的闷气总算顺了几分，“简直就是鸟界败类！”

其他妖闻言，纷纷安慰他，还有妖塞给了他一些好吃的零食。

蜘蛛妖捧着香喷喷的肉干，舔了舔牙齿。

朱鹮闷头往外面跑，与赶往管理处的符离迎面撞上。

“你长着眼睛干什么的？用来出气儿吗？！”朱鹮从地上爬起来，开口便骂。但是他看到撞到的是符离后，声音顿时矮了八度，他想起了当初被符离一巴掌就扇飞的恐惧感。

哼了一声，朱鹮拍了拍身上沾上的灰尘，头也不回地跑远。

“哎……”符离看着地上的钱夹，弯腰捡了起来，拿出手机给庄卿打电话，确认现在不需要他帮忙后，拿着钱包追了过去。

这只鸟虽然不太讨喜，不过看在他是国宝级鸟类的分上，还是把钱包给他送过去吧，免得堂堂鸟界国宝因为买东西不给钱，上人类社会新闻。

朱鹮这么好面子的妖，如何忍得了那么多妖说他，他一口气跑了几十公里，到了河边才停下。捡起脚边的鹅卵石扔进河里，他有些不甘心地骂道：“真是不要脸，谁故意害他被人类警察抓走了！”

明明是那个妖心思不纯，见他羽毛漂亮，就想把他抓起来卖给人类好吗？

没想到他逢妖就说，是朱鹮故意陷害，世间竟有如此厚颜无耻的妖。还有那些帮着他说话的妖修，也都是蠢货，自以为正义，也不看帮的是什么货色。

他堂堂朱鹮，要报复一只蜘蛛，还用得着人类帮忙？

虽……虽然最后他确实靠着人类帮助，才从蜘蛛妖手里逃出来，但是那不重要，重要的是他不会用这种卑鄙手段。

“今天的阳光这么好，先生怎么独自在河边赏景？”一个穿着西装，打着领带的男人站在朱鹮不远处，他黑发碧眼，五官轮廓很深，相貌十分英俊，但明显不像是这个国家的人类。

朱鹮是个暴脾气的妖，看到这个男人装模作样的姿态，直接道：“老子站在这里做什么，关你屁事！”

英俊男人愣了一下，随后很快恢复优雅的笑：“先生独自站在这里，就不怕遇到坏人？”

朱鹮朝天翻了一个大白眼：“滚！”

老子靠美貌纵横整个妖修界，不需要讲礼貌。

“先生这种态度，让我很不高兴。”英俊男人沉下了脸，碧色的眼瞳因为怒火颜色变得更加深了，“这么不听话的小东西，还是吃了好。”

第八十七章

“你是神经病吧。”朱鹮皱起眉，“知道吃国宝级的保护动物，会判多少年的刑吗？”

西装男人听到这话，反而嘲笑起来：“早就听说你们国家的妖修被保护得很好，没想到竟然如此幼稚，我既然敢吃你，难道还会怕什么野生动物保护法？”

“你是境外的妖？”朱鹮心生警惕，往河边退了几步。

显然西装男人知道“反派死于话多”这个真理，他根本不搭理朱鹮的话，忽然张开双臂，像是猎食者般向朱鹮扑来。对方身上嗜血的气息，让朱鹮想到了当年他还没化形时，差点被一只雄鹰抓死的恐怖经历，虽然仓皇躲过了一击，他的脸色却很苍白。

“听说朱鹮在你们国家十分受推崇，带有人类推崇信念的鸟类，鲜血一定很可口。”西装男人见朱鹮躲过一击，也不动怒，反而脱下身上的西装外套，“机灵的猎物，也会提高口感。”

朱鹮想起了之前被吸干血液的两个妖修，他们修为虽然不高，但是一个是本体为昙花的花妖，一个是半人半鱼的混血妖，好像是混了锦鲤的血脉。

人类是一种很奇怪的生物，他们内心已经不再信奉鬼神，却又相信看到昙花盛开能给他们带来好运，家里养着锦鲤也一定会财源广进。

这个境外妖怪吃掉他们，一部分原因在于他们修为低，恐怕更大的原因在于他们原形的特别意义。

“你们在这儿干什么呢？”两个肌肉结实，秋天还穿着短袖运动装的男人从河堤处跑上来，看到朱鹮与西装男人之间剑拔弩张的气氛，穿灰袖的男人用脖子上的吸汗巾擦了擦脸，“咱们这可是文明城市，不允许打架。”他撩了撩袖子，露出自己文着文身肌肉结实的胳膊，企图把两人吓走。

“两个人类？”西装男皱眉，他碧蓝色的眼睛扫过两名肌肉男身上的汗，露出了嫌弃之色，这种易出汗，还晒得黑不溜秋的中年男性人类，是他最讨厌的食材，他们的血是臭的。

“滚开，不要多管闲事。”西装男瞳孔中有红光闪过。

“嘿，知道我们哥俩是哪条道上的吗？”灰袖男人顿时不高兴了，他脱下上衣，双拳紧握，抖着胸肌炫耀着自己的武力。另外一个，趁机掏出手机报警。

“愚蠢。”西装男手一抓，两个肌肉男身上像是多了一条看不见的绳子，被拖到了西装男面前。

“我很不喜欢别人打断我用餐。”西装男不屑地看了两人一眼，转头望向朱鹮，手臂一伸，十分轻易地捏住了朱鹮的脖子。

“你们东方土地上的妖，真是太无能了，想要毁灭你们，比晒太阳还要容易。”西装男虽然相貌俊美，但是手上的动作却半点都不优雅，他抓住朱鹮的头发，掰住朱鹮的肩，就准备咬断他的脖子。

但是下一秒，西装男就被一股力道踹飞了出去。

两个肌肉男看着西装男被突然踢飞，而且飞起来的高度还超过了七八米，都不自觉张大了嘴巴。

这是低成本武侠剧拍摄现场吧，怎么可能有人一脚就把成年男人踢出这么高这么远，这可是要命的。他们看着突然出现的年轻男人，人生观摇摇欲坠。

以为自己死定了的朱鹮，看着突然出现在自己身边的妖，张开嘴干咳几声，竟一句话都说不出来。

“客人远道而来，盛情款待是我们待客之道。但有句俗话叫客随主便，在我们东方土地上，可不允许这种食妖的行为发生。”符离拎起朱鹮，把他扔到一边，“贵客违反了我们管理处的法令，请客人跟我走一趟。”

“你又是什么东西？”瑞尔是出身高贵的血族亲王，已经活了上千年，他甚至可以不惧阳光与银制品，并且拥有着很多人类想象不到的财富。

符离看穿了瑞尔的真身，不过是蝙蝠与人类的混血种，根脚不算好，修为也不高深，所以他不太明白，为什么这个境外妖修如此傲慢。难道欺负了几个妖界的小妖，便自觉天下无敌了？

“客人若是不配合在下的调查，我就只能不客气了。”符离伸出一只手，另一只手还背在身后，“你残害我修真界两条性命，又试图伤害我国国宝级保护动物，不仅违反修真界法律条令，同时也触犯了人间界法律，并且拒不受捕，性质十分恶劣。”

两个肌肉男见西装男从那么高的地方摔下来，一点事都没有，觉得今天的事情非常不对劲。虽然他们平时也爱吹牛，说什么谁要是不听话，就把他一脚踢飞，但是看到真正的“踢飞”还是很害怕的。

当他们听到什么修真界、人间界时，觉得自己好像一不小心碰触到了某个神秘世界的边缘。

“哼，就凭你也想抓我回去？”瑞尔不屑冷笑，“真是可笑，连修为都没有，还想抓我？”

被拎到一旁站好的朱鹮听到这话，骂了一句脏话。符离没有修为？这话说出去，整个修真界都要发笑，现在谁不知道，这只兔子妖看起来温和无害，揍起妖来却法力无穷，整个修真界，谁也不想得罪这位大爷。

很快瑞尔就为自己的无知付出了代价，他被一巴掌扇进了水里。

不！

他讨厌水！

瑞尔踩着水，想要漂浮起来，然而刚飞出半个身子，就被符离一脚踩回了水里。

“老大。”灰袖肌肉男揉了揉眼睛，“刚刚，那个人是怎么到水面上的？”

黑袖肌肉男正襟危坐，脸上因为太过震惊，已经没有表情了：“啊，飞过去的吧。”

人怎么可能飞？这不可能！

灰袖肌肉男在心底咆哮，然而他却只是抽了抽脸上的肌肉，抬头看了眼天空中的太阳："我大概是在做梦吧。"

黑袖肌肉男板着脸道："你应该想一想，我们什么时候被灭口。"

这些人如此厉害，肯定不会愿意让人发现他们的特别之处。他们两个发现了这个世界上有超能力者存在，最后的下场，可能只有被灭口。

两个彪形大汉脑补了一系列超能力电影，最后得出的结论是，一般太早发现秘密的炮灰，都活不下去。两人对望一眼，在彼此的眼中看到了几分绝望。

他们还没来得及拍张肌肉照放到朋友圈炫耀，他们不想死。

瑞尔被符离折腾得身心疲惫，最后奄奄一息地变成只巴掌大的灰黑色蝙蝠，在水中痛苦挣扎。符离踩在水面上，转头看朱鹮："你过来。"

"干什么？"朱鹮虽然嘴硬，但还是乖乖踩着水面走了过去。

"把这只蝙蝠抓起来，跟我一起回管理处。"

"你为什么不捉？"朱鹮弯腰把蝙蝠从水里捡起来，在手上用力甩了甩，甩干净它身上的水，然后掏了一根绳子出来，准备把它捆成一个球。

"蝙蝠喜欢躲在黑暗的山洞里，还不爱洗澡，谁知道身上有多少有害细菌。"符离嫌弃的态度很明显，"这种事交给我做不太合适。"

正在捆蝙蝠的朱鹮：……

他可是国宝，难道他做这种事就合适？

冷静，冷静，救命之恩，当涌泉相报，不能生气，不能生气。

"我想着你们都有翅膀，可能会比较有共同话题。"符离被自己编出来的理由说服了，"所以交给你来处理，再合适不过了。"

朱鹮忍无可忍："我可是国宝。"

"我早就复习完课本，知道你是国宝。"符离用脚尖踢了踢被朱鹮捆住的蝙蝠，"这玩意儿的图案，在以前还有福气吉祥的寓意呢，现在不还是跑来吸血，真是越来越堕落，一点都不上进。"

他走到岸上，来到两个肌肉男面前。

“你们一定很好奇我们为什么会飞对不对？”

两位肌肉男点头。

“可是我不能告诉你们。”符离歪了歪头，伸手在两人脑门上各拍了一下，“继续锻炼身体，这种离奇事件，就忘了吧。”

几分钟后，两个肌肉男从石阶上站起身，唾弃自己跑步还要半途休息，继续朝远方小跑而去。

管理处内部，朱鹮的离去并没有引起其他妖的重视，蜘蛛妖也因为这件事，与周围的妖打好了关系。不管是在妖界还是人间界，“同仇敌忾”永远是拉近友谊的好办法。

蜘蛛妖说着自己在监狱有多难过，出来以后有多不适应人类社会的快速发展，引起了众多妖修的同情。

“但是外面那个吸血的妖怪还没有抓住，万一朱鹮跑出去出了事……”说话的是个很年轻的木槿花妖，她长相甜美，心也像外表一样，十分柔软。

“朱鹮都活了几百岁了，哪那么容易就被害了。”另外一只妖不耐烦道，“等会儿他自己就会回来了。”

“哎，还真的自己回来了。”

“哪儿哪儿？”

“他怎么跟管理处的人在一起？”

“难道抱上管理处的大腿了？”

大家七嘴八舌说着朱鹮的闲话，倒是蜘蛛妖低头啃着肉干，一言不发，只是时不时偷偷看几眼管理处办公室所在的楼层。

符离带着朱鹮进了对外接待妖修的办公室，才给庄卿打电话。

庄卿与一众同事正在投影仪上圈可疑区域，刚说到一半，手机响了。其他同事看了眼庄卿的手机，没有说话。庄卿看清来电显示，犹豫了三秒钟，把手机接了起来。

“符离，怎么了？”他想起符离嗜睡的模样，有些担心。

“你在干什么呢，打内线电话没人接。”符离接了两杯茶，递给朱鹮一杯。刚才还嘴硬的朱鹮，进了办公区后，老实得简直不像一只朱鹮，更像是一只鹌鹑。

符离递给他茶，他也只敢双手接过，捧到嘴边小口小口喝着。

“抓什么？”符离听到部门里有正事，语气也严肃了几分，“发生了什么事？”

“什么？吸血妖？”符离看了眼桌上被绑成线团，装进外卖塑料碗里的蝙蝠，“我刚刚在外面，抓了只蝙蝠回来，这只蝙蝠像是外来混血物种，想喝我们鸟界国宝的血，被我逮住揍了一顿。”

“你抓住了？”庄卿声音提高了几度，“我马上过来。”

“老大，发生了什么事？”楚余见庄卿表情有些怪异，以为是符离出事了，面上出现了几分焦急。

“符离来电话说，他在外面抓了一只吸血的蝙蝠。”庄卿看着投影仪上的城市规划图，放下手里的激光笔，往外面走去。

其他人见状，也都跟了过去。

朱鹮茶没喝几口，就听到外面传来一大串脚步声，往后望去，看到为首的男人，茶也不敢喝了，眨眼便从椅子上蹦了起来，缩到了一边。

注意到朱鹮这个动作，符离忍不住多看了他一眼。

庄卿看到符离悠哉游哉坐在桌子旁，大步走了进来，开口第一句话却是：“还困吗？”

符离愣了一下，才茫然摇头。

跟在庄卿身后的众人表情有些怪异，今天出了这么大的事，符哥没有第一时间赶过来就已经很奇怪了，现在老大还特意问符哥困不困……

“你们竟然都在。”按理说今天还在放假，结果部门高层员工全都在场，说明事情没有庄卿讲的那么轻松。他把目光转向楚余，“究竟是怎么回事，你跟我说一说。”

“最近两天有两个妖修遇害，这事你应该知道吧。”

符离点头：“我之前已经收到你们发过来的消息。”他只知道有两只修为不高的妖修被害，还有他们的本体是什么，修为如何，但是有关遇害现场的照片，却是一张都没有看到。之前庄卿还跟他说，没有什么太大的事情，但是看大家这个态度，好像事情并不小。

“两名妖修遇害的样子十分可怖，引起了很多妖修的恐慌，现在很多妖修就在我们管理处暂住。”楚余道，“但是一直住在这里，也不是个事儿。这种事越拖越不利，哪知道我们正在制订抓捕计划的时候，你就把嫌疑者给抓住了，不知道这个嫌疑者被关在哪儿了？”

符离指了指桌上那个透明塑料打包盒。

楚余低头望去，这好像是个毛线团？他再仔细多看了几眼，发现线团里露出了一只爪子：“这是……”

“人类与蝙蝠妖的混血结晶。”符离见楚余准备去揭外卖盒子的盖子，赶紧捧起自己的茶杯，站得远了些，他怕蝙蝠身上的灰尘飞到他茶杯里。

被捆成团的瑞尔不甘地挣扎，什么人类与蝙蝠妖的混血结晶，他是亲王，高贵的血族亲王。

“蝙蝠妖？”楚余拎起线头，把瑞尔提了出来，抽了抽鼻子，“他身上确实有血腥气，还有昙花与锦鲤的味道，那两名妖修的血，就是被他吸干的。”

符离想了想，又补充了一句：“外面的妖，也能说出一口流利的东方语言吗？”

“不能。”庄卿指了指楚余，“把这个脏东西拿远一点。”

楚余往门口退了几步，符离捧着茶杯，又坐回了原位。庄卿走到他旁边，拖着一张椅子坐下：“幸好你把他给抓住了，不然大家都不能安心。”

“这事也是凑巧，如果不是朱鹮的钱包掉了，我追着过去还钱包，恐怕还抓不住他。”说到这儿，符离才想起朱鹮的钱包还在自己这儿，他掏出钱包在四周看了一眼，找到了站在角落里的朱鹮，“你的钱包，数一数东西有没有少。”

“没……没有。”朱鹮侧着身去拿钱包，对于他而言，只要能多远离庄卿一毫米，就绝对不放弃这样的好机会。他把钱包放进衣兜里，道了一声谢，就匆匆跑了出去。

“他好像很怕你，你以前打过他？”符离觉得有些奇怪，朱鹮与龙这两种生物，应该没有多少交集才对。

“我跟他不熟。”庄卿摸了一下符离手中的茶杯，“茶不太烫了，我重新帮你接一点水。”

庄卿接完水回来，见符离面前围了一堆的人，皱起眉头道：“都没事做了？”

“出了这么大的事情，报告材料准备好了没有？修真界安抚工作安排好了没有？后续安全措施有没有跟上？还有犯罪嫌疑者的口供，录了没有？”庄卿把杯子放到符离面前，“不要围在这里，该做什么就做什么去。”

众人四下而散，楚余端着用打包盒装着的蝙蝠，路过二楼露台走廊时，听到几个妖修凑在一起，说朱鹮抱符哥大腿之类。

他付之一笑，正准备去审问室时，听到一个声音有些尖利的妖修道：“说不定那个朱鹮就是想要攀附符道友。”

楚余停下脚步，看向楼下那个说话的妖修。

他身后不远处，刚走出妖修接待室的庄卿也刚好听到了这句话。他神情十分冷漠，唇角微微抿了起来。

第八十八章

“哎，你怎么不走了？”符离从办公室出来，见庄卿雕塑般站着不动，伸手戳了戳他的腰。

符离凝神一听，才知道这些人竟然在说他的闲话。

“那个朱鹮人形并不好看，符离道君能看上他？”

“人类的形状本就是最丑的，符离道君修为高深，又岂会用人类外形来判断朱鹮的美丑？”

“那倒也是，朱鹮羽色鲜亮，又被人类定为国宝，也有几分自傲的资本。符离道君修为虽高深，但是原形并不高大，被朱鹮那鲜亮羽色吸引也是有可能的。”

并不高大是什么意思？符离最不喜欢的就是别人说他原形如何，所以听到这儿，脸上的笑容就垮了下来。原形不高大怎么了，浓缩的就是精华啊。

“背后道他人是非，诸位修为不济，倒是学尽了人间界的多嘴多舌。”庄卿从二楼飞身而下，冷着脸道，“既然这么有兴致，不如也说给我听听。”

“龙……龙君。”几个说话的小妖，吓得双股颤颤，不敢再多话。

庄卿见他们没了刚才说八卦的兴奋劲儿，冷哼了一声，转头发现一名妖修在低头啃肉干，连头都没有抬起来过。

明明是很正常的事情，但庄卿觉得有些怪异。

他转身走了几步，忽然停下了脚步，转头看向那个吃肉干的妖修，对方仍旧没有抬头。倒是他周围的妖修，都在偷偷看他，并且微微前倾着身体，以示欢送他离开。

“你。”庄卿走了过去，“把你的身份证明给我看一下。”

“龙君，这位是蜘蛛道友，前些年因为一些误会，在人类监狱待了几年，最近刚出狱。”旁边的好心妖以为庄卿怀疑蜘蛛妖的身份，忙主动帮着解释。

这件事庄卿有印象，当年这个案子不仅在人间界见了报，在他们修真界，也曾轰动一时。朱鹮说他是被蜘蛛妖抓走，并且准备把他卖去国外。而蜘蛛妖却说是朱鹮故意陷害，蛮不讲理。

当时蜘蛛妖虽然已经在人类社会判了刑，但他仍旧派人去查过，现场确实有蜘蛛妖强行带走朱鹮的证据，所以他们并没有联络人间界相关部门，改判法定结果。

没有想到事情过了这么些年，不但一点都没有淡化下去，反而愈演愈烈，闹得整个修真界都知道，甚至连一些新进入管理处的职员都以为，这事是朱鹮陷害了蜘蛛妖。这些妖也不想想，若朱鹮真的做出这种恶劣的事情，管理处又怎么可能坐视不理。

大约是朱鹮被这些流言弄得烦了，干脆破罐子破摔，谁要是惹他，就出言威胁说要如何陷害他们，一来二去，朱鹮在修真界，可真算得上是狗厌猫嫌，处处碰壁。

蜘蛛妖看起来并不强壮，他在庄卿的目光下，显得有些瑟缩，从外套里掏出自己的身份证件，递给了庄卿。

庄卿看了一眼便还给了他：“既然已经刑满释放，就要改过自新，不要再做违法的事情。”

蜘蛛妖缩着脑袋不说话，看起来有些可怜。

旁边的妖修看不下去了，直接道：“龙君，当年的事情是朱鹮故意陷害，蜘蛛是被冤枉的。”

庄卿认识这个打抱不平的妖，不知怎么回事，庄卿看这个妖修格外不顺眼，大概是对方修成的人形太丑的缘故。好在他有强大的职业素养，才没有犯以公谋私的错误。

“很多事情在没有证据的时候，就不要随意开口。”庄卿眉心微皱，“当初偷捕朱鹮一案，并没有疑点。现场被抓的鸟类，除了朱鹮以外，还有其他野生动物。”

被庄卿当着这么多妖修的面反驳，这位自诩正义的妖修颜面有些挂不住，尽管心里十分害怕，还是嘴硬道：“谁知道你们是不是在包庇朱鹮？朱鹮跟符离道友走得近，你们自然要帮着自己人说话。”

这下庄卿的脸更黑了。

“发生什么事了？”符离见庄卿下去以后，就一直没有再上来，好奇地跟了过来，发现庄卿脸色难看至极。他看了看四周的妖修，又看了两眼庄卿，目光落到了蜘蛛妖身上。

这个妖修看起来虽不起眼，但是他身上有怨气与煞气，看起来像是做过坏事。

“你过来干什么？”看到符离，庄卿又想起了刚才妖修们说的话。

“这只蜘蛛妖有问题。”符离直接道，“他身上有怨气。”

“符离道君为何要如此冤枉我？”蜘蛛妖悲愤交加地看着符离，他的这个举动引起了大家的注意，妖修们看符离的表情，变得有些微妙起来。

“我为什么要冤枉你？”符离在乾坤袋里掏出一柄小铜镜，放在手里玩耍。

“你与朱鹮有交情，帮着他说话我能够理解，但是你为什么要冤枉我？”

“我跟朱鹮连话都没有说过几句，这种谣言从哪儿来的？”符离想不明白，“当初我揍朱鹮的时候，没人看到？”

第八十九章

符离注意到四周好奇的目光，他看向蜘蛛妖："但凡作过恶的妖，身上就会带上煞气。大家可能听说过一种镜子叫照妖镜，只要被这面镜子照着，任何妖修都无所遁形。"

"不……不可能。"蜘蛛妖表情不似刚才那般镇定，但他仍不相信符离手里会有照妖镜那种东西。

"为什么不可能，照一照就知道了。"符离举起手中的铜镜，快速念了一段口诀，镜子发出一道光柱，把蜘蛛妖整个妖都笼罩了进去。下一秒，蜘蛛妖身上就出现一层乌红色的雾气，雾气张牙舞爪，邪气十足。

原本还站在蜘蛛妖身边的妖修们纷纷四散逃开，看向蜘蛛妖的眼神中，也带上了恐惧。他们虽然见识不够多，但是蜘蛛妖这身血气，傻子都看得出不对劲。

蜘蛛妖见势不妙，转身就想跑，然而刚刚转身，就被庄卿挥袖拍飞，撞向天井处的琅玕树上。琅玕树何等的高傲，岂会让一般的妖修近身，身上的藤蔓一甩，竟又把蜘蛛妖抽回了妖群中。

妖群中发出几声惊呼，好在管理处的人反应极快，几下便把蜘蛛妖绑了起来。

大家又是高兴又是害怕，与昙花妖、锦鲤妖关系好的几个妖修，当下便哭了起来。

庄卿安排了工作人员在这里安抚妖修们的情绪，扭头看了符离一眼，去了审问室。

庄卿大步走进审问室，关门的动静，把正在里面询问审案的黄灿与徐媛吓了一大跳。

"老大？"徐媛见进来的是庄卿，准备起身把椅子让给庄卿，庄卿道："不用，我坐旁边就行。"他长腿一跨，在旁边的椅子上坐下："继续。"

徐媛见庄卿脸色有点不对劲，但也知道自己不能多事，所以继续问蝙蝠妖的作案动机。然而蝙蝠妖丝毫没有作为阶下囚的认知，态度十分傲慢，非暴力不合作。

心情不好的庄卿，耐性也非常不好，见蝙蝠妖这样，直接道："案子已经定了性，而且是当场抓住，他不愿意说犯案经过也没关系，按照规矩判刑就可以了，请法天寺的大师为昙花妖与锦鲤妖超度。"

"老大，你也在这里？"朝云推门看到庄卿在这里，便道，"正好你在，我们在人类监控系统资料中发现，蜘蛛妖与蝙蝠妖私下里曾有过联系。"

庄卿抬起好看的下巴，冷笑着看蝙蝠妖："里应外合？"

蝙蝠妖不说话，庄卿起身走出门，来到另一个审问室里，他进门第一眼，就看到与张柯坐在一起的符离。

符离见是他，扭头对庄卿咧嘴笑了一下，庄卿动了动唇角，想要回一个微笑，嘴角却有些僵硬。

蜘蛛妖的定力，显然并没有蝙蝠妖的好，符离随便掏了两样不知真假的法宝，就把他骗得团团转，老老实实地把事情交代得清清楚楚。

原来蜘蛛妖前些年在人间界发了一笔小财，就去国外旅游，刚好遇到了能说朝国话的蝙蝠妖。这个蝙蝠妖在西方妖界还是个什么伯爵，对东方妖界十分好奇，当他听闻东方妖界有各种珍稀妖类后，就起了别的心思。

一个心思不纯，一个恋慕人间繁华，蜘蛛妖为了钱财自愿与外国妖里应外合，残害同胞。哪知道蜘蛛妖运气不好，刚做坏事没多久，就撞到了朱鹮手上，最后落了一个牢狱之灾。

"身为东方妖族，为了点人间界的金钱，就出卖同胞，你可真有出息。"符离听完蜘蛛妖的口供，手里的笔都被折断了，他嫌恶地看了蜘蛛妖一眼，扔掉手里的笔，拉开椅子走了出去。

"符哥。"张柯也被蜘蛛妖恶心得够呛，见符离不想再管这档子事，只好忍着恶心继续问蜘蛛妖相关细节。

庄卿往门后望了好几眼，忍了几秒钟后，还是跟着走了出去。

他追出去的时候，符离已经不在楼上了，大厅下面乱糟糟一片，妖修们都在收拾铺盖卷或是睡袋，三三两两往管理处外面走。庄卿顺着旋转楼梯下去，在琅玕树前找到了符离。

琅玕树前，符离伸手从三头人手里接过珠玉果，又从兜里拿出几样人间界的零食，递给三头人。

三头人似乎对人间界的食物很感兴趣，倒挂在藤蔓上晃来晃去，三个身体九个脑袋，凑在一堆，像是扎好的蒜头。

“你还没有找到凤凰吗？”

“抱歉。”

“没关系，我们相信你。”

“对，我们相信你。”

明明只有四个人，却说出了七嘴八舌的效果，庄卿远远站在原地，突然不想上去打扰。

符离忽然回头，就在一群喧喧闹闹的妖修中，看到了长身玉立的庄卿。在这个瞬间，他忽然就明白了人类成语中玉树临风的真谛，他对庄卿笑了笑。

“庄卿……”符离正准备把手里的珠玉果分给庄卿，见他忽然捂住胸，连连往后退了几步，忙把果子往外套口袋里一揣，便大步跑了过去，“你怎么了？”

庄卿深吸一口气道：“没事，就是呼吸有些不畅。”

“修炼出了岔子？”符离伸手搭在庄卿手腕上，让灵气打入了他的经脉之中。

灵气运行顺畅，甚至隐隐有扩充经脉之势，这是即将突破修为的征兆，似乎并没有哪里不对。

第九十章

“老大！”宁轩匆匆跑过来，看到符离捏着庄卿的手腕，脚下一顿，转身就准备离开。

“宁轩。”符离没有多想，确认庄卿身体没有什么问题后，他松开庄卿，叫住了宁轩，“跑这么急，是又有事发生了？”

宁轩偷偷看了庄卿一眼，可惜庄卿低着头，他也看不出什么，只好转身面对符离，干笑道：“也不是什么大事，就是最近人间商界圈邀请老大参加一个很重要的慈善活动，这个慈善活动十分有公信度，就连国家都很看重，所以我们公司每年都会收到邀请函，我就是过来问问，老大今年能不能亲自到场。”

管理处名下的人员不少，平时来往活动，牵扯了不少，若是没有一个名目，时间久了难免会被一些心思敏感的人类发现，所以在外界看来，他们都是长隆生物科技有限公司的职员，有个身份更加利于他们在人间界潜伏。

他们唯一没有想到的是，人类女性的钱会那么好赚，长隆的各种化妆品护肤品，竟然成了国际知名的高端奢侈护肤品，每年的财政收入，这方面竟占了大头。

所以做生意，讲究一个诀窍，那就是得女人心者得天下。

庄卿很少出席这种场合，前两年的慈善活动都是安排其他人去参加，今年宁轩来问，也不过是例行公事罢了。老大这个相貌，放在人间界属于三百六十度无死角的帅，他如果去参加这个慈善活动，暴露在直播镜头下，说不定还能刺激公司产品的销量。

当然，这种事他只敢在心里想一想，妖界的审美讲究的是威武雄壮，人类模样再好看，也没毛没鳞，不会爬不会跳，身材比例也不完美，太弱了。

“慈善活动？”庄卿转头看身边的符离，沉默片刻后道，“好。”

“啊？”宁轩以为自己耳朵出了问题，老大那么抠门，到了慈善活动现场，万一舍不得花钱拍东西当作善款，那可要丢大脸了。

“符离没有接触过人类社会的高级场所，我带他去见见世面。”庄卿神情平静，“有问题吗？”

“没问题，没问题。”宁轩连忙道，“我这就去回复主办方。”

按照往年老规矩，长隆会以公司的名义，捐出十二辆安全系数最高的校车、十二辆设备齐全的医务用车、十二辆清洁车，以及善款五千万元，剩下的就是现场慈善拍卖，这个时候越舍得花钱，就越有面子。

不过这一次宁轩觉得，慈善拍卖这个环节，他们老大可能会一毛不拔。

宁轩回复主办方的邀请后，才想起一个问题，老大为什么要特意带符哥去见世面？宋语活了几万年，也没见过什么世面，他怎么不带宋语去？

难道是宋语太丑的缘故？

每年一度的慈善晚会，是各界名流互相炫耀的名利场，商人、学者、明星是这场慈善晚会的主要玩家。闲得无聊的网友们，每到这个时候，最关注的便是哪个知名品牌捐款最多，哪个明星穿的衣服漂亮，谁抠门捐得少，每年的这个夜晚，都会上演一场跌宕起伏的大戏。

作为朝国老牌驰名奢侈品公司，长隆的代表虽然没有明星们显眼，但是在众多网友眼里，还是很有存在感的。因为他们家的东西实在太贵也太有效果了，在国外一众奢侈品挤压下，仍旧屹立不倒，甚至还传承了多年，充满了神秘而又高贵的色彩。

晚会还没开场，已经有网友在调侃，说长隆今年肯定又是捐车捐钱，然后派那位漂亮又有气场的美女总监做代表。网友口中的美女总监，就是在管理处比较有声望的徐媛。在女网友眼里，徐媛年轻又有能力，简直就是成功女性的典范。

网友们自然不知道，这些出色的男性，全都是管理处的工作人员，甚至很大一部分根本不算是男性，而是动物界的雄性，因为他们是妖。

徐媛有自己的社交媒体账号，粉丝还不少，所以慈善活动当天，有粉丝询问徐媛会带哪个男伴出现在红地毯上。以往几年，徐媛都会携男伴出场，这些男伴大都是比较出名的男艺人，所以也不怪网友们如此八卦。

好几家男艺人的粉丝，都在等待结果，因为每次跟徐媛出场的男艺人，都会成为长隆男性奢侈品代言人，大家都想自家偶像拿到这个代言。所以评论区里，不少粉丝刷自家爱豆的照片，佘未隆作为当下最红的男艺人之一，他的照片自然也出现在了评论区。

然而佘未隆却恨不得给这些粉丝跪下，求他们不要帮他刷存在感。普通人类不知道长隆公司背后的真相，他却是明明白白，这哪是什么公司，分明就是修真界的衙门，谁有事没事往衙门里跑呢？

经纪人见佘未隆坐在化妆镜前左扭右扭："未隆，你这是怎么了？"

"最近天气干，我后背有些痒。"佘未隆干笑，不仅痒，还发凉呢。

"你不要紧张，虽然你是第一次去慈善晚会。但是晚会全程直播，现场所有人都会比较克制，你去了以后，注意礼节就好。"经纪人看重佘未隆的天分，公司也有意捧他，所以没打算让他为了博出位，闹什么幺蛾子，影响路人的好感度。

"我知道。"佘未隆点了点头，在他眼里，人类是不需要惧怕的存在。

见他沉得住气，经纪人也就放心了。

偶像派的长相，实力派的演技，在这个圈子里，就是珍宝，不好好捧着，就容易被毁了。

别墅里，符离张开双臂让庄卿给他整理礼服，比起上次参加青霄派掌门寿宴那身衣服，这身衣服更庄重，也更讲究，所有配饰都搭配得很齐全。

甚至他胸口的男士胸针，都是纯天然的金刚石制成，在人类世界，这个叫钻石胸针。

他的头发由仕女图里的梳发女打理，面容也好好修饰了一遍，整个人像是盆景一般，被折腾来折腾去。他低头看替自己系领带的庄卿："庄小龙，我又不是什么大人物，不用这么严肃吧？"

"知道你对外的职务是什么？"庄卿压好领结的角，神情严肃。

还不太懂人类世界这些复杂事务的符离看庄卿神情这么郑重，有些紧张：“是什么？”

“董事长特别助理。”庄卿退后一步，满意地点了点头，“勉强能看，在镜头下也不会丢人了。”

“董事长是谁？”符离茫然，“为什么我们要走红地毯？”

“董事长当然是我。”庄卿低头整理自己的袖扣，没有看符离，“我们在人间界的公司十分有名，今天的晚会这么重要，我们怎么能错过走红地毯的宣传机会？”

符离恍然大悟：“原来是这样。”他低头从耳朵里掏出乾坤袋，乾坤袋一落入他手里，就瞬间变大，他掏出两枚奶白色的药丸：“这是焕颜丹，吃下后能让人看起来更好看，你要不要来一枚？”

看着递到面前的焕颜丹，庄卿差点没把袖扣给拽下来。他沉默两秒，让符离把焕颜丹收回去：“这样就好，用焕颜丹胜之不武。”

“哦。”符离转头见仕女图妖两眼放光看着他手里的焕颜丹，顺手便把丹药给了仕女图妖：“你喜欢吗？给你。”

“谢谢符离大人。”仕女图妖喜不自胜，把焕颜丹当珍宝般收了起来。

没有女人能够抵抗变美的诱惑，女妖也一样。

出了别墅，符离看着眼前这辆加长型轿车，惊道：“都城交通这么拥堵，开这么长的车不方便吧？”

楚余想说，一般大家看到这么长的车，都不太往上面凑。

庄卿却是认真地点头：“确实不太方便，所以我们要提早出门。”他转头看楚余：“等下开慢点。”

楚余微笑脸：“是。”

车内空间很宽敞，设备一应俱全，可躺可卧，但是符离反而有些不习惯。因为这辆车里面，竟然没有庄卿最喜欢的亮闪闪的东西，别说钻石宝石，就连玻璃珠都没有。

似乎明白符离的想法，庄卿道：“我平时很少用这辆车。”

符离理解地点了点头："里面确实简陋了点。"

充当司机的楚余听到这段对话，忽然觉得，老大与符哥在审美方面，说不定还有一定的共同语言。

慈善晚会现场衣香鬓影，时不时有豪车停在酒店门口，然后在无数镜头下，打开车门，走出一位又一位或显赫或有名气的人。

尽管都城的十月夜里已经十分寒冷，但是敬业的女艺人们，仍旧穿着漂亮的晚礼服，带着最得体的微笑，在镜头前走过，在签名板上留下自己的名字。

看直播的网友们对艺人们评头论足，对成功商人倒是评价不多，因为颜值不够吸引他们。最多感慨，这个好有钱，那个也好有钱，谁跟谁的伴侣感情好，谁跟谁只是名义夫妻，私下怎样怎样。

艺人们的粉丝忙着互相掰架，若是哪个艺人造型不好看，或许还会得到小部分人的嘲笑。

网友甲：入场环节都快要结束了，怎么还没看到长隆的代表，难道今年长隆不参加了？

网友乙：应该不可能吧，长隆可是我们国内的良心企业，在做慈善方面，真是无可挑剔，这些年他们在慈善上花的钱，说出来可能要吓大家一跳。

网友丙：长隆在慈善方面做得好，全国人民都知道。也许人家嫌这个慈善晚会办得太不上档次，不愿意来呢？

网友丁：上面的黑子歇歇嘴，劝你最好不要乱说话，娱乐圈的那套粉黑手段，别往长隆身上用，到时候害惨了自家爱豆，不要后悔。

长隆是个十分庞大的企业，算得上是国内经济支柱之一，据说从一百多年前就是国内的大企业了。只是他们的掌权人十分低调，所以在普通百姓眼中才不显眼罢了。

但是真要论起来，今天去现场的商人们，几乎没人比得上长隆当权人。

加长名牌轿车在场外停下时，现场的记者就对着车一阵猛拍。当车门打开，一个穿着西装、容貌俊美至极的男人走下来后，现场的拍照声更是响个不停。

俊美男人下车后，车里又走出一位俊秀贵气的年轻男子，他西装上的钻石胸针，在闪光灯下闪耀着夺目的光辉。

电脑屏幕后的网友们，更是恨不得把眼珠子贴到屏幕上。什么爱豆，什么偶像，在好看到极致的男人面前，那都是屁。

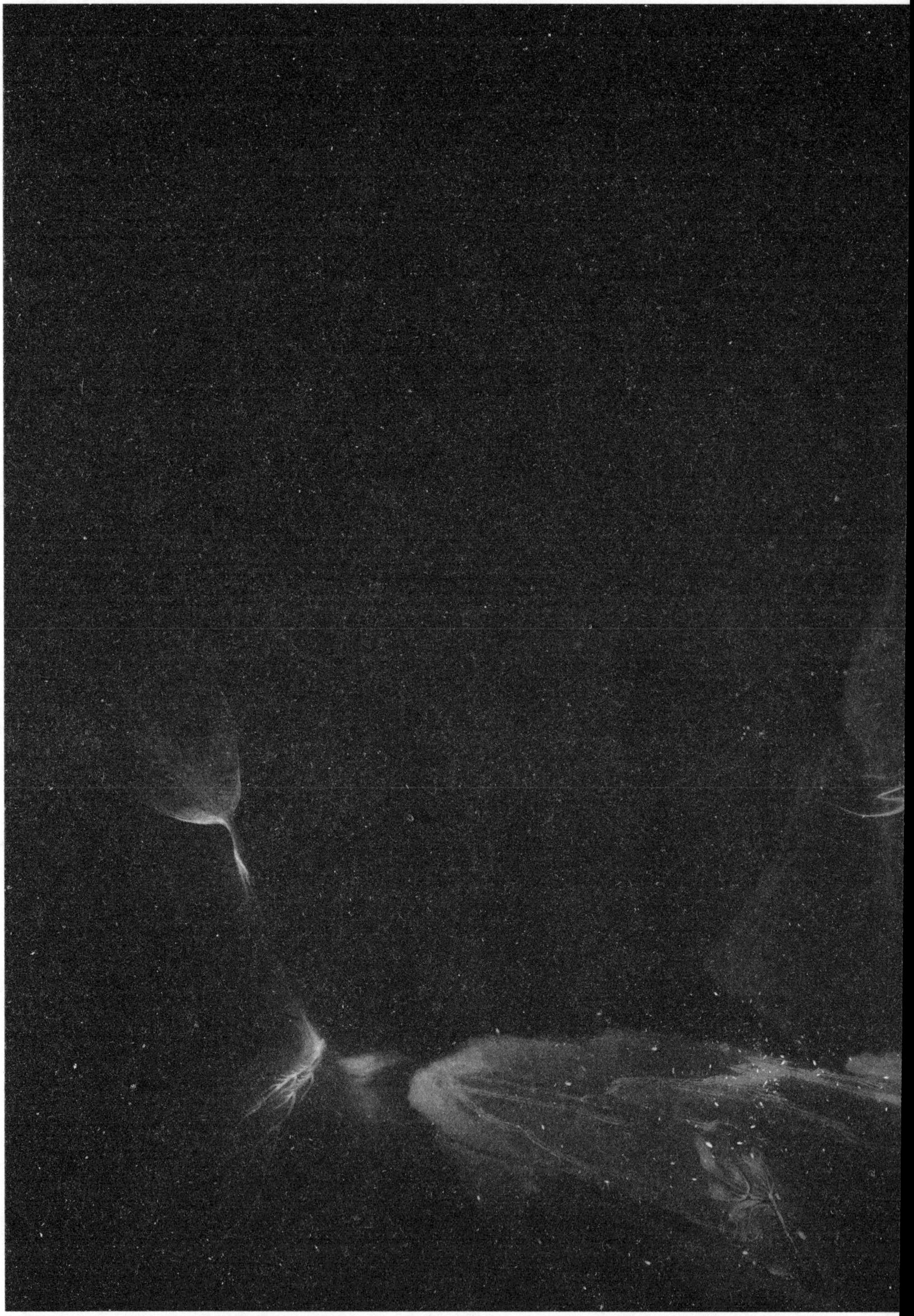

敬请期待《不要物种歧视3　完结篇》